O Palácio da Meia-Noite

CARLOS RUIZ ZAFÓN

O Palácio da Meia-Noite

Tradução
Eliana Aguiar

5ª reimpressão

Copyright © 1994 by Carlos Ruiz Zafón

Grafia atualizada segundo o Acordo Ortográfico da Língua Portuguesa de 1990, que entrou em vigor no Brasil em 2009.

Título original
El Palacio de la Medianoche

Capa
Marcela Perroni (Ventura Design)

Imagens de capa
Justin Pumfrey/Getty Images
R. u. S. Michaud/akg-images

Revisão
Ana Grillo
Beatriz Sarlo
Mariana Freire Lopes

Dados Internacionais de Catalogação na Publicação (CIP)
(Câmara Brasileira do Livro, SP, Brasil)

Zafón, Carlos Ruiz
    O palácio da meia-noite / Carlos Ruiz Zafón; tradução Eliana Aguiar. – 1ª ed. – Rio de Janeiro: Objetiva, 2013.

    Tradução de: El Palacio de la Medianoche.
    ISBN 978-85-8105-159-8

    1. Ficção espanhola. I. Aguiar, Eliana. II. Título.

	CDD: 863
13-00301	CDU: 821.134.2-3

[2021]
Todos os direitos desta edição reservados à
EDITORA SCHWARCZ S.A.
Praça Floriano, 19, sala 3001 – Cinelândia
20031-050 – Rio de Janeiro – RJ
Telefone: (21) 3993-3501
www.companhiadasletras.com.br
www.blogdacompanhia.com.br
facebook.com/editorasuma
instagram.com/editorasuma
twitter.com/Suma_BR

Para MariCarmen

UMA NOTA DO AUTOR

Amigo leitor:
Sou uma dessas pessoas que sempre pulam os prólogos e introduções, pois preferem ir direto ao assunto. Se este também é o seu caso, fuja agora mesmo desta página e mergulhe em cheio no romance, que é o que conta na verdade. Mas se você for daquele outro tipo de leitor que fica mordido de curiosidade (e confesso que, às vezes, eu também sou), permita que conte brevemente algumas coisas sobre este romance, esperando que possa ajudá-lo a colocá-lo em perspectiva.

O Palácio da Meia-Noite é o segundo romance que publiquei, por volta de 1994, e faz parte, junto com *Príncipe da Névoa*, *Las luces de septiembre* [As luzes de setembro] e *Marina*, da série de romances "juvenis" que escrevi antes de *A sombra do vento*. A bem da verdade, nunca soube muito bem o que significa essa história de "romance juvenil". A única coisa que sei é que, quando escrevi estes livros, eu era bem mais jovem do que sou agora e que minha ideia ao publicá-los era a seguinte: se tivesse feito meu trabalho corretamente, eles iam despertar o interesse dos leitores jovens, com idades compreendidas entre os 9 e os 90 anos. São histórias de mistério e aventura, romances que o Julián Carax de *A sombra do vento* poderia, talvez, ter escrito em seu sótão no bairro latino de Paris, enquanto pensava em seu amigo Daniel Sempere.

Hoje, depois de muitos anos de edições lamentáveis, *O Palácio da Meia-Noite* finalmente vê a luz do modo como seu autor imaginou que seria, quando foi publicado pela primeira vez. Alguns anos passaram e um romancista sempre sofre a tentação de refazer os passos perdidos e corrigir os muitos defeitos que permeiam uma obra inicial para que dê a impressão de que tinha muito mais talento do que possuía na verdade. Achei que seria mais honesto deixá-la tal qual foi escrita, com os recursos e a perícia que tinha na época.

Uma das maiores satisfações que esta profissão me deu ao longo dos anos foram os numerosos leitores jovens que se encontraram com esses quatro romances "juvenis" e tiveram a amabilidade de escrever para contar que se apegaram ao hábito de ler, e alguns inclusive ao de escrever, depois de viver suas aventuras.

A eles e aos jovens e não tão jovens que se aventuram hoje pela primeira vez no terreno desses romances e seus mistérios, o mais sincero agradecimento deste contador de histórias. Feliz leitura.

CARLOS RUIZ ZAFÓN
Junho de 2006

NNunca poderei esquecer a noite em que nevou sobre Calcutá. O calendário do orfanato St. Patrick's desfiava os últimos dias de maio de 1932, deixando para trás um dos meses mais quentes da história da cidade dos palácios.

Dia após dia, esperávamos com tristeza e temor a chegada daquele verão em que completaríamos 16 anos e que marcaria nossa separação e o fim da Chowbar Society, o clube secreto e fechado com sete membros exclusivos que tinha sido nosso lar durante aqueles anos de orfanato. Ali crescemos sem nenhuma outra família senão nós mesmos e sem outras lembranças que não as histórias que contávamos quando a madrugada chegava, ao redor do fogo, no pátio da velha casa abandonada que se erguia na esquina da Cotton Street e Brabourne Road, um casarão em ruínas que tínhamos batizado de Palácio da Meia-Noite. Na época, não sabia que aquela seria a última vez que veria o lugar em cujas ruas me criei e cujo encanto me perseguiu até hoje.

Nunca mais voltei a Calcutá depois daquele ano, mas sempre fui fiel à promessa que todos fizemos em silêncio sob a chuva branca nas margens do rio Hooghly: jamais esquecer o que tínhamos visto. Os anos me ensinaram a guardar na memória, como um tesouro precioso, tudo o que aconteceu naqueles dias e a conservar as cartas que recebia da cidade maldita e que mantiveram acesa a chama de minhas recordações. Foi assim que soube que nosso antigo Palácio tinha sido demolido para que construíssem sobre suas cinzas um edifício de escritórios e que Mr. Thomas Carter, diretor do St. Patrick's, falecera depois de passar os últimos anos de sua vida na escuridão desde o incêndio que fechou seus olhos para sempre.

Lentamente, fui tendo notícias do progressivo desaparecimento dos cenários em que vivemos aqueles dias. A fúria de uma cidade que se devorava a si mesma e a miragem do tempo acabaram apagando o rastro dos membros da Chowbar Society.

E foi assim também, sem escolha, que tive que aprender a viver com o medo de que esta história se perdesse para sempre por falta de um narrador.

A ironia do destino quis que fosse eu, o menos indicado, o pior dotado para a tarefa, que tivesse a responsabilidade de relatá-la e revelar o segredo que há tantos anos nos uniu e, ao mesmo tempo, nos separou para sempre na estação de trem de Jheeter's Gate. Teria preferido que outro fosse o encarregado de retirar esta história do esquecimento, porém mais uma vez a vida demonstrou que meu papel é de testemunha, não de protagonista.

Durante todos esses anos, guardei as poucas cartas escritas por Ben e Roshan e reuni todos os documentos que lançavam luz sobre o destino de cada um dos membros de nossa sociedade privada, relendo-os de vez em quando em voz alta na solidão do meu gabinete. Talvez intuísse de alguma maneira que o destino iria me transformar em depositário da memória de todos nós. Talvez compreendesse que, entre aqueles sete rapazes, eu sempre fui o mais hesitante diante do perigo, o menos brilhante e ousado e, portanto, o que tinha mais possibilidades de sobreviver.

Com esse espírito, na confiança de que minha memória não há de me trair, tentarei reviver os misteriosos e terríveis acontecimentos que ocorreram durante aqueles quatro dias ardentes de maio de 1932.

Não será uma tarefa fácil e peço a benevolência de meus leitores em relação à indigência de minha pena na hora de resgatar do passado aquele verão de trevas na cidade de Calcutá. Coloquei todo o meu empenho na reconstituição da realidade, tentando remontar àqueles nebulosos episódios que traçariam inexoravelmente a linha do nosso destino. Nada mais me resta agora senão sumir de cena e permitir que os próprios fatos falem por si.

Nunca poderei esquecer os rostos daqueles rapazes assustados na noite em que nevou sobre Calcutá. Mas, como o meu amigo Ben sempre repetiu, é preciso começar a história pelo princípio...

O RETORNO DA ESCURIDÃO

Calcutá, maio de 1916.

Pouco depois da meia-noite, uma barca emergiu da neblina noturna que flutuava sobre a superfície do rio Hooghly como o cheiro fétido de uma maldição. Na proa, sob a fraca claridade projetada por um lampião agonizante pendurado no mastro, dava para adivinhar a figura de um homem enrolado numa capa remando com esforço para a margem distante. Mais adiante, a oeste, o perfil do Fort William, no meio do Maidán, erguia-se sob um manto de nuvens de cinzas à luz de um infinito sudário de faróis e fogueiras que se estendia até onde a vista alcançava. Calcutá.

O homem parou alguns segundos para recuperar o fôlego e contemplar a silhueta da estação de Jheeter's Gate, que se perdia inexoravelmente na escuridão que cobria a outra margem do rio. Quanto mais o barco mergulhava no breu, mais a estação de aço e vidro se confundia com os outros edifícios, também ancorados em esplendores esquecidos. Seus olhos vagaram por aquela selva de mausoléus de mármore escurecido por décadas de abandono e por suas paredes nuas, cuja pele ocre, azul e dourada tinha sido arrancada pela fúria dos ventos de monção, que apagaram tudo como se fossem aquarelas desbotando na água de um tanque.

Apenas a certeza de que só lhe restavam algumas horas de vida, talvez alguns minutos, permitia que seguisse em frente, abandonando nas entranhas daquele lugar maldito a mulher a quem havia jurado proteger com sua própria vida. Naquela noite, enquanto o tenente Peake fazia sua última viagem a Calcutá a bordo daquela velha barca, cada segundo de sua vida se apagava sob a chuva que tinha chegado protegida pela madrugada.

Enquanto lutava para arrastar a embarcação até a margem, Peake podia ouvir o choro das crianças escondidas no interior do porão. O tenente olhou para trás e verificou que as luzes da outra barca piscavam a uma centena de metros atrás dele, ganhando terreno. Podia imaginar o sorriso de seu perseguidor, saboreando a caçada, implacável.

Ignorou as lágrimas de fome e frio das crianças e empregou todas as forças que lhe restavam para levar a barca até a margem do rio que morria na entrada do labirinto insondável e fantasmagórico das ruas de Calcutá. Duzentos anos foram suficientes para transformar a densa selva que crescia ao redor do Kaligath numa cidade onde Deus jamais se atreveu a entrar.

Em poucos minutos, a tempestade despencou sobre a cidade com a cólera de um espírito destruidor. De meados de abril até meados do mês de junho, a cidade era consumida pelas garras do chamado verão indiano. Durante esses dias, a cidade suportava temperaturas de quarenta graus e um nível de umidade do ar que chegava quase à saturação. Mas de repente, sob o influxo de violentas tempestades elétricas que transformavam o céu num lençol de pólvora, os termômetros podiam descer até trinta graus em questão de segundos.

O manto torrencial da chuva impedia a visão dos raquíticos cais de madeira podre que balançavam sobre o rio. Peake não diminuiu seus esforços até sentir o impacto do casco contra a madeira do cais de pescadores e só então enfiou a vara no fundo lamacento e se apressou a pegar as crianças, que jaziam enroladas numa manta. Quando pegou os bebês no colo, o choro deles cortou a noite como o rastro de sangue que guia o predador até sua presa. Peake apertou-os contra o peito e saltou em terra.

Através da espessa cortina de água que caía com fúria, dava para ver a outra barca aproximando-se lentamente da margem como uma nave funerária. Sentindo um arrepio de pânico, Peake correu pelas ruas que bordejavam o Maidán na direção sul e desapareceu nas sombras daquela parte da cidade que seus habitantes privilegiados, europeus e britânicos em sua maioria, chamavam de *cidade branca*.

Sua única esperança era salvar a vida dos bebês, mas ainda estava longe do coração da Zona Norte de Calcutá, onde ficava a casa de Aryami Bosé: no momento, a velha senhora era a única que podia ajudá-lo. Peake parou um instante e examinou a imensidão tenebrosa do Maidán em busca do brilho distante dos pequenos faróis que desenhavam um pisca-pisca de estrelas no norte da cidade. Suas ruas escuras e mascaradas pelo véu da tempestade seriam seu melhor esconderijo. O tenente apertou as crianças com força e se afastou novamente na direção leste, em busca do abrigo das sombras dos grandes edifícios palacianos do centro da cidade.

Alguns instantes depois, a barca negra que o perseguia parou junto ao cais. Três homens saltaram em terra e amarraram a embarcação. A comporta da cabine abriu lentamente e uma silhueta escura, enrolada num manto negro, percorreu a passarela que os homens tinham instalado e começou a descer, ignorando a chuva. Uma vez no cais, estendeu a mão coberta por uma luva negra e, indicando o ponto onde Peake tinha desaparecido, esboçou um sorriso que nenhum de seus homens pôde ver sob o temporal.

* * *

A estrada escura e sinuosa que atravessava o Maidán bordejando a fortaleza tinha se transformado num lamaçal sob o açoite da chuva. Peake recordava vagamente que tinha percorrido aquela parte da cidade, na época dos confrontos de rua, junto com um esquadrão do exército sedento por sangue sob as ordens do coronel Llewelyn, mas em plena luz do dia e na sela de um cavalo. Ironicamente, o destino o trouxera de volta àquela vasta extensão de campo aberto que Lord Clive mandou arrasar em 1758 para que os canhões do Fort William pudessem atirar livremente em todas as direções. Só que, dessa vez, o alvo era ele.

O tenente correu desesperadamente para o arvoredo, sentindo sobre si os olhares furtivos dos silenciosos vigilantes ocultos das sombras: os habitantes noturnos do Maidán.

Sabia que quando passasse ninguém sairia das sombras para assaltá-lo ou tentar roubar sua capa ou as crianças que choravam em seus braços. Os moradores invisíveis daquele lugar podiam sentir o cheiro da morte grudado em seus calcanhares e nenhuma alma ousaria se colocar no caminho do seu perseguidor.

Peake saltou as cercas que separavam o Maidán de Chowringhee Road e penetrou na artéria principal de Calcutá. A majestosa avenida se estendia sobre o antigo traçado do caminho que, apenas trezentos anos antes, cruzava a selva bengali em direção ao sul, indo para o templo de Kali, o Kalighat, que tinha dado origem ao nome da cidade.

O habitual enxame noturno que vagava pelas noites de Calcutá tinha fugido da chuva e a cidade exibia o aspecto de um grande bazar abandonado e sujo. Peake sabia que a cortina de água que afogava a visão e servia de cobertura na noite fechada podia desaparecer tão rápido quanto tinha surgido. As tempestades vindas do oceano penetram até o delta do Ganges e se afastam rapidamente para o norte ou para o oeste depois de descarregar seu dilúvio purificador sobre a península de Bengala, deixando um rastro de névoas e ruas afundadas em grandes piscinas peçonhentas, onde as crianças brincam mergulhadas até a cintura e os carros param encalhados como barcos à deriva.

O tenente correu rumo ao extremo norte de Chowringhee Road, até sentir que os músculos de suas pernas fraquejavam e que mal conseguia sustentar o peso dos bebês nos braços. As luzes da Zona Norte piscavam nas proximidades sob o telão aveludado da chuva. Peake tinha consciência de que não ia conseguir manter aquele ritmo por muito tempo e de que a casa de Aryami Bosé ainda estava muito distante. Precisava fazer uma pausa no caminho.

Parou para recuperar o fôlego escondido embaixo da escadaria de um velho armazém de tecidos, cujas paredes estavam cheias de cartazes que anunciavam sua demolição em breve, por ordem oficial. Recordava vagamente que tinha inspecionado aquele lugar anos atrás, depois que um rico comerciante denunciou que o armazém servia de fachada para um importante fumatório de ópio.

Agora, a água suja se infiltrava entre os degraus vacilantes, lembrando o sangue negro que brota de uma ferida profunda. Tudo parecia desolado e deserto. O tenente ergueu as crianças até o rosto e contemplou os olhos aturdidos dos bebês: já não choravam, mas tremiam de frio. A manta que os cobria estava ensopada. Peake apertou as mãozinhas diminutas nas suas na esperança de passar algum calor, enquanto espiava as ruas que brotavam do Maidán por entre as frestas da escada. Não lembrava quantos assassinos o seu perseguidor tinha recrutado, mas sabia que só restavam duas balas em seu revólver, duas balas que teria que administrar com toda a sabedoria que conseguisse reunir. Tinha disparado as outras nos túneis da estação. Envolveu as crianças na manta novamente, usando a ponta menos molhada do tecido e deixou-as por alguns segundos num espaço de chão seco que descobriu num vão da parede do armazém.

Peake pegou o revólver e esticou a cabeça lentamente por cima dos degraus. Ao sul, a Chowringhee Road, deserta, parecia um cenário fantasmagórico à espera do começo da representação. O tenente forçou a vista e reconheceu o rastro de luzes distantes do outro lado do rio Hooghly, mas levou um susto com o som de passos apressados sobre o calçamento de pedras afogado pela chuva e encolheu-se de novo nas sombras.

Três indivíduos brotaram da escuridão do Maidán, um obscuro reflexo do Hyde Park encravado em plena selva tropical. As lâminas de seus punhais brilharam na penumbra como línguas de prata candente. Peake pegou os bebês nos braços apressadamente e respirou fundo, consciente de que, se fugisse naquele momento, os homens cairiam em cima dele numa fração de segundos, como lobos famintos.

O tenente ficou imóvel espremido contra a parede do armazém, vigiando os perseguidores que tinham parado um instante em busca de algum indício. Os três assassinos de aluguel trocaram algumas palavras ininteligíveis e um deles ordenou que se separassem. Peake estremeceu ao ver que o homem que tinha dado a ordem caminhava diretamente para a escada embaixo da qual ele estava escondido. Por um segundo, teve medo de que o cheiro de seu medo levasse o homem a seu esconderijo.

Seus olhos percorreram desesperadamente a superfície da parede sob a escada em busca de alguma abertura por onde pudesse escapar. Ajoelhou perto do vão onde tinha deixado as crianças segundos atrás e tentou forçar as tábuas do assoalho, meio soltas e amolecidas pela umidade. Uma das tábuas, carcomida pela podridão, cedeu sem dificuldade e Peake sentiu uma exalação de ar nauseabundo emanar do interior do porão do edifício em ruínas. Olhou para trás e controlou o assassino, que estava a menos de vinte metros do pé da escada, empunhando o punhal.

Envolveu as crianças em sua capa para protegê-las e arrastou-se para o interior do armazém. Uma pontada de dor logo acima do joelho paralisou bruscamente a sua perna direita. Peake apalpou o local com as mãos trêmulas e os dedos roçaram num prego enferrujado que afundava dolorosamente sua carne. Sufocando um grito de agonia, Peake segurou a ponta do metal gelado, puxou com toda a força e sentiu a pele rasgar à passagem do metal e que um sangue quente brotava entre seus dedos. Um espasmo de náusea e dor nublou sua visão durante vários segundos. Ainda ofegante, pegou as crianças de volta e levantou com dificuldade. Diante dele, abria-se um corredor fantasmagórico de estantes com vários andares de prateleiras vazias, formando uma estranha retícula que se perdia nas sombras. Sem hesitar um instante, correu até o outro extremo do armazém, cuja estrutura ferida de morte rangia sob a tempestade.

* * *

Quando Peake saiu de novo para o ar livre, depois de atravessar centenas de metros no ventre daquele edifício arruinado, descobriu que se encontrava a menos de cem metros do Tiretta Bazar, um dos muitos centros comerciais da Zona Norte. Abençoou sua boa sorte e caminhou para a complexa trama de ruas estreitas e sinuosas que formava o coração daquela multicolorida área de Calcutá na direção da casa de Aryami Bosé.

Precisou de dez minutos para percorrer o caminho até o lar da última senhora da família Bosé. Aryami vivia sozinha num antigo casarão de estilo bengali, que se erguia atrás da espessa vegetação selvagem que, durante anos, tinha crescido no pátio sem intervenção da mão humana, o que lhe dava a aparência de um lugar abandonado e fechado. No entanto, nenhum morador da Zona Norte de Calcutá, uma área também conhecida como *cidade negra*, ousaria ultrapassar os limites daquele pátio e penetrar nos domínios de Aryami Bosé. Todos que a conheciam gostavam dela tanto quanto a temiam. Não havia uma única alma nas ruas do Norte da cidade que não tivesse ouvido falar dela e de seus antepassados em algum momento de sua vida. Entre as pessoas daquele lugar, sua presença podia ser comparada à de um espírito: poderosa e invisível.

Peake correu até o portão de lanças negras que dava acesso a uma trilha por dentro do pátio tomado pelo matagal e apertou o passo até a escadaria de mármore quebrado que levava à porta da casa. Segurando os dois bebês com um braço só, bateu repetidamente na porta com o punho fechado, esperando que o estrondo do temporal não abafasse o som de suas batidas.

O tenente passou vários minutos batendo na porta, com o olhar fixo nas ruas desertas às suas costas e alimentando o temor de ver os seus perseguidores aparecerem a qualquer momento. Quando a porta deslizou diante dele, Peake virou e a luz de um lampião cegou seus olhos enquanto uma voz que não ouvia havia cinco anos pronunciava baixinho o seu nome. Peake protegeu os olhos com uma mão e reconheceu o semblante impenetrável de Aryami Bosé.

A mulher sondou o seu olhar e depois olhou para as crianças. Uma sombra de dor cobriu seu rosto. Peake baixou os olhos.

— Ela morreu, Aryami — murmurou Peake. — Já estava morta quando cheguei...

Aryami fechou os olhos e respirou profundamente. Peake adivinhou que a confirmação de suas piores suspeitas penetrava na alma daquela mulher como uma gota de ácido.

— Entre — disse ela finalmente, abrindo passagem e fechando a porta às suas costas.

Assim que entrou, Peake deitou os bebês em cima de uma mesa e tirou as roupas ensopadas. Em silêncio, Aryami pegou panos secos e enrolou os dois enquanto Peake avivava o fogo para aquecê-los mais rápido.

— Estão me seguindo, Aryami — disse Peake. — Não posso ficar aqui.

— Está ferido — disse a mulher apontando para a marca que o prego do armazém tinha deixado.

— É só um arranhão superficial — mentiu Peake. — Não está doendo.

Aryami aproximou-se e estendeu a mão para acariciar o rosto suado de Peake.

— Você sempre a amou...

Peake desviou os olhos para os bebês e não respondeu.

— Poderiam ser seus filhos — disse Aryami. — E talvez tivessem tido melhor sorte.

— Preciso ir agora, Aryami — concluiu o tenente. — Se ficar aqui, não vão sossegar enquanto não me pegarem.

Os dois trocaram um olhar derrotado, conscientes do destino que esperava por Peake assim que voltasse para a rua. Aryami pegou a mão do tenente entre as suas e apertou com força.

— Nunca fui boa com você — disse. — Temia por minha filha, pela vida que podia ter junto a um oficial britânico. Estava enganada. Suponho que nunca vai me perdoar.

— Isso já não tem a menor importância — respondeu Peake. — Preciso ir. Agora, já.

No último instante, Peake aproximou-se dos bebês, que dormiam aquecidos pelo fogo. Os dois olharam para ele com curiosidade brincalhona e os olhos brilhando, sorridentes. Estavam a salvo. O tenente caminhou até a porta e suspirou profundamente. Depois daqueles poucos minutos de repouso, o peso do cansaço e da dor palpitante que sentia na perna caíram sobre ele implacavelmente. Tinha gasto suas forças até o último alento para trazer os bebês para aquele lugar e agora duvidava de sua capacidade de fazer frente ao inevitável. Lá fora, a chuva continuava a açoitar a vegetação e não havia sinal de seu perseguidor, nem de seus capangas.

— Michael... — disse Aryami às suas costas.

O jovem parou sem virar para trás.

— Ela sabia — mentiu Aryami. — Soube desde sempre e tenho certeza de que, de alguma maneira, correspondia aos seus sentimentos. Foi tudo minha culpa. Não guarde rancor.

Peake concordou em silêncio e fechou a porta atrás de si. Ficou alguns segundos parado na chuva e depois, com a alma em paz, retomou seu caminho ao encontro de seus perseguidores. Refez seus passos até chegar ao lugar de onde tinha saído do armazém abandonado e, em busca de um esconderijo onde pudesse esperar, penetrou de novo nas sombras do velho edifício.

Enquanto se aninhava na escuridão, o esgotamento e a dor que sentia misturaram-se paulatinamente numa sensação embriagadora de abandono e paz. Seus lábios desenharam um meio sorriso. Já não tinha mais nenhuma esperança, nenhum motivo para seguir vivendo.

* * *

Os dedos longos e afilados da luva negra acariciaram a ponta ensanguentada do prego que despontava na madeira podre, junto à entrada do porão do armazém. Lentamente, enquanto seus homens esperavam em silêncio às suas costas, a esbelta figura, que ocultava o rosto dentro de um capuz negro, levou a ponta dos dedos aos lábios e lambeu a gota de sangue escuro e espesso, saboreando-a como se fosse uma lágrima de mel. Depois de alguns segundos, virou-se para os homens que tinha contratado horas antes por algumas moedas e a promessa de outras mais no final do trabalho e apontou para o interior do edifício. Os três capangas enfiaram-se apressadamente pelo buraco que Peake tinha aberto minutos antes. O encapuzado sorriu na escuridão.

— Estranho lugar esse que você escolheu para morrer, tenente Peake — murmurou para si mesmo.

Escondido atrás de uma pilha de caixas vazias nas entranhas do porão, Peake viu as três silhuetas entrarem no edifício e, embora não pudesse vê-lo de onde estava, tinha certeza de que o patrão deles estava esperando do outro lado da parede. Podia sentir a sua presença. Empunhou o revólver e girou o tambor até que uma das balas ficasse na agulha, amortecendo o barulho da arma sob a capa ensopada que o cobria. Não hesitava em trilhar o caminho até a morte, mas não queria percorrê-lo sozinho.

A adrenalina que corria em suas veias mitigava a dor pungente no joelho até convertê-la numa palpitação surda e distante. Surpreso com sua própria serenidade, Peake sorriu de novo e ficou imóvel em seu esconderijo. Acompanhou o avanço lento dos três homens através dos corredores das estantes nuas, até que seus carrascos pararam a uma dezena de metros. Um dos homens levantou a mão e apontou algumas marcas no chão. Peake levantou a arma na altura do peito, apontando para eles e tensionou o gatilho.

Mais um sinal e os três homens se separaram. Dois deles rodearam devagar o caminho que conduzia à pilha de caixas e o terceiro caminhou em linha reta para Peake. O tenente contou mentalmente até cinco e, de repente, empurrou a coluna de caixas sobre o atacante. As caixas desmoronaram em cima do perseguidor e Peake correu para a abertura pela qual tinham entrado.

Um dos assassinos de aluguel topou com ele numa interseção do corredor, segurando a lâmina do punhal a um palmo de seu rosto. Antes que o criminoso pudesse sorrir vitorioso, Peake enfiou o cano do revólver embaixo de seu queixo.

— Solte a faca — cuspiu o tenente.

O homem examinou os olhos glaciais do tenente e fez o que ele ordenava, Peake agarrou-o brutalmente pelo cabelo e, sem tirar a arma do seu pescoço, virou na direção de seus cúmplices, usando o corpo do refém como escudo. Os outros dois bandidos foram se aproximando lentamente, à espreita.

— Poderia nos poupar essa cena, tenente, e entregar de uma vez o que procuramos — murmurou uma voz familiar às suas costas. — Lembre-se de que esses homens são pais de família honrados.

Peake olhou para o encapuzado que sorria ironicamente a poucos metros dele, na penumbra. Num tempo que não estava tão distante, olhara para aquele rosto como se olha para um amigo. Agora só reconhecia nele a face de seu assassino.

— Vou arrebentar a cabeça desse sujeito, Jawahal — gemeu Peake.

O refém fechou os olhos, tremendo.

O encapuzado cruzou as mãos pacientemente e emitiu um leve suspiro de tédio.

— Faça o que mais lhe agradar, tenente — devolveu Jawahal —, mas lembre-se de que nada disso vai tirá-lo daqui.

— Estou falando sério — replicou Peake afundando a ponta do cano do revólver embaixo do queixo do capanga.

— Claro, tenente — disse Jawahal em tom conciliador. — Dispare se tem coragem suficiente para matar um homem a sangue-frio e sem a permissão de Sua Majestade. Do contrário, largue essa arma e poderemos chegar a um acordo proveitoso para ambas as partes.

Os dois assassinos armados tinham parado e permaneciam imóveis, dispostos a pular em cima dele ao primeiro sinal do encapuzado. Peake sorriu.

— Muito bem — disse finalmente. — O que acha desse acordo?

Peake empurrou o refém para o chão e virou com o revólver apontado para o encapuzado. O eco do primeiro tiro percorreu o porão. A mão enluvada do encapuzado emergiu da nuvem de pólvora com a palma estendida. Peake teve a impressão de ver o projétil achatado brilhar na penumbra e derreter lentamente num fio de metal líquido que escorria entre os dedos afilados como se fosse um punhado de areia.

— Péssima pontaria, tenente — disse o encapuzado. — Tente novamente, mais de perto dessa vez.

Sem lhe dar tempo de mover um músculo, o encapuzado agarrou a mão armada de Peake e colocou a ponta da pistola em seu próprio rosto, entre os olhos.

— Não foi assim que lhe ensinaram na academia? — sussurrou.

— Houve um tempo em que fomos amigos — disse Peake.

Jawahal sorriu com desprezo.

— Pois esse tempo já passou, tenente — respondeu o encapuzado.

— Que Deus me perdoe — gemeu Peake, apertando o gatilho novamente.

Num instante que pareceu eterno, Peake ficou olhando a bala perfurar o crânio de Jawahal, arrancando o capuz de sua cabeça. Durante alguns segundos, a luz atravessou a ferida no meio daquele rosto congelado e sorridente. Em seguida, o orifício fumegante aberto pelo projétil foi se fechando lentamente sobre si mesmo e Peake sentiu o revólver deslizar entre seus dedos.

Os olhos acesos de seu oponente penetraram nos seus e uma língua longa e negra despontou entre seus lábios.

— Ainda não entendeu, não é verdade, tenente? Onde estão as crianças?

Não era uma pergunta, era uma ordem.

Mudo de terror, Peake negou com a cabeça.

— Como quiser.

Jawahal espremeu sua mão e Peake sentiu os ossos de seus dedos estalarem sob a pele. Uma pontada lancinante de dor fez com que caísse de joelhos no chão, sem fôlego.

— Onde estão as crianças? — repetiu Jawahal.

Peake tentou articular algumas palavras, mas o fogo que queimava a massa ensanguentada que alguns segundos atrás era a sua mão o impedia de falar.

— Queria dizer alguma coisa, tenente? — murmurou Jawahal, ajoelhando-se diante dele.

Peake fez que sim.

— Muito bem, muito bem — sorriu o inimigo. — Para ser franco, seu sofrimento não me diverte. Ajude-me a pôr um fim nisso.

— As crianças morreram — gemeu Peake.

O tenente percebeu a careta de desgosto que se desenhava no rosto de Jawahal.

— Não, não. Estava indo tão bem, tenente. Não estrague tudo agora.

— Morreram — repetiu Peake.

Jawahal deu de ombros e concordou lentamente.

— Está bem — concedeu. — Você não me deixa outra alternativa. Mas antes de sua partida, permita que lembre que, quando a vida de Kylian estava em suas mãos, você foi incapaz de fazer qualquer coisa para salvá-la. Homens como você foram a causa de sua morte. Mas os dias desse tipo de homem chegaram ao fim. Você é o último. O futuro é meu.

Peake ergueu um olhar suplicante para Jawahal e, lentamente, notou que as pupilas de seus olhos se encolhiam numa fenda estreita sobre duas esferas douradas. O homem sorriu e com infinita delicadeza começou a tirar a luva que cobria sua mão direita.

— Lamentavelmente, você não viverá o suficiente para ver — acrescentou Jawahal. — Mas não pense nem por um segundo que seu ato de heroísmo serviu para alguma coisa. Não passa de um imbecil, tenente Peake. Essa foi a impressão que sempre me passou e agora, na hora de morrer, você só faz confirmá-la. Espero que exista um inferno para os imbecis, Peake, porque é para lá que vou mandar você.

Peake fechou os olhos e ouviu o crepitar do fogo a alguns centímetros de seu rosto. Em seguida, depois de um instante interminável, sentiu que uns dedos ardentes apertavam sua garganta e roubavam seu último alento de vida, enquanto, ao longe, ouvia o som daquele maldito trem e as vozes espectrais de centenas de crianças gritando nas chamas. Depois, a escuridão.

* * *

Aryami Bosé percorreu toda a casa apagando uma a uma as velas que iluminavam seu santuário. Deixou apenas a tímida luz do fogo, que projetava lampejos fugazes de luz sobre as paredes nuas. As crianças dormiam ao calor das brasas e apenas o crepitar dos galhos no fogo e o tique-taque da chuva nas janelas fechadas rompiam o silêncio sepulcral que reinava na casa. Lágrimas silenciosas deslizaram por seu rosto e caíram sobre a túnica dourada, enquanto com mãos trêmulas Aryami pegava o retrato de sua filha Kylian entre os objetos que guardava como um tesouro num pequeno cofre de bronze e marfim.

Um velho fotógrafo itinerante vindo de Mumbai tinha tirado o retrato um tempo antes do casamento, sem aceitar qualquer pagamento pelo trabalho. A imagem mostrava Kylian tal e qual Aryami recordava, envolta por uma estranha luminosidade que parecia emanar dela e que fascinava todos que a conheciam, assim como tinha encantado o olho esperto do retratista, que lhe deu o título que todos usavam ao falar dela: princesa de luz.

É claro que Kylian nunca foi uma verdadeira princesa, nem teve outro reino que não fossem as ruas que a viram crescer. No dia em que Kylian deixou a residência dos Bosé para viver com o marido, foi com lágrimas nos olhos que os habitantes do Machuabazaar se despediram quando a viram passar na carruagem branca que roubava para sempre a princesa da *cidade negra*. Ainda era uma menina quando o destino a levou e nunca mais voltou.

Aryami se sentou diante do fogo, perto dos bebês, e apertou a velha fotografia contra o peito. O temporal rugiu novamente e Aryami recuperou a força de sua ira para decidir o que faria agora. O perseguidor do tenente Peake não se contentaria em acabar com ele. A coragem do jovem lhe dera alguns minutos preciosos que não podia desperdiçar por motivo algum, nem mesmo para chorar a memória de sua filha. A experiência já tinha lhe ensinado que o futuro ofereceria mais tempo do que desejava para lamentar os erros cometidos no passado.

* * *

Botou a fotografia de volta no cofre e pegou o medalhão que tinha mandado fazer para Kylian anos atrás, uma joia que nunca chegou a brilhar. O medalhão era composto por dois círculos de ouro, um sol e uma lua, que encaixavam um no outro formando uma única peça. Pressionando-se o centro do medalhão, as duas partes se separavam. Aryami pegou as duas metades, enfiou-as em grossas correntes de ouro e colocou-as no pescoço de cada um dos bebês.

Enquanto fazia isso, a velha senhora pensava nas decisões que deveria tomar. Só um caminho apontava para sua sobrevivência: precisava separá-los, afastar um do outro, apagar seu passado e ocultar sua identidade do mundo e deles mesmos, por mais doloroso que fosse. Não era possível mantê-los juntos sem se delatar, mais cedo ou mais tarde. Aquele era um risco que não podia correr por preço algum. E mais: tinha que resolver aquele dilema antes do amanhecer.

Aryami pegou os dois bebês nos braços e beijou suas testas suavemente. As mãozinhas diminutas acariciaram seu rosto e os dedinhos tocaram as lágrimas que cobriam sua face. Os olhares risonhos dos dois a fitavam sem entender. Apertou-os de novo nos braços e colocou-os de volta no pequeno berço que tinha improvisado para eles.

Assim que largou os dois, pegou um lampião, papel e caneta. O futuro de seus netos estava em suas mãos. Respirou profundamente e começou a escrever. Ao longe, podia ouvir que a chuva diminuía e os sons da tempestade se afastavam para o norte, estendendo sobre Calcutá um manto infinito de estrelas.

* * *

Thomas Carter achava que, quando completasse 50 anos, a cidade de Calcutá, onde tinha vivido os últimos trinta e três anos, já não reservaria nenhuma surpresa para ele.

Ao amanhecer daquele dia de maio de 1916, depois de um dos temporais mais violentos que recordava fora da época das monções, a surpresa chegou às portas do orfanato St. Patrick's em forma de cesto com um bebê e uma carta lacrada dirigida à sua exclusiva atenção pessoal.

A surpresa foi dupla. Em primeiro lugar, ninguém em Calcutá se preocupa em abandonar uma criança nas portas de um orfanato: existem vielas, lixeiras e poços por toda parte, que permitem fazer isso com maior comodidade. E em segundo lugar, ninguém escreve cartas de apresentação como aquela, assinada e sem deixar margens para dúvidas a respeito de sua assinatura.

Carter examinou as lentes dos óculos na contraluz e soprou nos vidros para que o hálito facilitasse a limpeza com um lenço de algodão cru e envelhecido que usava para esse fim pelo menos vinte e cinco vezes por dia, trinta e cinco durante os meses do verão indiano.

O menino descansava no andar de baixo, no dormitório de Vendela, a enfermeira-chefe, sob sua atenta vigilância, depois de ter sido examinado pelo dr. Woodward, que foi arrancado de seu sono pouco antes do amanhecer e que não recebeu, além de um apelo a seus deveres hipocráticos, nenhuma outra explicação.

O bebê estava essencialmente saudável. Havia alguns sinais de desidratação, mas não parecia afetado por nenhuma das febres do amplo catálogo que costumava ceifar as vidas de milhares de criaturinhas como aquela, negando-lhe o direito de chegar à idade necessária para aprender a pronunciar o nome da própria mãe. Tudo que encontraram com ele foi um medalhão de ouro em forma de sol, que Carter tinha na mão, e aquela carta. Uma carta que, caso aceitasse que era verdadeira — e era difícil encontrar outra alternativa —, o deixava numa situação bastante arriscada.

Carter trancou o medalhão à chave na gaveta superior de sua escrivaninha e pegou de novo a carta, que releu pela décima vez:

Caro Mr. Carter,
Vejo-me obrigada a pedir sua ajuda nas mais penosas circunstâncias, apelando para a amizade que sei que o uniu a meu falecido marido durante mais de dez anos. Nesse período, meu marido nunca poupou elogios à sua honestidade e à extraordinária confiança que o senhor sempre lhe inspirou. Por isso, imploro agora que atenda à minha súplica, por mais estranha que possa parecer, com a maior urgência e, na medida do possível, com o maior dos segredos.
O menino que sou obrigada a entregar-lhe perdeu seus pais nas mãos de um assassino que jurou matar os dois e acabar igualmente com toda a sua descendência. Não posso, nem creio que seja oportuno revelar os motivos que o levaram a cometer tal ato. Basta dizer que o aparecimento dessa criança deve ser mantido em segredo. O senhor não poderá dar parte disso sob nenhum pretexto à polícia ou às autoridades britânicas, pois o assassino dispõe de conexões em ambas as instituições, que não demorariam a levá-lo ao menino.
Por motivos óbvios, não posso mantê-lo comigo sem que fique exposto ao mesmo destino que pôs fim à vida de seus pais. Por isso, volto a implorar que cuide dele, dando-lhe um nome e educando-o dentro dos retos princípios de sua instituição para que, no dia de amanhã, ele possa ser uma pessoa tão honrada e honesta quanto foram os seus pais.
Estou consciente de que o menino nunca poderá conhecer seu passado, mas é de vital importância que seja assim.

Não disponho de muito tempo para fornecer mais detalhes e sinto-me na obrigação de recordar a amizade e a confiança que existia entre o senhor e meu marido para justificar esse pedido.

Peço que ao terminar a leitura desta carta, trate de destruí--la, assim como qualquer sinal que possa delatar o encontro dessa criança. Sinto não poder fazer esse pedido em pessoa, mas a gravidade da situação me impede.

Na confiança de que saberá tomar a decisão adequada, receba minha eterna gratidão.

Aryami Bosé

Uma batida na porta o arrancou da leitura. Carter tirou os óculos, dobrou cuidadosamente a carta e enfiou na gaveta da escrivaninha, que trancou à chave.

— Entre — respondeu.

Vendela, a enfermeira-chefe do St. Patrick's, surgiu na porta com seu eterno semblante tristonho e prestativo. Seu olhar não inspirava boas-novas.

— Tem um cavalheiro que deseja vê-lo — disse simplesmente.

Carter franziu as sobrancelhas.

— De que se trata?

— Não quis dar mais detalhes — respondeu a enfermeira, mas sua expressão parecia insinuar claramente que seu instinto tinha farejado que tais detalhes, se houvesse, pareciam vagamente suspeitos.

Depois de uma pausa, Vendela entrou na sala e fechou a porta atrás de si.

— Acho que se trata da história do menino — disse a enfermeira com certa preocupação. — Não lhe disse nada.

— Falou com mais alguém? — perguntou Carter.

Vendela negou com a cabeça. Carter fez que sim e guardou a chave da escrivaninha no bolso da calça.

— Posso dizer que o senhor não está no momento — sugeriu Vendela.

Carter considerou a opção por um instante e concluiu que, se as suspeitas de Vendela apontavam na direção certa (e costumavam apontar), aquilo só serviria para reforçar a ideia de que o St. Patrick's tinha algo a esconder. A decisão veio imediatamente.

— Não. Vou recebê-lo, Vendela. Mande entrar, mas garanta que ninguém do pessoal fale com ele. Discrição absoluta sobre esse assunto, certo?

— Entendi.

Carter ficou ouvindo os passos de Vendela se afastarem pelo corredor enquanto limpava as lentes dos óculos novamente e constatava que a chuva tinha recomeçado a bater nos vidros de sua janela com impertinência.

* * *

O homem vestia uma longa capa negra e sua cabeça estava coberta por um turbante sobre o qual se via um medalhão escuro que imitava a silhueta de uma serpente. Seus movimentos estudados lembravam os de um próspero comerciante do norte de Calcutá e seus traços pareciam vagamente hindus, embora a pele refletisse uma palidez enfermiça, a pele de alguém que nunca via os raios do sol. A mestiçagem de raças original das ruas de Calcutá misturava bengalis, armênios, judeus, anglo-saxões, chineses, muçulmanos e inúmeros outros grupos que chegavam ao campo de Kali em busca de fortuna ou refúgio. Aquele rosto podia pertencer a qualquer uma dessas etnias e a nenhuma delas.

Enquanto servia duas xícaras de chá na bandeja trazida por Vendela, Carter sentiu os olhos penetrantes em suas costas, inspecionando-o cuidadosamente.

— Sente-se, por favor — indicou Carter ao desconhecido amavelmente. — Açúcar?

— Igual ao seu, por favor.

A voz do desconhecido não tinha sotaque nem expressão alguma. Carter engoliu em seco, colou um sorriso cordial nos lábios e virou, entregando a xícara de chá ao sujeito. Dedos cobertos por uma luva negra, longos e afilados como garras, fecharam-se sobre a porcelana fervente sem vacilar. Carter sentou na poltrona e mexeu o açúcar de sua própria xícara.

— Sinto incomodá-lo neste momento, sr. Carter. Imagino que deve ter muito que fazer e, portanto, serei breve — afirmou o homem.

Carter concordou educadamente.

— Qual é então o motivo de sua visita, senhor...? — começou Carter.

— Meu nome é Jawahal, Mr. Carter — explicou o desconhecido. — Serei muito franco. Talvez minha pergunta pareça estranha, mas por acaso encontraram um menino, um bebê de apenas alguns dias, ontem à noite ou durante o dia de hoje?

Carter franziu as sobrancelhas e exibiu sua melhor cara de surpresa: nada óbvio demais, nem sutil demais.

— Um menino? Acho que não entendi.

O homem que dizia se chamar Jawahal sorriu amplamente.

— Vou explicar, só não sei por onde começar. É bem verdade que se trata de uma história um tanto embaraçosa. Confio em sua discrição, sr. Carter.

— Pode contar com ela, sr. Jawahal — devolveu Carter tomando um gole de seu chá.

O homem, que não tinha tocado no seu, relaxou e começou a esclarecer as coisas.

— Sou dono de uma importante empresa têxtil na Zona Norte da cidade — explicou. — Sou o que poderíamos denominar um homem abastado. Alguns dizem que sou rico e não posso dizer que não têm razão. Muitas famílias dependem de mim e considero uma honra tentar ajudá-las em tudo o que estiver ao meu alcance.

— Todos fazemos o que podemos, com as coisas do jeito que estão... — concordou Carter, sem afastar o olhar daqueles olhos negros e insondáveis.

— Claro — continuou o desconhecido. — O motivo que me trouxe à sua nobre instituição é um assunto penoso, que gostaria de solucionar o quanto antes. Uma semana atrás, uma moça que trabalha em uma de minhas fábricas deu à luz um menino. O pai da criatura é, ao que tudo indica, um descarado anglo-indiano que tinha lá uma história com ela e cujo paradeiro, desde que teve notícia da gravidez da moça, é desconhecido. Pelo que pude descobrir, a família da jovem é muçulmana de Déli. Gente muito rigorosa, que não sabe nada do assunto.

Carter concordou gravemente, demonstrando compaixão pela história que tinha acabado de ouvir.

— Dois dias atrás, fiquei sabendo por um de meus capatazes que a moça, num acesso de loucura, fugiu da casa onde vivia com a família com a ideia de, segundo me contaram, vender a criança — continuou Jawahal. — Mas não deve julgá-la mal, é uma moça exemplar, mas a pressão que pesava sobre ela foi demais. Não se espante. Este país, assim como o seu, é pouco tolerante com as fraquezas humanas.

— Então o senhor acha que essa criança pode estar aqui, sr. Jahawal? — perguntou Carter, tentando retomar o fio da meada.

— Jawahal — corrigiu o visitante. — Isso veremos. Na verdade, depois que fiquei sabendo dos fatos, senti que, de certa forma, era responsável. Afinal, a moça trabalhava sob meu teto. Acompanhado por dois capatazes de confiança, percorri a cidade e verifiquei que a jovem tinha vendido a criança a um criminoso desprezível que faz tráfico de crianças para mendigar. Uma realidade tão lamentável quanto habitual nos dias que correm. Conseguimos encontrá-lo, mas, em circunstâncias que não vêm ao caso agora, ele conseguiu escapar no último momento. Isso aconteceu à noite, nas imediações do orfanato. Tenho motivos para acreditar que, com medo do que poderia acontecer, o sujeito talvez tenha abandonado a criança nas vizinhanças.

— Entendo — comentou Carter. — E já deu parte desse assunto às autoridades locais, sr. Jawahal? O tráfico de crianças tem sido duramente castigado, como deve saber.

O desconhecido cruzou as mãos e suspirou levemente.

— Pensei que poderia solucionar a questão sem necessidade de chegar a esse extremo — disse. — Francamente, se desse parte, envolveria a jovem e a criança ficaria sem pai nem mãe.

Carter avaliou cuidadosamente a história do desconhecido e balançou a cabeça lenta e repetidamente em sinal de compreensão. Não acreditava numa única vírgula de toda aquela história.

— Sinto não poder ajudá-lo, sr. Jawahal. Infelizmente, não encontramos nenhum menino, nem tivemos notícia de que algo assim tenha acontecido na nossa área — explicou Carter.

— De todo modo, basta o senhor deixar seus dados, que entraremos em contato se tivermos alguma notícia. No entanto, temo que teria de informar às autoridades, caso alguma criança seja abandonada neste hospital. É a lei e não posso ignorá-la.

O homem contemplou Carter em silêncio durante alguns segundos, sem piscar. Carter sustentou o olhar sem alterar uma linha de seu sorriso, ainda que sentisse o estômago encolher e o pulso acelerar como se estivesse diante de uma serpente pronta para dar o bote. Finalmente, o desconhecido sorriu com cordialidade e apontou para a silhueta do Raj Bhawan, o edifício do governo britânico, de aparência palaciana, que se erguia à distância sob a chuva.

— Os senhores, britânicos, são admiravelmente cumpridores da lei e isso só pode honrá-los. Não foi Lord Wellesley quem decidiu mudar a sede do governo, em 1799, para esse magnífico enclave, com o objetivo de dar nova envergadura à sua lei? Ou terá sido em 1800? — perguntou Jawahal.

— Acho que não sou um bom conhecedor da história local — comentou Carter, desconcertado com o rumo extravagante que Jawahal tinha dado à conversa.

O visitante franziu as sobrancelhas em sinal de amável e pacífica desaprovação de sua declarada ignorância.

— Com apenas duzentos e cinquenta anos de vida, Calcutá é uma cidade tão desprovida de história que o mínimo que podemos fazer por ela é conhecê-la, Mr. Carter. Mas voltando ao assunto, acho que foi em 1799. Conhece a razão da mudança? O governador Wellesley disse que a Índia devia ser governada de um palácio, não de um edifício de contadores; e com as ideias de um príncipe e não as de um comerciante de especiarias. Toda uma concepção de mundo, eu diria.

— Sem dúvida — concedeu Carter, levantando-se com a intenção de despachar o estranho visitante.

— Porém, se me permite, aplicada a um império onde a decadência é uma arte e Calcutá seu maior museu — acrescentou Jawahal.

Carter concordou de modo vago, sem saber exatamente com o quê.

— Sinto tê-lo feito perder seu tempo, Mr. Carter — concluiu Jawahal.

— De forma alguma, ao contrário — devolveu Carter. — Só lamento não ter podido ajudá-lo mais. Em casos assim, todos devemos fazer tudo que está ao nosso alcance.

— Isso mesmo — rebateu Jawahal, levantando-se também. — Mais uma vez, agradeço sua amabilidade. No entanto, gostaria de fazer mais uma pergunta.

— Responderei com muito gosto — replicou Carter, ansiando interiormente pela chegada do momento em que se veria livre daquele indivíduo.

Jawahal sorriu malicioso, como se tivesse lido seus pensamentos.

— Até que idade as crianças que são recolhidas aqui podem permanecer, Mr. Carter?

Carter não conseguiu ocultar uma expressão de estranheza diante daquela pergunta.

— Espero não ter cometido nenhuma indiscrição — apressou-se a contemporizar Jawahal. — Se tiver, por favor, ignore minha pergunta. É uma simples curiosidade.

— Em absoluto. Não é nenhum segredo. Os internos do St. Patrick's ficam sob nosso teto até o dia em que completam

16 anos. Passado esse prazo, encerra-se o período de tutela legal. Já são adultos, ou pelo menos é o que diz a lei, e estão em condições de levar sua própria vida. Como verá, esta é uma instituição privilegiada.

Jawahal ouviu atentamente e pareceu refletir sobre a questão.

— Imagino que deve ser doloroso para o senhor vê-los partir depois de cuidar deles todo esse tempo — observou Jawahal. — De certa forma, o senhor é o pai de todos esses meninos.

— Faz parte do meu trabalho — mentiu Carter.

— Claro, claro. No entanto, perdoe meu atrevimento, mas como podem saber qual é a verdadeira idade de um menino que não tem pais nem família? Um tecnicismo, suponho...

— A idade de cada um dos nossos internos em geral é a data de sua chegada ou um cálculo aproximado feito pela instituição — explicou Carter, incomodado diante da perspectiva de discutir os procedimentos do St. Patrick's com aquele desconhecido.

— Isso transforma o senhor num pequeno Deus, Mr. Carter — comentou Jawahal.

— É uma opinião que não compartilho — respondeu secamente Carter.

Jawahal saboreou o desagrado que transparecia no rosto de Carter.

— Perdoe a minha ousadia, Mr. Carter — devolveu Jawahal. — Em qualquer caso, fico feliz em tê-lo conhecido. É possível que faça uma visita no futuro e possa dar uma contribuição a sua nobre instituição. Talvez volte em dezesseis anos e, quem sabe, possa conhecer os meninos que passaram a fazer parte de sua grande família exatamente no dia de hoje...

— Será um prazer recebê-lo então, se assim o desejar — disse Carter, acompanhando o desconhecido até a porta de sua sala. — Parece que a chuva apertou de novo. Não prefere esperar que diminua outra vez?

O homem virou-se para Carter e as pérolas negras de seus olhos brilharam intensamente. Aquele olhar parecia ter avaliado cada um de seus gestos e expressões desde o momento em que entrou em seu gabinete, farejando cada cantinho e analisando pacientemente as suas palavras. Carter lamentou ter oferecido a hospitalidade do St. Patrick's.

Naquele exato momento, Carter desejava poucas coisas no mundo com a mesma intensidade com que queria perder aquele indivíduo de vista. Pouco importava se um furacão estava arrasando as ruas da cidade.

— A chuva logo vai parar, Mr. Carter — respondeu Jawahal. — De todo modo, muito obrigado.

Precisa como um relógio, Vendela estava esperando o fim da entrevista no corredor e escoltou o visitante até a saída. Da janela de seu gabinete, Carter contemplou aquela silhueta negra se afastando sob a chuva até vê-la desaparecer ao pé da colina por entre as vielas. Permaneceu ali, diante de sua janela, com o olhar fixo no Raj Bhawan, a sede do governo. Minutos depois, tal como Jawahal tinha previsto, a chuva parou.

Thomas Carter serviu outra xícara de chá, sentou em sua poltrona e ficou contemplando a cidade. Tinha sido criado num lugar semelhante àquele que dirigia agora, nas ruas de Liverpool. Entre os muros daquela instituição tinha aprendido três coisas que governariam o resto de sua vida: apreciar o valor das coisas materiais em sua justa medida, amar os clássicos e, em último lugar, mas não menos importante, reconhecer um mentiroso a uma milha de distância.

Saboreou o chá sem pressa e resolveu começar a comemorar seu quinquagésimo aniversário, visto que Calcutá ainda tinha surpresas reservadas para ele. Aproximou-se do armarinho envidraçado e tirou uma caixa de charutos que guardava para as ocasiões memoráveis. Com um longo fósforo, acendeu o valioso exemplar com toda a calma que o cerimonial exigia.

Em seguida, aproveitando a chama providencial do fósforo, tirou a carta de Aryami Bosé da gaveta da escrivaninha e tocou fogo. Enquanto o pergaminho se reduzia a cinzas numa pequena bandeja com as iniciais do St. Patrick's, Carter deleitava-se com o tabaco e, em homenagem a um de seus ídolos de juventude, Benjamin Franklin, resolveu que o novo inquilino do orfanato St. Patrick's cresceria com o nome de Ben e que ele pessoalmente faria tudo o que pudesse para que o menino encontrasse entre aquelas quatro paredes a família que o destino tinha lhe roubado.

*A*ntes de dar sequência ao meu relato e começar a narrar os acontecimentos realmente significativos desta história, que tiveram lugar dezesseis anos mais tarde, preciso abrir espaço para apresentar alguns de seus protagonistas. Basta lembrar que, enquanto tudo isso acontecia nas ruas de Calcutá, alguns de nós ainda nem tinham nascido e outros tinham apenas alguns dias de vida. Apenas uma circunstância era comum a todos nós e acabaria nos unindo sob o teto do St. Patrick's: nunca tivemos nem uma família, nem um lar.

Aprendemos a sobreviver sem nenhuma dessas duas coisas, ou melhor, inventando nossa própria família e criando nosso próprio lar. Uma família e um lar escolhidos livremente, onde não havia lugar para o acaso nem para a mentira. Nenhum dos sete conhecia outro pai que não fosse Mr. Thomas Carter e seus discursos sobre a sabedoria oculta nas páginas de Dante e de Virgílio, nem outra mãe que não fosse a cidade de Calcutá, com os mistérios que suas ruas escondiam sob a luz das estrelas da península de Bengala.

Nosso clube particular tinha um nome pitoresco, cuja verdadeira origem só quem conhecia era Ben, que batizou o local a seu *bel-prazer*. *Alguns de nós alimentavam a suspeita de que ele tinha arranjado aquele nome num velho catálogo de importadores por correspondência de Mumbai. Seja como for, a Chowbar Society foi criada num momento de nossas vidas em que as brincadeiras do orfanato já não ofereciam desafios realmente tentadores. Ao contrário, nossa astúcia estava suficientemente desenvolvida para que conseguíssemos escapar impunemente do edifício no meio da madrugada, passado o toque de recolher da venerável Vendela, rumo a nossa sede social, o secretíssimo e, segundo diziam, mal--assombrado casarão abandonado que durante décadas ocupou a esquina da Cotton Street com Brabourne Road, em plena cidade negra, a apenas dois quarteirões do rio Hooghly.*

A bem da verdade, devo dizer que aquele casarão, que nós chamávamos orgulhosamente de Palácio da Meia-Noite (em homenagem ao horário de nossas sessões plenárias), nunca foi mal--assombrado. No entanto, sua fama de maldito não era totalmente estranha às nossas atividades subterrâneas: um de nossos membros fundadores, Siraj, asmático profissional e especialista eruditíssimo em histórias de fantasmas, aparições e feitiços da cidade de Calcutá, inventou toda uma lenda convenientemente sinistra e verossímil sobre um suposto antigo inquilino do local. Isso ajudava a manter nosso refúgio secreto limpo e livre de intrusos.

A história, em poucas palavras, falava de um velho comerciante que aparecia envolto num manto branco e percorria o casarão levitando acima do assoalho, com os olhos acesos como brasas e longos dentes caninos despontando entre os lábios, sedento por almas incautas e bisbilhoteiras. O detalhe dos olhos e dos dentes era, claro, uma contribuição pessoal e intransferível de Ben, completa e incuravelmente vidrado em tramas cuja truculência colocava no chinelo os clássicos de Mr. Carter, inclusive Sófocles e o sangrento Homero.

Mas apesar do tom cômico de seu nome, a Chowbar Society era um clube tão seleto e estrito quanto aqueles que ocupavam os edifícios eduardianos do centro de Calcutá e imitavam seus homônimos de Londres: salões para gozar da ociosidade, taça de brandy na mão, era privilégio dos mais altos patrícios saxões. Mas para compensar a falta de um cenário mais glorioso, nosso objetivo era mais nobre.

A Chowbar Society nasceu com duas missões imprescindíveis. A primeira, garantir a cada um de seus sete membros a ajuda, o apoio e a proteção incondicional dos outros, diante de qualquer circunstância, perigo ou adversidade. A segunda, compartilhar os conhecimentos que cada um de nós ia adquirindo e colocá-los à disposição dos outros, aparelhando-nos para o dia em que teríamos que enfrentar o mundo sozinhos.

Cada um dos membros jurou, em seu próprio nome e por sua própria honra (não dispúnhamos de parentes próximos a quem hipotecar juramentos), que cumpriria tais objetivos e guardaria segredo sobre a existência da sociedade. Em seus sete anos de existência ininterrupta, nunca aceitamos um novo membro. Minto: na verdade, fizemos uma exceção, mas citá-la agora seria adiantar os acontecimentos...

Nunca houve um clube no qual os membros fossem mais unidos e onde a importância do juramento tivesse tanto peso. Ao contrário dos clubes dos cavalheiros endinheirados de Mayfair, nenhum de nós tinha um lar ou uma amante para nos esperar na saída do Palácio da Meia-Noite. Além do mais, também em divergência com fabulosas pensões para ex-alunos de Cambridge, a Chowbar Society aceitava mulheres.

Começarei, portanto, pela primeira mulher que prestou juramento como membro fundador da Chowbar Society, embora na época em que a cerimônia teve lugar nenhum de nós pensasse nela como mulher. Seu nome era Isobel e, como ela mesma dizia, tinha nascido para as luzes da ribalta. O sonho de Isobel era ser a sucessora de Sarah Bernhardt, seduzir todos os públicos, da Broadway a Shafestbury, e ofuscar todas as divas da nascente indústria cinematográfica, em Hollywood e em Mumbai. Colecionava recortes e programas de teatro, escrevia seus próprios dramas ("monólogos ativos", dizia ela), que apresentava para nós com um notável sucesso, com destaque para as excelentes personificações da mulher fatal à beira do abismo. Sob esse temperamento extravagante e melodramático, Isobel possuía, com a exceção provável de Ben, o melhor cérebro do grupo.

As melhores pernas pertenciam, no entanto, a Roshan. Ninguém corria como Roshan, que tinha crescido nas ruas de Calcutá aos cuidados de ladrões, mendigos e toda uma espécie de fauna daquela selva de pobreza que eram os bairros novos em expansão no sul da cidade. Aos 8 anos, foi trazido para o St. Patrick's por Thomas Carter e, depois de várias fugas e retornos, Roshan resolveu ficar conosco. Entre seus talentos, destacavam-se as artes de chaveiro. Não havia na Terra uma fechadura capaz de resistir a Roshan.

Já falei de Siraj, nosso especialista em casas mal-assombradas. Além de sua asma, sua compleição frágil e sua saúde delicada, Siraj possuía uma memória enciclopédica, especialmente no que dizia respeito às histórias mais tenebrosas da cidade (que eram centenas). Nos relatos fantasmagóricos que enriqueciam nossas noites maravilhosas, Siraj era o documentarista e Ben o homem da criatividade. Desde o cavaleiro fantasma de Hastings House até o espectro do líder revolucionário do motim de 1857, passando pelo horripilante sucesso do chamado buraco negro de Calcutá (onde morreram mais de cem homens asfixiados depois de presos no local, numa tentativa de assédio ao antigo Fort William), não havia história ou episódio macabro da história da cidade que escapasse do controle, análise e arquivamento de Siraj. Cumpre esclarecer que, para todos os demais, sua paixão era motivo de grande satisfação e celebração. Para sua desgraça, Siraj padecia de uma adoração por Isobel que beirava a doença. Não passava um semestre sem que seus pedidos de casamento futuro (invariavelmente recusados) não fossem motivo de grandes tormentos românticos no grupo, além de piorar a asma do pobre amante rejeitado.

Os afetos de Isobel eram competência exclusiva de Michael, um menino alto, esbelto e taciturno que se entregava a longas melancolias sem motivo aparente e que tinha o duvidoso privilégio de ter chegado a conhecer e recordar seus pais, mortos numa das inundações no delta do Ganges, quando uma barcaça superlotada virou. Michael falava pouco e sabia ouvir. Só existia um jeito de descobrir seus pensamentos: contemplar as dezenas de desenhos que fazia durante o dia. Ben costumava dizer que, se houvesse mais de um Michael no mundo, ele investiria toda a sua fortuna (ainda por ganhar, é claro) em ações de empresas papeleiras.

O melhor amigo de Michael era Seth, um menino bengali muito forte e de expressão severa, que só sorria umas seis vezes por ano e mesmo assim com discrição. Seth era um estudioso de tudo o que caísse em suas mãos, um devorador incansável dos clássicos de Mr. Carter e um apaixonado por astronomia. Quando não estava conosco, dedicava todo o seu talento à construção de um estranho telescópio com o qual, segundo Ben, não se conseguia ver nem a ponta dos próprios pés. Seth nunca apreciou o senso de humor vagamente cáustico de Ben.

Agora só falta Ben e, embora tenha ficado para o final, para mim ainda é muito difícil falar dele. Havia um Ben diferente para cada dia. Seu humor mudava a cada meia hora e passava de longos silêncios com expressão melancólica a períodos de hiperati-

vidade que acabavam cansando todo mundo. Um dia queria ser escritor; no outro, inventor e matemático; no outro ainda, navegador ou mergulhador; e no resto, tudo isso junto e muito mais. Ben inventava teorias matemáticas que nem ele mesmo conseguia recordar e escrevia histórias de aventuras tão disparatadas que ele mesmo se encarregava de destruí-las, dias depois de terminadas, envergonhado por tê-las escrito. Passava o tempo todo metralhando todos os que estavam a seu redor com acontecimentos extravagantes e jogos de palavras complicados, que sempre se negava a repetir. Ben era como um baú sem fundo, cheio de surpresas e também de mistérios, luzes e sombras. Ben era, e suponho que continue a ser, embora não o veja há décadas, meu melhor amigo.

Quanto a mim, tenho pouco para contar. Podem me chamar simplesmente de Ian. Só tive um sonho e bem modesto: estudar medicina e conseguir exercer a profissão. A sorte foi amável comigo e permitiu que o realizasse. Como Ben escreveu certa vez em uma de suas cartas, eu "estava passando por ali e pude ver tudo o que aconteceu".

Lembro que nos últimos dias daquele mês de maio de 1932, todos os sete membros da Chowbar Society íamos completar dezesseis anos. Aquela era a idade fatídica, temida e ao mesmo tempo desejada por todos.

Aos dezesseis anos, o St. Patrick's nos devolvia à sociedade, segundo rezavam os estatutos, para que acabássemos de crescer como homens e mulheres, transformando-nos em adultos responsáveis. Mas a data também tinha outro significado que todos compreendíamos muito bem: representava a dissolução definitiva da Chowbar Society. A partir daquele verão, nossos caminhos se separavam e, apesar das promessas e das amáveis mentiras que conseguíamos vender para nós mesmos, sabíamos que o vínculo que tinha nos unido logo ia desmoronar como um castelo de areia à beira-mar.

São tantas as recordações que conservo daqueles anos no St. Patrick's, que até hoje ainda me pego sorrindo comigo mesmo com a lembrança das invenções de Ben e das histórias fantásticas que partilhamos no Palácio da Meia-Noite. Mas entre todas as imagens que teimam em não se deixar levar pela corrente do tempo, a que sempre recordei com maior intensidade talvez tenha sido a daquela figura que tive a impressão de ver tantas vezes ao anoitecer no dormitório que quase todos os meninos do St. Patrick's dividíamos, uma sala longa, escura e de teto alto e abobadado que lembrava uma sala de hospital. Suponho que a insônia que me acompanhou até dois anos depois de minha mudança para a Europa tenha me transformado, mais uma vez, em espectador de tudo o que acontecia a meu redor enquanto todos os outros dormiam tranquilamente.

Foi ali, naquela sala monótona, que tive a visão de uma luz pálida que atravessava o dormitório. Sem saber como reagir, tratava de levantar e seguir o reflexo até a extremidade do quarto, onde podia contemplá-la de novo, do jeito que sonhei fazer em tantas outras ocasiões. A silhueta desbotada de uma mulher envolta em mantos de luz espectral se inclinava lentamente sobre a cama em que Ben dormia profundamente. Lutando para manter os olhos abertos, eu tinha a impressão de ver a dama de luz acariciar maternalmente o rosto do meu amigo e admirava seu rosto ovalado e transparente, cercado por um halo de luz brilhante e vaporosa. A dama erguia seus olhos para mim. Longe de sentir medo, eu mergulhava no poço triste daquele olhar ferido. A princesa de luz sorria e em seguida, depois de acariciar de novo o rosto de Ben, sua silhueta ia desaparecendo no ar numa chuva de lágrimas de prata.

Sempre alimentei a fantasia de que aquela visão encarnava a sombra de uma mãe que Ben nunca chegou a conhecer e, em algum lugar do meu coração, acalentava a esperança infantil de que uma aparição como aquela velasse por mim também. Esse foi o único segredo que nunca partilhei com ninguém, nem mesmo com Ben.

A ÚLTIMA NOITE DA CHOWBAR SOCIETY

Calcutá, 25 de maio de 1932.

Durante todos os anos em que esteve à frente do St. Patrick's, Thomas Carter deu aulas de literatura, história e aritmética com a eficiência altaneira do especialista em nada e entendido em tudo. A única matéria que não dominava e que nunca foi capaz de transmitir a seus alunos foi a arte de dizer adeus. Ano após ano, desfilavam diante dele os rostos entre excitados e apavorados dos meninos que a lei logo colocaria fora de sua influência e da proteção da instituição que dirigia. Ao vê-los cruzar os portões do St. Patrick's, Thomas Carter costumava comparar aqueles jovens a livros em branco, em cujas páginas ele tinha o encargo de escrever os primeiros capítulos de uma história que jamais teria o direito de terminar.

Sob seu semblante triste e severo, pouco inclinado às expansões emocionais e aos discursos de efeito, ninguém mais do que Thomas Carter temia a data em que aqueles *livros* abandonariam para sempre a sua *estante*. Logo passariam para mãos desconhecidas e penas que não teriam muitos escrúpulos na hora de escrever epílogos sombrios e distantes dos sonhos e expectativas com que seus pupilos partiam em voo solo pelas ruas de Calcutá.

A experiência fez com que renunciasse ao desejo de seguir os passos de seus alunos depois que suas mãos deixavam de ter permissão para guiá-los. Para Thomas Carter, o adeus costumava vir acompanhado do sabor amargo da decepção, ao constatar, cedo ou tarde, que assim como tinha privado aqueles meninos de um passado, a vida parecia ter roubado também seu futuro.

Naquela noite quente de maio, ouvindo as vozes dos jovens na modesta festa organizada no pátio dianteiro do edifício, Thomas Carter estava mergulhado na escuridão de seu gabinete contemplando as luzes da cidade que brilhavam sob a abóbada de estrelas e os bandos de nuvens negras que fugiam para o horizonte como manchas de tinta numa taça de água cristalina.

Como das outras vezes, tinha recusado o convite para comparecer à festa e estava jogado em sua poltrona, em silêncio, sem nenhuma luz senão os reflexos multicoloridos das lanternas de papel com velas com que Vendela e os meninos tinham decorado as árvores do pátio e a fachada do St. Patrick's, como um navio todo enfeitado para ser lançado ao mar. Teria tempo para pronunciar suas palavras de despedida nos dias que faltavam para o cumprimento da ordem oficial de devolver os jovens às mesmas ruas das quais os tinha resgatado.

Tal como era costume nos últimos tempos, Vendela não demorou a aparecer. Pela primeira vez, entrou sem esperar resposta e fechou a porta atrás de si. Carter examinou o rosto excepcionalmente risonho da enfermeira-chefe e sorriu na penumbra.

— Estamos ficando velhos, Vendela — disse o diretor do orfanato.

— Você está ficando velho, Thomas — corrigiu Vendela.

— Eu estou amadurecendo. Não vai descer para a festa? Os rapazes iam gostar de vê-lo. Bem que tentei dizer que você não seria exatamente a alma da festa... Mas nunca me deram ouvidos em todos esses anos e com certeza não iam começar agora.

Carter acendeu a luminária da escrivaninha e convidou Vendela a sentar com um gesto.

— Há quantos anos estamos juntos, Vendela? — perguntou Carter.

— Vinte e dois, Mr. Carter — precisou ela. — Mais do que tive que aguentar meu finado marido, que Deus o tenha em sua glória.

Carter riu da brincadeira de Vendela.

— Como conseguiu me aguentar durante todos esses anos? — quis saber Carter. — Não se reprima. Hoje é dia de festa e estou me sentindo muito benevolente.

Vendela deu de ombros e brincou com uma tira de serpentina vermelha que estava enrolada em seu cabelo.

— O salário não é mau e gosto de crianças. Não vai descer, não é?

Carter negou lentamente.

— Não quero estragar a festa dos meninos — explicou ele. — Além do mais, não ia conseguir aguentar as brincadeiras de Ben nem por um minuto.

— Ben está calmo esta noite — disse Vendela. — Triste, acho eu. Os meninos já deram a passagem para Ian.

O rosto de Carter iluminou-se. Os membros da Chowbar Society (cuja existência clandestina, contra qualquer prognóstico, era muito bem conhecida por Carter) estavam juntando dinheiro havia meses para comprar a passagem de barco para Southampton que seria o presente de despedida de Ian. Durante todos aqueles anos, Ian reiterou seu desejo de estudar medicina e Isobel e Ben sugeriram que Carter escrevesse uma carta recomendando o menino a várias escolas, junto com um pedido de bolsa de estudos. A notificação da concessão da bolsa tinha chegado um ano atrás, mas o custo da viagem para Londres superava todas as previsões.

Diante do problema, Roshan sugeriu que organizassem um assalto aos escritórios de uma companhia de navegação a dois quarteirões do orfanato. Siraj propôs que fizessem uma rifa. Carter tirou certa quantia de sua minguada fortuna pessoal e Vendela fez o mesmo. Não foi suficiente.

Sendo assim, Ben resolveu escrever uma peça de teatro em três atos intitulada *Os espectros de Calcutá* (uma incompreensível charada fantasmagórica em que até o eletricista morria), com Isobel como atriz principal no papel de Lady Windmare, o resto do grupo nos papéis secundários e uma direção grandiloquente a cargo do próprio Ben, que foi apresentada em diversas escolas da cidade e obteve um notável sucesso de público, mas não de crítica. Como resultado, arrecadou-se a soma que faltava para financiar a viagem de Ian. Depois da estreia, Ben deu início a um ardente elogio da arte comercial e do instinto infalível do público para reconhecer uma obra-prima.

— Ele caiu no choro quando recebeu o presente — informou Vendela.

— Ian é um rapaz formidável, um tanto inseguro, mas formidável. Fará um bom uso dessa passagem e da bolsa de estudos — afirmou Carter com orgulho.

— Perguntou por você. Queria agradecer sua ajuda.

— Não foi dizer que botei dinheiro do meu bolso, foi? — perguntou Carter alarmado.

— Fui, mas Ben desmentiu dizendo que você tinha gasto todo o orçamento deste ano com dívidas de jogo.

O burburinho da festa seguia animado no pátio. Carter franziu as sobrancelhas.

— Esse menino é um diabo. Se não tivesse que partir agora, eu mesmo me encarregaria de mandá-lo embora.

— Você adora esse menino, Thomas — riu Vendela, levantando. — E ele sabe disso.

A enfermeira caminhou até a porta e virou ao chegar à soleira. Não se rendia facilmente.

— Não quer mesmo descer?

— Boas noites, Vendela — cortou Carter.

— Você é mesmo um velho chato.

— Melhor não começar com essa história de idade ou serei obrigado a esquecer que sou um cavalheiro...

Diante da inutilidade de sua insistência, Vendela murmurou algumas palavras incompreensíveis e deixou Carter sozinho. O diretor do St. Patrick's apagou novamente a luz da escrivaninha e se aproximou discretamente da janela para espiar o cenário da festa entre as folhas da persiana: um jardim de estrelinhas e chuvas de prata acesas e a luz acobreada das lanternas tingindo os rostos familiares e sorridentes sob a lua cheia. Carter suspirou. Embora nenhum deles soubesse, todos tinham uma passagem de ida, mas Ian era o único que conhecia o destino da sua.

* * *

— Só faltam vinte para a meia-noite — anunciou Ben.

Seus olhos brilhavam enquanto contemplava a fileira de bombinhas de luz dourada, que espalhavam uma chuva de faíscas no ar.

— Espero que Siraj tenha boas histórias para hoje — disse Isobel examinando o fundo do copo que segurava na contraluz, como se esperasse encontrar alguma coisa lá dentro.

— Deve ter separado as melhores — garantiu Roshan.

— Hoje é nossa última noite. O fim da Chowbar Society.

— Fico me perguntando o que vai acontecer com o Palácio — comentou Seth.

Nenhum deles se referia ao casarão abandonado sob outro nome que não fosse aquele havia anos.

— Adivinhe! — disse Ben. — Uma delegacia ou um banco. Não é o que constroem quando derrubam alguma coisa em qualquer cidade do mundo?

Siraj tinha se aproximado e respondeu às funestas previsões de Ben.

— Talvez abram um teatro — observou o frágil rapazinho olhando para seu amor impossível, Isobel.

Ben revirou os olhos e balançou a cabeça. No que dizia respeito a paparicar Isobel, Siraj não conhecia os limites da dignidade.

— Talvez não façam nada — disse Ian, que até então estava ouvindo os amigos em silêncio, dissimulando as olhadelas furtivas para o desenho que Michael estava fazendo numa folha de papel.

— Qual é o tema, Canaleto? — perguntou Ben, sem malícia no tom de voz.

Pela primeira vez, Michael levantou os olhos do desenho e encarou os amigos, que olhavam para ele como se tivesse acabado de cair do céu. Sorriu timidamente e exibiu o desenho a seu público.

— Somos nós — explicou o retratista residente do clube dos sete.

Os seis membros restantes da Chowbar Society examinaram o retrato durante cinco longos minutos, mergulhados num silêncio religioso. O primeiro a desviar os olhos do desenho foi Ben. Michael reconheceu no rosto do amigo a expressão impenetrável que costumava exibir quando era atormentado por seus estranhos ataques de melancolia.

— Esse nariz é meu? — perguntou Siraj. — Meu nariz não é assim! Parece um anzol!

— E é só o que você tem — especificou Ben, esboçando um sorriso que enganou todo mundo, menos Michael. — Não reclame: se tivesse feito você de perfil, só ia dar para ver uma linha reta.

— Deixe ver — disse Isobel, arrebatando o desenho para estudá-lo detidamente sob a luz vacilante de uma lanterna. — É assim que você vê a gente?

Michael fez que sim.

— No seu desenho, todo mundo está olhando para um lado e você para o outro — observou Ian.

— Michael sempre enxerga o que os outros não veem — disse Roshan.

— E o que viu em nós que ninguém mais foi capaz de enxergar, Michael? — perguntou Ben.

Ben aproximou-se de Isobel para analisar o retrato. Os traços do lápis-carvão de Michael situaram o grupo diante de um lago onde flutuava o reflexo de seus rostos. No céu, uma grande lua cheia e, no fundo, um bosque que se perdia na distância. Ben examinou os rostos refletidos e imprecisos na superfície do lago, comparando com os rostos das figuras representadas diante do laguinho. Nenhum deles tinha a mesma expressão que seu reflexo. A seu lado, a voz de Isobel tirou-o de seus pensamentos.

— Posso ficar com ele, Michael? — pediu Isobel.

— E por que você? — protestou Seth.

Ben apoiou a mão no ombro do musculoso amigo bengali e encarou-o breve e intensamente.

— Deixe estar — murmurou.

Seth concordou e Ben bateu carinhosamente em seu ombro, enquanto observava com o rabo do olho uma velha senhora elegantemente trajada e acompanhada por uma jovem mais ou menos da idade deles, que estava passando pela porta do pátio do St. Patrick's em direção ao edifício principal.

— Aconteceu alguma coisa? — perguntou Ian em voz baixa, junto dele.

Ben negou lentamente.

— Temos visitas — indicou sem tirar os olhos da mulher e da mocinha. — Ou algo assim.

* * *

Quando Bankim bateu em sua porta, Thomas Carter já tinha visto a chegada daquela mulher com sua acompanhante através da janela em que contemplava a festa no pátio. Acendeu a luminária na escrivaninha e disse a seu assistente que podia entrar.

Bankim era um jovem de traços marcadamente bengaleses, olhos vivos e penetrantes. Depois de crescer no St. Patrick's, tinha retornado ao orfanato como professor de física e matemática, depois de vários anos de trabalho em diversas escolas da província. O excelente encaminhamento da história de Bankim era uma das exceções que Carter usava para manter o moral alto ano após ano. Não podia imaginar melhor recompensa para os seus esforços do que vê-lo ali, já adulto, participando da formação de outros jovens, sentados nas mesmas salas de aula que ele tinha frequentado anos atrás.

— Sinto incomodá-lo, Thomas — disse Bankim. — Mas tem uma senhora lá embaixo dizendo que precisa falar com você. Já disse que não estava e que estávamos fazendo uma festa, mas não quis me ouvir e insistiu energicamente, para não dizer outra coisa.

Carter olhou para seu ajudante com estranheza e consultou o relógio.

— É quase meia-noite — disse. — Quem é essa mulher?

Bankim deu de ombros.

— Não sei quem é, mas sei que não vai embora enquanto não falar com você.

— Disse o que queria?

— Pediu apenas que lhe entregasse isso — respondeu Bankim estendendo uma pequena corrente brilhante a Carter. — Disse que saberia do que se trata.

Carter pegou a correntinha nas mãos e examinou-a sob a lamparina. Era um medalhão, um círculo representando uma lua de ouro. A imagem demorou alguns segundos para iluminar sua memória. Carter abaixou as pálpebras e sentiu um nó se formar lentamente na boca do estômago. Possuía um medalhão muito parecido com aquele, escondido no cofre que guardava trancado dentro da estante de seu gabinete. Um medalhão que ele não via há dezesseis anos.

— Algum problema, Thomas? — perguntou Bankim, visivelmente preocupado com a mudança de expressão de Carter.

O diretor do orfanato sorriu debilmente e negou com a cabeça, guardando a correntinha no bolso da camisa.

— Nenhum — respondeu, laconicamente. — Mande-a subir. Vou recebê-la.

Bankim ficou olhando com estranheza e, por um instante, Carter pensou que seu antigo aluno ia fazer a pergunta que não queria ouvir. Finalmente, Bankim fez que sim e saiu do gabinete, fechando a porta com delicadeza. Dois minutos depois, Aryami Bosé entrava no santuário particular de Thomas Carter e retirava o véu que cobria seu rosto.

* * *

Ben examinou detidamente a mocinha que esperava pacientemente sob a arcada da entrada principal do St. Patrick's. Bankim tinha retornado do gabinete e pedido à dama que acompanhava a menina que o seguisse. Com gestos inequivocamente autoritários, a senhora ordenou que ela esperasse seu retorno junto à porta, imóvel como uma estátua de pedra. Era óbvio que a velha senhora tinha vindo visitar Carter e, levando em conta a pouca frivolidade com que o diretor temperava sua vida social, atreveu-se a supor que as visitas de belezas misteriosas, qualquer que fosse a sua idade, ainda por cima à meia-noite, entravam plenamente na categoria dos imprevistos. Ben sorriu e concentrou sua atenção na moça. Alta e esbelta, usava roupas simples, mas não comuns, que pareciam ter sido feitas por alguém com estilo bastante pessoal e intransferível e que, obviamente, não tinham sido compradas em qualquer bazar da *cidade negra*. Seu rosto, que não conseguia ver com clareza do lugar em que estava, parecia esculpido em traços suaves, com uma pele pálida e brilhante.

— Tem alguém aí? — murmurou Ian em seu ouvido.

Ben apontou para a menina com a cabeça, sem pestanejar.

— Já é quase meia-noite — acrescentou Ian. — Vamos nos reunir no Palácio da Meia-Noite daqui a pouco. Sessão de encerramento, não esqueça.

Ben concordou, ausente.

— Espere um segundo — disse, e saiu andando com passos decididos em direção à moça.

— Ben — chamou Ian às suas costas. — Agora não, Ben...

Ele ignorou o apelo do amigo. O desejo de decifrar aquele enigma era mais forte do que as esquisitices protocolares da Chowbar Society. Adotou seu sorriso angelical de aluno exemplar e foi em linha reta até a moça. Quando viu que se aproximava, ela abaixou os olhos.

— Olá. Sou o assistente de Mr. Carter, reitor do St. Patrick's — disse Ben em tom exultante. — Posso ajudá-la em alguma coisa?

— Na verdade, não... Seu.... colega já acompanhou minha avó até o gabinete do diretor — respondeu a moça.

— Sua avó? — confirmou Ben. — Entendo. Espero que não seja nada de muito grave. Quer dizer, já é quase meia-noite e fiquei me perguntando se aconteceu alguma coisa.

A jovem sorriu debilmente e negou com a cabeça. Ben correspondeu. Não seria uma presa fácil.

— Meu nome é Ben — disse com amabilidade.

— Sheere — respondeu a menina, olhando para a porta como se esperasse ver a avó surgir novamente a qualquer momento.

Ben esfregou as mãos.

— Muito bem, Sheere — disse. — Enquanto meu colega Bankim leva sua avó até o gabinete de Mr. Carter, talvez eu possa lhe oferecer nossa hospitalidade. O chefe repete sempre que devemos ser amáveis com os visitantes.

— Você não é um pouco jovem para ser assistente do reitor?

— Jovem? — perguntou ele. — Seu elogio me enche de orgulho, mas sinto dizer que completarei 23 dentro em breve.

— Ninguém diria — devolveu Sheere.

— É de família — explicou Ben. — Todos nós temos uma pele que resiste bem ao envelhecimento. Minha mãe, por exemplo, todos pensam que é minha irmã quando andamos juntos pela rua.

— É mesmo? — espantou-se Sheere, reprimindo um riso nervoso: não acreditava numa única palavra daquela história.

— E então, vai aceitar a hospitalidade do St. Patrick's? — insistiu Ben. — Estamos dando uma festa de despedida para alguns dos rapazes que vão nos deixar. É triste, mas uma nova vida se abre para eles. É emocionante também.

Sheere cravou os olhos perolados em Ben e seus lábios desenharam lentamente um sorriso de incredulidade.

— Minha avó pediu que esperasse aqui.

Ben apontou para a porta.

— Aqui? — perguntou. — Exatamente aqui?

Sheere fez que sim, sem compreender.

— Bem... — começou Ben, gesticulando com as mãos, — não queria ter que dizer isso, pensava que não seria necessário fazer esse tipo de revelação. Não é nada bom para a imagem da nossa instituição, mas você não me deixa escolha: temos um problema de desabamento. Na fachada.

— Desabamento?

Ben concordou gravemente.

— Isso mesmo — reiterou com ar consternado. — É lamentável. Aqui, neste mesmo lugar em que está, ainda não fez um mês que Mrs. Pott, nossa antiga cozinheira, que Deus a proteja por muitos anos, sofreu o impacto de um pedaço de tijolo que caiu do alto do segundo andar.

Sheere riu.

— Não acho que um incidente tão desagradável seja motivo para risos, se me permite a observação — disse Ben com seriedade glacial.

— Não acredito em nada do que disse. Você não é assistente do reitor, não tem 23 anos e a cozinheira não sofreu nenhuma chuva de tijolos um mês atrás — desafiou Sheere. — Não passa de um trapaceiro e não disse uma palavra verdadeira desde que começou a falar.

Ben avaliou cuidadosamente a situação. A primeira parte de sua estratégia, como era de se prever, tinha naufragado e seu discurso precisava de uma reviravolta prudente, mas esperta.

— Bem, admito que talvez tenha me deixado levar pela imaginação, mas nem tudo o que disse era falso.

— Ah, não?

— Não menti a respeito do meu nome. Eu me chamo Ben. E a história de oferecer nossa hospitalidade também é verdade.

Sheere abriu um amplo sorriso.

— Gostaria de poder aceitá-la, Ben, mas preciso esperar aqui. É sério.

O jovem esfregou as mãos e adotou uma expressão de tranquila resignação.

— Está bem. Vou esperar com você — anunciou solenemente. — Se algum tijolo tiver que cair, que caia em mim.

Sheere deu de ombros com indiferença e concordou, virando os olhos de novo para a porta. Um longo minuto de silêncio transcorreu sem que nenhum dos dois se mexesse ou abrisse a boca.

— Uma noite quente — comentou Ben.

Sheere virou e deu uma olhada vagamente hostil.

— Vai ficar aí a noite inteira? — perguntou.

— Vamos fazer um acordo. Você toma um copo de nossa deliciosa limonada gelada comigo e meus amigos e deixarei você em paz.

— Não posso, Ben, de verdade.

— Mas vamos estar a vinte metros daqui, só isso — insistiu Ben. — Podemos pendurar um guiso na porta.

— É tão importante assim para você? — perguntou Sheere.

Ben fez que sim.

— É minha última semana neste lugar. Passei toda a minha vida aqui e dentro de cinco dias vou ficar sozinho novamente. Sozinho de verdade. Não sei quando poderei passar uma noite como essa, entre amigos. Você não sabe o que é isso.

Sheere observou-o durante um longo instante.

— Sei, sim — disse finalmente. — Mas vamos logo beber essa limonada.

* * *

Assim que Bankim o deixou sozinho em seu gabinete, não sem certa preocupação, Carter encheu uma pequena taça de brandy para si e ofereceu outra à visitante. Aryami recusou a oferta e esperou que Carter voltasse a sentar na poltrona, de costas para a janela sob a qual os meninos faziam sua festa, alheios ao silêncio glacial que flutuava naquela salinha. Carter umedeceu os lábios no licor e deu uma olhadela inquisitiva para a velha senhora. O tempo não tinha apagado nem uma linha da autoridade de seus traços e ainda era possível perceber em seus olhos o fogo interior característico daquela que tinha sido a esposa de seu melhor amigo, numa época que agora parecia distante demais. Os dois se olharam longamente, em silêncio.

— Estou ouvindo — disse Carter finalmente.

— Há exatos dezesseis anos fui obrigada a colocar a vida de um menino em suas mãos, Mr. Carter — começou Aryami em voz baixa, mas firme. — Foi uma das decisões mais difíceis de minha vida e, segundo me consta, o senhor não traiu a confiança que depositei em sua pessoa. Nesses dezesseis anos, não quis interferir na vida do menino, certa de que, em lugar nenhum, ele poderia estar melhor do que aqui, sob sua proteção. Nunca tive a oportunidade de agradecer o que fez por ele.

— Limitei-me a cumprir minha obrigação — devolveu Carter. — Mas não creio que este seja o assunto que a trouxe aqui no meio da noite.

— Gostaria muito de poder dizer que é, mas não posso — disse Aryami. — Vim até aqui porque a vida desse menino está em perigo.

— Ben.

— Esse é o nome que o senhor lhe deu. Tudo o que ele sabe e tudo o que é, ele deve ao senhor, Mr. Carter — disse Aryami. — Mas tem uma coisa da qual nem eu, nem o senhor podemos protegê-lo por mais tempo: do seu passado.

Os ponteiros do relógio de Thomas Carter juntaram-se na vertical anunciando a meia-noite. Carter acabou o brandy que estava no copo e olhou para o pátio através da janela. Ben estava conversando com uma mocinha que ele não conhecia.

— Como disse antes, estou ouvindo — repetiu Carter.

Aryami endireitou-se na cadeira e, cruzando as mãos, iniciou seu relato...

* * *

"Durante dezesseis anos percorri este país em busca de refúgios e esconderijos passageiros. Mas um belo dia, há poucas semanas, tive que me hospedar na casa de parentes durante um mês para tratar de uma doença e, quinze dias atrás, recebi uma carta nesse endereço provisório, em Déli. Ninguém sabia nem tinha como saber que minha neta e eu estávamos lá. Quando abri a carta, vi que continha uma folha de papel em branco, sem uma única letra escrita. Pensei que se tratava de um engano ou talvez de uma brincadeira, mas resolvi examinar o envelope. Tinha um carimbo dos correios de Calcutá. A tinta do carimbo estava borrada e não dava para ler uma boa parte do que estava escrito, mas consegui decifrar a data. Era de 25 de maio de 1916.

"Guardei a carta que, ao que parecia, tinha demorado dezesseis anos para cruzar a Índia até a porta daquela casa, num endereço que só eu conhecia, mas voltei a examiná-la naquela mesma noite. Minha vista cansada não tinha me enganado: a data naquele carimbo desbotado era mesmo aquela, mas algo tinha mudado. A folha que horas atrás estava em branco, agora continha uma frase escrita em tinta vermelha e fresca, tanto que a caligrafia se espalhava pelo papel poroso a um simples toque do dedo: 'Já não são mais crianças, velha. Voltei para buscar o que me pertence. Saia do meu caminho.' Essas foram as palavras que li naquela carta antes de jogá-la no fogo.

"Soube imediatamente quem era o remetente daquela mensagem e soube também que tinha chegado a hora de desenterrar velhas lembranças que aprendi a ignorar durante esses últimos anos. Não sei se já lhe falei de minha filha Kylian, Mr. Carter. Hoje não passo de uma velha que espera o fim de seus dias, mas houve um tempo em que eu também era mãe, a mãe da criatura mais maravilhosa que já pisou nesta cidade.

"Aqueles foram os dias mais felizes da minha vida. Kylian tinha se casado com um dos homens mais brilhantes que já nasceram neste país e os dois foram viver na casa que ele mesmo tinha construído na Zona Norte da cidade, uma casa como ninguém nunca tinha visto. O marido de minha filha, Lahawaj Chandra Chatterghee, era engenheiro e escritor. Foi um dos primeiros a projetar a rede telegráfica deste país, Mr. Carter, um dos primeiros a projetar o sistema elétrico que escreverá o futuro de nossas cidades, um dos primeiros a construir uma rede ferroviária em Calcutá... Um dos primeiros em tudo o que resolvia fazer.

"Mas a felicidade dos dois durou pouco. Chandra Chatterghee perdeu a vida no terrível incêndio que destruiu a antiga estação de Jheeter's Gate, do outro lado do Hooghly. Já deve ter visto esse edifício alguma vez. Hoje em dia está abandonado, mas na época era uma das construções mais gloriosas de Calcutá. Uma estrutura de ferro revolucionária, atravessada por túneis, múltiplos níveis e sistemas de aeração e de condução hidráulica sobre trilhos que engenheiros do mundo inteiro vinham visitar e admirar com assombro. Tudo isso era criação do engenheiro Chandra Chatterghee.

"Na noite da inauguração oficial, houve um grande e inexplicável incêndio em Jheeter's Gate e um trem que transportava mais de trezentas crianças abandonadas para Mumbai pegou fogo e ficou encalhado nas trevas dos túneis que mergulhavam na terra. Ninguém saiu com vida daquele trem, que continua enterrado nas sombras, em algum ponto do labirinto de galerias subterrâneas da margem oeste de Calcutá.

"A noite em que o engenheiro morreu naquele trem será recordada por todos nessa cidade como uma das maiores tragédias que Calcutá já viveu. Muitos consideram que foi um sinal de que as trevas iam cair para sempre sobre a cidade. Não faltaram boatos de que o incêndio tinha sido provocado por um grupo de financistas britânicos que se sentiam prejudicados pela nova linha de trens, que provava que o transporte marítimo de mercadorias, um dos grandes negócios de Calcutá desde os tempos de Lord Clive e da companhia colonial, estava prestes a caducar. O trem era o futuro. Os trilhos eram o caminho sobre o qual este país e esta cidade poderiam, um dia, partir rumo a uma manhã livre da invasão britânica. A noite em que Jheeter's Gate ardeu transformou esses sonhos em pesadelos.

"Alguns dias depois do desaparecimento do engenheiro Chandra, minha filha Kylian, que estava grávida de seu primeiro filho, foi objeto de ameaças por parte de um estranho personagem saído das sombras de Calcutá, um assassino que jurou matar a esposa e a descendência do homem que ele considerava responsável por todas as suas desgraças. Esse homem, esse criminoso, foi o causador do incêndio em que Chandra perdeu a vida. Um jovem oficial do exército britânico, antigo pretendente de minha filha, o tenente Michael Peake, ofereceu-se para deter aquele louco, mas a tarefa era bem mais complexa do que ele pensava.

"Na noite em que ia dar à luz, minha filha foi raptada por alguns homens que invadiram sua casa. Assassinos de aluguel. Criaturas sem nome nem consciência que são fáceis de contratar nas ruas desta cidade por um punhado de moedas. Durante uma semana, o tenente — à beira do desespero —

percorreu todos os meandros da cidade em busca de Kylian. Depois daquela dramática semana, Peake teve uma terrível intuição que resultou verdadeira. O assassino tinha levado minha filha para as entranhas das ruínas de Jheeter's Gate. Ali, no meio da imundície — e dos restos da tragédia —, ela trouxe ao mundo o menino que o senhor transformou num homem, Mr. Carter.

"Deu à luz um casal de gêmeos: um menino, Ben, e sua irmã, a quem criei e a quem, assim como o senhor, dei um nome, o nome que sua mãe sempre sonhou para ela: Sheere.

"Arriscando a própria vida, o tenente Peake conseguiu arrancar os bebês das mãos do assassino. Mas o criminoso, cego de ódio, jurou perseguir seu rastro e tirar a vida dos dois no dia em que chegassem à idade adulta, para vingar-se do engenheiro Chandra Chatterghee, seu falecido pai. Este era o seu único objetivo: destruir qualquer vestígio da vida e da obra de seu inimigo a qualquer preço.

"Kylian morreu jurando que sua alma não descansaria enquanto não soubesse que seus filhos estavam a salvo. O tenente Peake, o homem que amava minha filha em silêncio tanto quanto seu próprio marido, deu a vida para fazer com que o juramento que selou seus lábios se transformasse em realidade. Em 25 de maio de 1916, o tenente Peake conseguiu atravessar o Hooghly e entregar-me os bebês. Até o dia de hoje, desconheço o seu destino.

"Resolvi que a única forma de salvar a vida das crianças era separá-las e esconder sua identidade e seu paradeiro. O resto da história de Ben o senhor conhece melhor do que eu. Quanto a Sheere, fiquei com ela e partimos para uma longa viagem por todo o país. Criei a menina na lembrança do grande homem que foi seu pai e da grande mulher que lhe deu a vida: minha filha. Em minha ingenuidade, cheguei a pensar que a distância, no espaço e no tempo, apagaria a marca do passado, mas nada pode mudar nossos passos perdidos. Quando recebi aquela carta, soube que minha fuga tinha chegado ao fim e que tinha chegado a hora de retornar a Calcutá para avisá-lo do que estava acontecendo. Não fui totalmente sincera com o senhor naquela noite, na carta que escrevi, Mr. Carter, mas agi de coração, pensando em sã consciência que era o melhor a fazer.

"Peguei minha neta, pois não podia deixá-la sozinha agora que o assassino conhecia nosso paradeiro, e fizemos a viagem de volta. Durante todo o trajeto, não consegui afastar da mente uma ideia que ganhou uma insistência obsessiva à medida que nos aproximávamos do nosso destino. Tinha certeza de que, no exato momento em que Ben e Sheere deixaram a infância para trás e começaram sua vida adulta, o assassino despertou mais uma vez e retornou da escuridão para cumprir sua velha promessa e, com a clareza que só a proximidade da tragédia proporciona, intuí que dessa vez não se deteria diante de nada ou ninguém..."

* * *

Thomas Carter ficou em silêncio durante um longo tempo, sem tirar os olhos das próprias mãos, apoiadas na escrivaninha. Quando ergueu os olhos, constatou que Aryami ainda estava lá, que tudo o que tinha ouvido não era fruto de sua imaginação e resolveu que a única decisão razoável que seria capaz de tomar naquele momento era servir mais uma dose de brandy em sua taça e brindar solitariamente à própria saúde.

— Não está acreditando em mim...

— Não disse isso — esclareceu Carter.
— Não disse nada — devolveu Aryami. — É isso que me preocupa.

Carter saboreou o brandy e ficou se perguntando qual tinha sido o infeliz pretexto que o levara a esperar dez anos para desencavar os embriagadores encantos do destilado de vinho que guardava em sua estante com o zelo reservado a uma relíquia sem utilidade prática.

— Não é fácil acreditar no que acaba de me contar, Aryami — respondeu Carter. — Ponha-se em meu lugar.

— Mesmo assim, assumiu a responsabilidade pelo menino dezesseis anos atrás.

— Assumi a responsabilidade por um menino abandonado, não por uma história altamente improvável. Esse é o meu dever e o meu trabalho. Este edifício é um orfanato e eu sou o diretor. Isso é tudo, não há mais o que dizer.

— Há sim, Mr. Carter — replicou Aryami. — Eu me dei ao trabalho de fazer algumas investigações na época. O senhor nunca informou ninguém do aparecimento de Ben. Nunca deu parte. Não existem documentos que comprovem sua entrada nesta instituição. O senhor devia ter algum motivo para agir assim, considerando que tudo aquilo que chamou de *uma história altamente improvável* não mereceu nenhuma credibilidade de sua parte.

— Sinto contradizê-la, Aryami, mas esses documentos existem. Com datas e circunstâncias diferentes, mas existem. Isto é uma instituição oficial, não um albergue de mistérios.

— Ainda não respondeu à minha pergunta — cortou Aryami. — Ou melhor, tudo o que fez foi me dar mais motivos para fazê-la de novo: o que o levou a falsear a história de Ben, se não acreditava nos fatos que expus em minha carta?

— Com todo o respeito, não vejo por que responderia a isso.

Os olhos de Aryami pousaram nos dele e Carter tratou de desviar o olhar. Um sorriso amargo aflorou nos lábios da velha senhora.

— Ele esteve aqui — disse Aryami.

— Estamos falando de algum novo personagem da história? — perguntou Carter.

— A quem o senhor pensa que está enganando, Mr. Carter? — replicou Aryami.

A conversa parecia ter chegado a um ponto morto. Carter se levantou e deu alguns passos pelo gabinete, seguido atentamente por Aryami.

Carter virou para a velha senhora.

— Suponhamos que eu desse crédito a esta sua história. É uma simples suposição. O que a senhora espera que eu faça depois disso?

— Afastar Ben desse lugar — respondeu Aryami peremptoriamente. — Falar com ele. Avisá-lo. Ajudá-lo. Não estou pedindo que faça nada que já não tenha feito pelo menino nos últimos anos.

— Preciso pensar sobre esse assunto mais profundamente — disse Carter.

— Não tome tempo demais. Esse homem esperou dezesseis anos, talvez não se importe de esperar mais um dia, mas talvez sim.

Carter caiu de novo na poltrona e esboçou um gesto de quem se rende.

— Recebi a visita de um homem chamado Jawahal no dia em que encontramos Ben — admitiu Carter. — Ele perguntou pelo menino e respondi que não sabíamos de nada a esse respeito. Pouco depois, ele desapareceu para sempre.

— Esse homem utiliza muitos nomes, muitas identidades, mas tem um único objetivo, Mr. Carter — disse Aryami com um brilho de aço nos olhos. — Não atravessei a Índia inteira para ficar sentada vendo os filhos de minha filha morrerem por falta de decisão de um par de velhos tontos, se é que me permite a expressão.

— Velho tonto ou não, peciso de tempo para pensar com calma. Talvez seja necessário falar com a polícia.

Aryami suspirou.

— Não temos tempo, nem adiantaria nada — replicou com dureza. — Amanhã de tardinha deixarei Calcutá com minha neta. Amanhã à tarde Ben deve deixar este lugar e ir para bem longe daqui. O senhor dispõe de algumas horas para conversar com ele e preparar tudo.

— Não é tão simples assim — objetou Carter.

— É simples assim: se o senhor não falar com ele, eu falo, Mr. Carter — ameaçou Aryami, caminhando para a porta do gabinete. — E reze para que esse homem não encontre o rapaz antes que ele possa ver a luz do dia.

— Falarei com Ben amanhã — disse Carter. — Não há nada que possa fazer além disso.

Na soleira da porta do gabinete, Aryami olhou para ele pela última vez.

— Amanhã, Mr. Carter, é hoje.

* * *

— Uma sociedade secreta? — perguntou Sheere com o olhar aceso de curiosidade. — Pensei que as sociedades secretas só existissem em novelas.

— Nosso especialista no assunto, Siraj, aqui presente, pode argumentar o contrário durante horas — disse Ian.

Siraj fez que sim, confirmando a menção à sua erudição sem limites.

— Já ouviu falar da maçonaria francesa? — perguntou.

— Por favor — cortou Ben —, Sheere vai pensar que somos um bando de bruxos encapuzados.

— E não são? — riu a moça.

— Não — devolveu Seth solenemente. — A Chowbar Society cumpre dois objetivos inteiramente positivos: ajudar a nós mesmos e aos outros e compartilhar nossos conhecimentos para construir um futuro melhor.

— Não é a mesma coisa que dizem todos os inimigos da humanidade? — perguntou Sheere.

— Somente durante os últimos dois ou três mil anos — cortou Ben. — Vamos mudar de assunto. Esta noite é muito especial para a Chowbar Society.

— Vamos dissolver a sociedade — disse Michael.

— Com a palavra, os mortos — comentou Roshan, surpreso.

Sheere olhou com estranheza para aquele grupo de rapazes, escondendo o quanto achava divertido ver o fogo cruzado que trocavam entre eles.

— O que Michael quer dizer é que hoje acontecerá a última reunião da Chowbar Society — explicou Ben. — Depois de sete anos, caem as cortinas.

— Ah!... — disse Sheere. — Na primeira vez que consigo encontrar uma sociedade secreta de verdade, ela está chegando ao fim. Não terei tempo nem para ingressar como membro.

— E quem disse que aceitamos novos membros — apressou-se a dizer Isobel, que ouvia a conversa em silêncio, sem tirar os olhos da intrusa. — E tem mais: se não fosse por esses linguarudos, que traíram um dos juramentos da Chowbar Society, você nem ficaria sabendo que ela existe. Não podem ver um rabo de saia e já se vendem por dois tostões.

Sheere deu um sorriso conciliador para Isobel, considerando a leve hostilidade de suas palavras. A perda da exclusividade nunca é fácil de aceitar.

— Voltaire dizia que os piores misóginos são sempre as mulheres — afirmou casualmente Ben.

— E quem diabo é Voltaire? — cortou Isobel. — Tamanha barbaridade só pode ser de sua própria autoria, Ben.

— Falou a voz da ignorância — respondeu Ben. — Embora essas talvez não fossem exatamente as palavras de Voltaire...

— Parem com essa guerra — interveio Roshan. — Isobel tem razão. Não deveríamos ter falado.

Sheere observou inquieta a maneira como o clima tinha mudado em poucos segundos.

— Não queria ser motivo de discussão. É melhor voltar para minha avó. Considero esquecido tudo o que ouvi aqui — disse, devolvendo o copo de limonada a Ben.

— Não tão depressa, princesa — exclamou Isobel às suas costas.

Sheere virou e encarou a outra moça.

— Agora que já sabe um pouco, é melhor saber tudo e guardar segredo — disse Isobel oferecendo um meio sorriso envergonhado. — Sinto muito por antes.

— Boa ideia — sentenciou Ben. — Continue.

Sheere ergueu as sobrancelhas, espantada.

— Terá que pagar o preço da admissão — recordou Siraj.

— Não tenho dinheiro...

— Não somos uma igreja, minha cara, não queremos seu dinheiro — replicou Seth. — O preço é outro.

Sheere examinou os rostos enigmáticos dos rapazes em busca de uma resposta. O semblante afável de Ian sorriu para ela.

— Fique tranquila, não é nada de mal — esclareceu o jovem. — A Chowbar Society se reúne num local secreto no meio da madrugada. Todos pagamos nosso preço quando ingressamos.

— E qual é esse lugar secreto?

— Um palácio — respondeu Isobel. — O Palácio da Meia-noite.

— Nunca ouvi falar dele.

— Ninguém nunca ouviu falar dele, exceto nós — esclareceu Siraj.

— E qual é o preço?

— Uma história — respondeu Ben. — Uma história pessoal e secreta que você nunca tenha contado a ninguém. Deve dividi-la conosco, com a garantia de que seu segredo nunca sairá da Chowbar Society.

— Tem alguma história assim? — desafiou Isobel, mordendo o lábio inferior.

Sheere examinou novamente os seis rapazes e a moça que olhavam para ela muito atentos e fez que sim.

— Tenho uma história que com certeza ninguém nunca ouviu — respondeu finalmente.

— Então — disse Ben esfregando as mãos —, mãos à obra.

* * *

Enquanto Aryami Bosé relatava o motivo que a trouxera de volta a Calcutá, junto com a neta, depois de longos anos de exílio, os sete membros da Chowbar Society escoltavam Sheere pelo meio dos arbustos que rodeavam as imediações do Palácio da Meia-noite. Aos olhos da recém-chegada, o palácio nada mais era que um antigo casarão abandonado cujo teto furado permitia que vissem o céu semeado de estrelas e cujas sombras sinuosas revelavam os restos de gárgulas, colunas e relevos, vestígios daquilo que um dia devia ter sido um palacete senhorial de pedra, fugido das páginas de alguma história de fadas.

Atravessaram o jardim por um estreito túnel aberto no meio do matagal e que levava diretamente para a entrada principal da casa. Uma brisa leve agitava as folhas dos arbustos e assobiava entre as arcadas de pedra do palácio. Ben virou e olhou para ela com um sorriso que ia de orelha a orelha.

— O que acha? — perguntou, visivelmente orgulhoso.

— Diferente — concedeu Sheere, temerosa de esfriar o entusiasmo do jovem.

— Sublime — corrigiu Ben, seguindo seu caminho sem se incomodar em adicionar novos elogios ao quartel-general da Chowbar Society.

Sheere sorriu com seus botões e se deixou levar, pensando que gostaria imensamente de ter conhecido aquele lugar numa noite parecida com aquela, durante os anos em que o palácio tinha sido o refúgio e santuário daqueles jovens. Entre ruínas e recordações, aquele lugar emanava uma aura de magia e ilusão que só pode sobreviver na memória nebulosa dos primeiros anos de nossas vidas. Mas não importava que fosse apenas por uma última noite: desejava pagar o preço da admissão na quase extinta Chowbar Society.

"Minha história secreta é, na realidade, a história do meu pai, pois as duas são inseparáveis. Nunca o conheci em pessoa e todas as lembranças que tenho saíram dos lábios de minha avó ou de seus livros e cadernos. No entanto, por mais estranho que possa parecer, nunca me senti tão próxima de ninguém neste mundo e, embora ele tenha morrido antes mesmo que eu nascesse, tenho certeza de que vai me esperar até o dia em que me juntar a ele e comprovar que sempre foi exatamente como imaginei: o melhor homem que já existiu no mundo.

"Não sou tão diferente de vocês. Não cresci num orfanato, mas nunca soube o que é ter uma casa ou ter alguém com quem conversar durante mais de um mês, a não ser minha avó. Vivíamos em trens, em casas de desconhecidos, na rua, sem rumo, sem um lugar que pudéssemos chamar de lar e para o qual pudéssemos voltar. Durante todos esses anos, o único amigo que tive foi meu pai. Como disse, embora nunca estivesse comigo, tudo o que sei aprendi com seus livros e com as lembranças que minha avó conservava dele.

– "Minha mãe morreu ao dar à luz e tive que aprender a viver com a culpa por não ter lembranças dela e de sua personalidade: a única representação que tinha de minha mãe era a imagem que meu pai esboçava em seus livros. De todos eles, inclusive os tratados de engenharia e os grossos volumes que nunca entendi direito, meu favorito sempre foi um livrinho de contos que ele chamou de *As lágrimas de Shiva*. Foi escrito antes que ele completasse 35 anos, quando ainda projetava a criação da primeira linha de trem de Calcutá e sonhava com a construção de uma revolucionária estação ferroviária toda de aço na cidade. Um pequeno editor de Mumbai fez uma tiragem de seiscentos exemplares do livro e meu pai nunca ganhou um tostão com ele. Mas eu tenho um exemplar. É um pequeno volume com capa preta e letras douradas dizendo: *As lágrimas de Shiva*, de L. Chandra Chatterghee.

"O livro tem três partes. A primeira fala de seu projeto de uma nova nação construída no espírito do progresso, com base na tecnologia, nas ferrovias e na eletricidade. Seu título é 'Meu país'. A segunda parte descreve uma casa, um lar maravilhoso que ele queria construir para sua família no futuro, quando possuísse a fortuna que pretendia amealhar. Descreve cada canto da casa, cada cômodo, cada cor e cada objeto de modo tão detalhado que nem o projeto de um arquiteto conseguiria imitar. Essa parte se chama 'Minha casa'. A terceira parte, intitulada 'Minha mente', é simplesmente uma coletânea de pequenos relatos e fábulas que meu pai vinha escrevendo desde a adolescência. Meu favorito é o conto que dá nome ao livro. É muito breve, vou contar para vocês..."

Certa vez, há muitos e muitos anos, as pessoas que viviam em Calcutá foram atingidas por uma doença terrível que vitimava todas as crianças, fazendo com que os habitantes fossem envelhecendo progressivamente e as esperanças no futuro se desmanchassem no ar. Para resolver a situação, Shiva resolveu fazer uma longa viagem em busca de um remédio que curasse a enfermidade, e, durante o seu êxodo, teve que enfrentar inúmeros perigos. As dificuldades em seu caminho eram tantas que a viagem durou muitos anos. Quanto finalmente retornou a Calcutá, descobriu que tudo tinha mudado. Em sua ausência, um bruxo vindo do outro lado do mundo havia vendido um estranho remédio aos habitantes da cidade, mas cobrara um preço muito alto: a alma das crianças que nascessem saudáveis a partir daquele dia.

Eis o que os olhos de Shiva descobriram: onde antes havia uma selva e casinhas de tijolo, agora se erguia uma grande cidade, tão grande que ninguém conseguia abraçá-la com o olhar e se perdia no horizonte para qualquer lado que se mirasse. Uma ci-

dade de palácios. Fascinado com o espetáculo, Shiva resolveu encarnar-se homem e percorrer as ruas disfarçado de mendigo para conhecer os novos moradores daquele lugar, os filhos que puderam viver graças ao remédio do bruxo e cujas almas lhe pertenciam.

Durante sete dias e sete noites, o mendigo caminhou pelas ruas de Calcutá e bateu na porta dos palácios, mas nenhuma se abriu. Ninguém quis ouvi-lo e foi vítima da zombaria e do desprezo de todos. Desesperado, vagando pelas ruas daquela imensa cidade, descobriu a pobreza, a miséria e a escuridão que se escondiam no fundo do coração dos homens. Sua tristeza foi tão grande que, na última noite, resolveu abandonar Calcutá para sempre.

Mas enquanto se afastava da cidade, Shiva começou a chorar e, sem perceber, foi deixando atrás de si um rastro de lágrimas que se perdiam na selva. Ao amanhecer, as lágrimas de Shiva tinham se transformado em gelo. Quando os homens se deram conta do que tinham feito, quiseram reparar seu erro reunindo as lágrimas de gelo num santuário. Mas, uma após a outra, as lágrimas derretiam em suas mãos. Depois disso, a cidade nunca mais viu a neve.

A maldição de um terrível calor caiu sobre o lugar desde aquele dia e os deuses lhe viraram as costas para sempre, deixando-a nas mãos dos espíritos da escuridão. Os poucos homens sábios e justos que restavam em Calcutá rezavam para que, algum dia, as lágrimas de gelo de Shiva voltassem a cair do céu e quebrassem o pacto sinistro que transformara Calcutá numa cidade maldita...

"Esta sempre foi minha predileta entre as histórias de meu pai. Talvez seja a mais simples, mas nenhuma personifica tão bem a essência do que meu pai sempre significou para mim e continua a significar em todos os dias de minha vida. Eu, como os homens da cidade maldita que pagam o preço do passado, também espero pelo dia em que as lágrimas de Shiva cairão sobre minha vida para me livrar para sempre da solidão. Enquanto isso, sonho com essa casa que meu pai construiu primeiro em sua mente e, anos mais tarde, em algum lugar do norte da cidade. Sei que ela existe, embora minha avó sempre tenha negado e, sem que ela soubesse, acho que meu próprio pai descreveu o local onde pretendia construí-la, aqui mesmo na *cidade negra*. Durante todos esses anos, acalentei a ilusão de visitar essa casa, reconhecendo tudo que conheço apenas na memória: a biblioteca, os quartos, sua poltrona de trabalho...

"Bem, esta é a minha história. Nunca tinha contado para ninguém porque não tinha ninguém que pudesse ouvi-la. Até agora."

* * *

Quando Sheere terminou sua narrativa, a penumbra que reinava no Palácio ajudou a esconder as lágrimas que brilhavam nos olhos de alguns membros da Chowbar Society. Nenhum deles parecia disposto a romper aquele silêncio que impregnava a atmosfera desde o final da história. Sheere riu nervosamente e olhou diretamente para Ben.

— E então, mereço entrar na Chowbar Society? — perguntou com timidez.

— No que me diz respeito — respondeu ele —, você merece ser membro honorário.

— Essa casa existe, Sheere? — pergunto Siraj, fascinado com a ideia.

— Tenho certeza que sim — respondeu a menina. — E quero encontrá-la. A chave está em algum lugar do livro de meu pai.

— Quando? — perguntou Seth. — Quando começamos a procurar?

— Amanhã mesmo — aceitou Sheere. — Com a ajuda de vocês, se quiserem...

— Vai precisar da ajuda de alguém que saiba pensar — destacou Isobel. — Pode contar comigo.

— E eu sou especialista em fechaduras — lembrou Roshan.

— Posso encontrar qualquer mapa do arquivo municipal desde o estabelecimento do governo de 1859 — ofereceu Seth.

— Posso averiguar se existe algum mistério a respeito dela — disse Siraj. — Pode ser mal-assombrada.

— E eu posso desenhar a casa tal como é na realidade — disse Michael. — Plantas. A partir do livro, quero dizer.

Sheere riu e olhou para Ben e Ian.

— Alguém tem que dirigir a operação — disse Ben. — Aceito o cargo. Ian pode colocar mercúrio em quem se machucar.

— Suponho que não vai aceitar um não — disse Sheere.

— Riscamos a palavra *não* do dicionário da biblioteca do St. Patrick's há seis meses — declarou Ben. — Agora você é um membro da Chowbar Society. Seus problemas são nossos problemas. Mandato corporativo.

— Pensei que tínhamos dissolvido a sociedade — lembrou Siraj.

— Pois decreto uma prorrogação por circunstâncias de gravidade incontestável — respondeu Ben, fulminando o companheiro com o olhar.

Siraj sumiu nas sombras.

— Está bem — concedeu Sheere —, mas agora preciso voltar.

* * *

O olhar com que Aryami recebeu Sheere e o corpo completo da Chowbar Society seria capaz de gelar a superfície do Hooghly em pleno meio-dia. A velha senhora aguardava junto ao portão da fachada dianteira, em companhia de Bankim, cuja expressão foi suficiente para que Ben considerasse mais prudente começar rapidamente um discurso de desculpas para amenizar a bronca que sem dúvida alguma esperava sua nova amiga. Deu um pequeno passo à frente dos outros e ostentou seu melhor sorriso.

— Foi tudo culpa minha, senhora. Só queria mostrar o pátio traseiro do edifício à sua neta — disse ele.

Aryami nem se dignou a olhar para ele: dirigiu-se diretamente a Sheere.

— Mandei que esperasse aqui e não saísse do lugar — disse a mulher com o rosto vermelho de raiva.

— Mas só estávamos a vinte metros daqui, senhora — explicou Ian.

Aryami fulminou o jovem com os olhos.

— Não lhe perguntei nada, rapazinho — cortou, sem o menor sinal de cortesia.

— Sentimos muito ter causado tanta preocupação, senhora. Não era nossa intenção... — insistiu Ben.

— Deixe estar, Ben — interrompeu Sheere. — Posso falar por mim mesma.

A expressão hostil da velha senhora se desfez por alguns instantes. O fato não passou despercebido para nenhum deles.

Aryami apontou para Ben e seu rosto empalideceu à luz fraca das lanternas do jardim.

— Você é Ben? — perguntou em voz baixa.

Ele fez que sim, escondendo o espanto e sustentando o olhar impenetrável da mulher. Não havia raiva em seus olhos, apenas tristeza e preocupação. Aryami pegou a neta pelo braço e baixou os olhos.

— Temos que ir — disse. — Pode se despedir de seus amigos.

Os membros da Chowbar Society acenaram em sinal de despedida e Sheere sorriu timidamente, afastando-se pendurada no braço de Aryami Bosé, perdendo-se de novo nas ruas escuras da cidade. Ian aproximou-se de Ben e ficou observando o amigo, pensativo e com os olhos fixos nas figuras quase invisíveis de Sheere e Aryami, cada vez mais distantes na noite.

— Por um instante, tive a impressão de que a mulher estava com medo — comentou Ian.

Ben concordou sem pestanejar.

— Quem não estaria com medo numa noite como essa? — perguntou.

— Acho que é melhor todo mundo ir dormir. Já chega por hoje — disse Bankim parado na soleira da porta.

— É uma sugestão ou uma ordem? — perguntou Isobel.

— Já sabem que minhas sugestões são ordens para vocês — esclareceu Bankim, apontando para o interior do edifício. — Para dentro.

— Tirano — murmurou Siraj baixinho. — Aproveite os dias que lhe restam.

— Os retornados são os piores — acrescentou Roshan.

Bankim assistiu ao desfile dos jovens para o interior do edifício, alheio aos murmúrios de protesto. Ben foi o último a cruzar a porta e trocou um olhar de cumplicidade com Bankim.

— Por mais que se queixem — disse —, dentro de cinco dias vão começar a sentir falta de seus serviços de polícia.

— E você também, meu caro Ben — riu Bankim.

— Já estou sentindo — murmurou Ben com seus botões ao subir a escada que levava aos dormitórios do primeiro andar, consciente de que em menos de uma semana não poderia mais contar aqueles vinte e cinco degraus que conhecia tão bem.

* * *

Em algum momento da madrugada, Ben despertou na tênue penumbra azulada que flutuava no dormitório e teve a impressão de sentir uma lufada de ar gelado no rosto, um hálito invisível vindo de alguém oculto pela escuridão. Um halo de luz evanescente piscava lentamente na janela estreita e angulosa e projetava mil sombras dançantes nas paredes e no teto da sala. Ben esticou a mão até a modesta mesinha de cabeceira ao lado de sua cama e aproximou o mostrador de seu relógio da luz noturna da lua. Os ponteiros cruzavam o equador da madrugada: três da manhã.

Suspirou, sentindo que os últimos vestígios de sono desapareciam de sua mente como gotas de orvalho ao sol da manhã e desconfiou que Ian tinha lhe emprestado o fantasma da insônia por uma noite. Fechou as pálpebras de novo e evocou as imagens da festa que tinha acabado algumas horas atrás, confiando em seu poder balsâmico e tranquilizador. Foi exatamente nesse instante que ouviu pela primeira vez aquele som. Levantou-se para escutar melhor a estranha vibração que parecia assobiar entre as folhas do jardim do pátio.

Afastou os lençóis e caminhou lentamente até a janela. Dali, dava para ouvir bem o leve tilintar das lanternas apagadas nos galhos das árvores e o eco distante de algo como vozes infantis rindo e falando ao mesmo tempo, centenas delas. Apoiou a testa no vidro da janela e através de seu próprio hálito adivinhou a silhueta de uma figura esbelta e imóvel que olhava diretamente para ele. Assustado, deu um passo atrás e, diante de seus olhos, o vidro da janela se estilhaçou lentamente a partir de uma rachadura que nasceu no centro da lâmina transparente e se estendeu como uma hera, uma teia de aranha de fissuras tecida por centenas de garras invisíveis. Sentiu os cabelos da nuca arrepiarem e sua respiração acelerou.

Olhou ao redor. Todos os companheiros estavam imóveis em suas camas, mergulhados num sono profundo. As vozes distantes das crianças surgiram de novo e Ben percebeu que uma neblina gelatinosa se infiltrava pelas rachaduras do vidro, como um sopro de fumaça azul atravessando um pano de seda. Aproximou-se de novo da janela para olhar o pátio. A figura ainda estava lá, mas dessa vez estendeu o braço e apontou para ele, enquanto seus dedos longos e finos se separavam terminados em chamas. Ficou ali, fascinado, durante vários segundos, incapaz de tirar os olhos daquela visão. Quando a figura virou de costas e começou a se afastar na escuridão, Ben reagiu e saiu rapidamente do dormitório.

O corredor estava deserto, iluminado apenas pelo lampião a gás da antiga instalação do St. Patrick's, que tinha sobrevivido às obras de remodelação dos últimos anos. Correu para a escada e desceu às pressas. Atravessou as salas dos refeitórios e entrou no pátio pela porta lateral das cozinhas do orfanato, justo em tempo de ver a silhueta se perdendo na ruela escura que rodeava a parte traseira do edifício, enterrada numa névoa espessa que parecia subir das grades da rede de esgoto. Correu até lá e mergulhou na névoa.

Percorreu uma centena de metros através daquele túnel de vapor frio e flutuante até chegar ao amplo descampado que se estendia ao norte do St. Patrick's, um terreno baldio que servia de depósito de sucata e cidadela de barracos e escombros para os habitantes mais desfavorecidos do norte de Calcutá. Desviou das poças lamacentas que pontilhavam o caminho pelo meio do emaranhado labirinto de casebres de barro incendiados e desabitados e penetrou naquele lugar que Thomas Carter sempre pediu que evitassem. As vozes das crianças vinham de algum lugar oculto entre as ruínas daquele bolsão de pobreza e sujeira.

Ben dirigiu seus passos para um estreito corredor que se abria entre dois barracos arruinados e parou bruscamente quando viu que já tinha encontrado o que procurava. Diante de seus olhos, abria-se uma planície infinita e deserta de antigos barracos arrasados e, bem no centro daquele cenário, a névoa azul parecia brotar como o hálito de um dragão invisível na noite. O som das vozes infantis também brotava do mesmo lugar, mas Ben já não ouvia risos ou canções infantis, mas gritos terríveis de pânico e pavor de centenas de crianças presas. Foi lançado contra as paredes do casebre por uma violenta rajada de vento frio e, por entre a névoa palpitante, surgiu o vulto estrondoso de uma grande máquina de aço que fazia o solo tremer sob seus pés.

Piscou e olhou de novo, pensando que estava sendo vítima de uma alucinação. Do meio da névoa, despontava um trem de metal em brasa, envolto em chamas. Contemplou os rostos de agonia de dezenas de crianças presas em seu interior, no meio de uma chuva de fragmentos de fogo que saltavam em todas as direções, formando uma cascata de brasas. Seus olhos acompanharam o percurso do trem até a locomotiva, uma majestosa escultura de aço que parecia derreter lentamente, como uma figura de cera jogada numa fogueira. Na cabine, imóvel entre as chamas, a figura que tinha visto no pátio olhava para ele, abrindo os braços em sinal de boas-vindas.

Sentiu o calor das chamas no rosto e levou as mãos aos ouvidos para abafar os gritos lancinantes das crianças. O trem de fogo atravessou a planície desolada e Ben constatou com horror que estava indo na direção do St. Patrick's a toda a velocidade, com a fúria e o ódio de um torpedo incendiário. Correu atrás dele, evitando a chuva de faíscas e as lágrimas de ferro fundido que caíam a seu redor, mas seus pés não podiam igualar a velocidade crescente com que o trem se precipitava sobre o orfanato, tingindo o céu de escarlate em seu caminho. Parou sem fôlego e gritou com todas as suas forças para alertar os que dormiam placidamente no prédio, alheios à tragédia que estava prestes a desabar sobre eles. Desesperado, contemplou o trem por alguns segundos e, vendo a distância que o separava do St. Patrick's diminuir rapidamente, compreendeu que, em poucos instantes, a máquina ia pulverizar o orfanato e jogar seus moradores pelos ares. Caiu de joelhos e gritou pela última vez, impotente, vendo o trem penetrar no pátio traseiro do St. Patrick's avançando sem remédio contra o paredão da fachada traseira do prédio.

Preparando-se para o pior, Ben não podia imaginar o que seus olhos iam ver em alguns décimos de segundos.

A locomotiva desgovernada, envolta num tornado de chamas, estatelou-se contra a parede revelando um fantasma de fogos-fátuos. O trem inteiro afundou na fachada de tijolos vermelhos como uma serpente de vapor, desmanchando-se no ar e levando consigo a gritaria terrível das crianças e o rugido ensurdecedor da locomotiva.

Dois segundos depois, a escuridão noturna voltou a ser absoluta e a silhueta intocada do orfanato se recortava contra as luzes distantes da cidade branca e do Maidán, centenas de metros ao sul. A névoa enfiou-se pelas fendas da parede e em pouco tempo não restava nenhum vestígio do espetáculo que tinha acabado de presenciar. Ben se aproximou lentamente da parede e pousou a palma da mão na superfície intacta. Uma descarga elétrica percorreu seu braço, jogando-o no chão; ele viu que a marca negra e fumegante de sua mão tinha ficado impressa na parede.

Quando levantou, sentiu seu pulso bater acelerado e as mãos tremerem. Respirou fundo e secou as lágrimas causadas pelo fogo. Lentamente, quando achou que tinha recuperado a tranquilidade ou parte dela, fez a volta no prédio até chegar à porta da cozinha. Usando o truque ensinado por Roshan para abrir o ferrolho interno, abriu a porta com cuidado e atravessou a cozinha e o corredor do térreo na escuridão até chegar à escada. O orfanato continuava mergulhado no mais profundo silêncio e Ben entendeu que ninguém além dele tinha ouvido o estrondo do trem.

Retornou ao dormitório. Os companheiros continuavam dormindo e não havia sinal do vidro estilhaçado na janela. Percorreu o quarto e deitou em sua cama, ofegante. Pegou novamente o relógio da mesinha e viu a hora. Poderia jurar que tinha estado fora por quase vinte minutos, mas o mostrador exibia a mesma hora que ele tinha visto ao acordar. Levou a esfera ao ouvido: o mecanismo tiquetaqueava regularmente. O jovem devolveu o relógio a seu lugar e tentou organizar seus pensamentos. Estava começando a duvidar do que tinha visto ou, talvez, imaginado. Talvez não tivesse saído daquele quarto e todo aquele episódio não passasse de um sonho. As respirações profundas ao seu redor e o vidro intacto da janela pareciam confirmar essa suposição. Talvez estivesse sendo vítima de sua própria fantasia. Confuso, fechou os olhos e tentou conciliar o sono na esperança de que, se fingisse que dormia, talvez seu corpo se deixasse levar pelo engano.

 Ao amanhecer, mal o sol começou a se insinuar sobre a *cidade cinza*, setor muçulmano a leste de Calcutá, saltou da cama e correu até o pátio traseiro para examinar a parede da fachada à luz do dia. Não havia sinal de nenhum trem. Ben já estava chegando à conclusão de que tudo não tinha passado de um sonho de intensidade pouco comum, mas de qualquer forma apenas um sonho, quando viu, de rabo de olho, uma pequena mancha escura na parede. Chegou mais perto e reconheceu a palma de sua mão claramente delineada sobre a parede de tijolos avermelhados. Suspirou e correu de volta para o dormitório a fim de acordar Ian que, pela primeira vez em semanas, tinha conseguido se entregar aos braços de Morfeu, liberto por uma vez de sua insônia habitual.

* * *

À luz do dia, o encanto do Palácio da Meia-Noite empalidecia e sua condição de simples casarão saudoso dos velhos e bons tempos se evidenciava sem piedade. Contudo, as palavras de Ben amorteceram o choque de realidade que a contemplação de seu cenário favorito sem os adornos e os mistérios da noite de Calcutá poderia provocar nos membros da Chowbar Society. Todos ouviram em respeitoso silêncio e com expressões que iam do assombro à incredulidade.

— E desapareceu na parede, como se fosse feito de ar? — perguntou Seth.

— É a história mais estranha que você inventou nesse último mês, Ben — comentou Isobel.

— Não é invenção. É o que vi — replicou ele.

— Ninguém está duvidando, Ben — disse Ian em tom de conciliação. — Mas todo mundo continuou dormindo, ninguém ouviu nada, nem mesmo eu.

— Isso, sim, é que é incrível — comentou Roshan. — Talvez Bankim tenha posto alguma coisa na limonada.

— Ninguém vai me levar a sério? — perguntou Ben. — Vocês viram a marca da mão.

Ninguém respondeu. Ben concentrou o olhar em seu mirrado sócio asmático e vítima mais promissora quando se tratava de histórias de aparições.

— Siraj? — perguntou Ben.

O jovem ergueu os olhos para olhar os outros, avaliando a situação.

— Não seria a primeira vez que alguém vê uma coisa dessas em Calcutá — declarou. — Temos, por exemplo, a história da Hastings House.

— Não vejo o que uma coisa tem a ver com a outra — discordou Isobel.

O caso da Hastings House, antiga residência do governador da província, ao sul de Calcutá, era um dos preferidos de Siraj e provavelmente a mais emblemática história de fantasmas entre todas as que povoavam os anais da cidade, uma história densa e truculenta como poucas desse tipo. Segundo a tradição oral, durante as noites de lua cheia o espectro de Warren Hastings, o primeiro governador de Bengala, cavalgava numa carruagem fantasmagórica até o portal de sua velha mansão em Alipore, onde procurava freneticamente por certos documentos desaparecidos no decorrer dos tumultuados dias de seu mandato na cidade.

— A população tem visto o governador durante décadas — protestou Siraj. — É tão certo quanto dizer que as ruas vão ficar inundadas na época das monções.

Os membros da Chowbar Society se engalfinharam numa acalorada discussão sobre a visão de Ben. O único que não se interessou em participar foi o próprio interessado. Minutos depois, quando qualquer diálogo razoável parecia descartado, os rostos de todos os envolvidos na disputa viraram ao mesmo tempo para a silhueta de branco que observava calada da soleira da sala sem teto que ocupavam. Um a um foram ficando em silêncio.

— Não queria interromper nada — disse Sheere timidamente.

— Bem-vinda seja a interrupção — afirmou Ben. — Só estávamos discutindo, para variar.

— Ouvi o final — admitiu Sheere. — Viu alguma coisa ontem à noite, Ben?

— Nem sei mais — admitiu o jovem. — E você? Conseguiu escapar do controle de sua avó? Acho que colocamos você num aperto, ontem à noite.

Sheere sorriu e negou com a cabeça.

— Minha avó é uma boa pessoa, mas às vezes se deixa levar por suas obsessões e acha que mil perigos esperam por mim em cada esquina — explicou Sheere. — Não sabe que vim. Por isso, só posso ficar um pouco.

— Por quê? Pensamos em ir ao cais, podia vir conosco — disse Ben para surpresa dos outros, que estavam ouvindo aqueles planos pela primeira vez.

— Não posso ir, Ben. Vim me despedir.

— O quê? — exclamaram várias vozes em coro.

— Partimos amanhã para Mumbai — disse Sheere. — Minha avó diz que essa cidade não é segura e que precisamos partir. Proibiu-me de vê-los de novo, mas não queria ir embora sem dizer adeus. Em dez anos, vocês são os únicos amigos que tive, mesmo que só por uma noite.

Ben olhou para ela perplexo.

— A Mumbai? — explodiu. — Para quê? Sua avó quer ser estrela de cinema? É um absurdo!

— Acho que é mesmo — confirmou Sheere com tristeza. — Só me restam algumas horas em Calcutá. Espero que não se importem se ficar um pouco com vocês.

— Íamos adorar se ficasse, Sheere — disse Ian, falando por todos.

— Um momento! — gritou Ben. — Que história é essa de despedida? Algumas horas em Calcutá? Impossível, senhorita. Pode-se passar cem anos nessa cidade e não entender nem a metade do que acontece. Não pode ir embora assim. E ainda menos agora que é membro em pleno direito da Chowbar Society.

— Vai ter que falar com minha avó — lembrou Sheere, conformada.

— Pois é exatamente o que pretendo fazer.

— Grande ideia — comentou Roshan. — Acho que ela adorou você ontem à noite...

— Vocês não passam de homens de pouca fé — queixou-se Ben. — E os juramentos da sociedade? Precisamos ajudar

Sheere a encontrar a casa do pai. Ninguém vai sair dessa cidade antes que a gente encontre essa casa e descubra seus mistérios. Ponto final.

— Conte comigo — disse Siraj. — Mas como vai fazer? Pretende ameaçar a avó de Sheere?

— Às vezes, as palavras podem mais que as espadas — afirmou Ben. — Quem foi mesmo que disse isso?

— Voltaire? — insinuou Isobel.

Ben ignorou a ironia.

— Que palavras tão poderosas seriam essas? — perguntou Ian por sua vez.

— Não as minhas, com certeza — reagiu Ben. — As palavras de Mr. Carter. Vamos fazer com que ele fale com sua avó.

Sheere baixou os olhos e negou lentamente.

— Não vai funcionar, Ben — disse a moça, desesperançada. — Você não conhece Aryami Bosé. Não existe ninguém mais teimoso do que ela. Está no sangue.

Ben exibiu um sorriso felino e seus olhos brilharam sob o sol do meio-dia.

— Pois eu sou mais. Espere só para me ver em ação e vai mudar de opinião — murmurou.

— Você vai se meter em encrenca de novo, Ben — disse Seth.

Ben levantou uma sobrancelha altivamente e percorreu com os olhos os rostos dos amigos, um a um, pulverizando qualquer sinal de rebelião que pudesse se esconder no íntimo deles.

— Quem tiver algo a dizer, que fale agora ou cale-se para sempre — ameaçou solenemente.

Não houve nenhum protesto.

— Muito bem. Aprovado por unanimidade. Avante!

* * *

Carter enfiou sua chave pessoal na fechadura e girou duas vezes. O mecanismo da fechadura estalou e ele abriu a porta do gabinete. Entrou na sala e fechou a porta novamente. Não estava com a menor vontade de ver ou falar com ninguém, pelo menos durante uma horinha. Desabotoou o paletó e caminhou até a poltrona. Foi então que viu a silhueta imóvel sentada na poltrona em frente à sua e percebeu que não estava sozinho. A chave escorregou de seus dedos, mas não chegou a tocar o solo. Uma mão ágil, enfiada numa luva negra, pegou-a no ar. Um rosto afilado apareceu por trás da orelha da poltrona exibindo um sorriso canino.

— Quem é você e como entrou aqui? — exigiu Carter, sem conseguir reprimir um tremor na voz.

O intruso levantou e Carter sentiu o sangue fugir do seu rosto, quando reconheceu o homem que tinha estado naquele mesmo gabinete dezesseis anos antes. Seu rosto não tinha envelhecido um dia sequer e os olhos conservavam o ódio ardente que o diretor recordava. Jawahal. O visitante empunhou a chave, foi até a porta e trancou novamente. Carter engoliu em seco. Os avisos de Aryami Bosé na noite anterior desfilaram a toda a velocidade por sua mente. Jawahal apertou a chave nos dedos e o metal se dobrou como se fosse uma folha de latão.

— Não parece muito contente em me ver, Mr. Carter — disse Jawahal. — Esqueceu nosso encontro marcado há dezesseis anos? Vim para fazer minha doação.

— Saia agora mesmo ou serei obrigado a chamar a polícia — ameaçou Carter.

— Não se preocupe com a polícia por enquanto. Eu mesmo tratarei de avisá-la quando julgar conveniente. Peço que se sente e me dê o prazer de uma conversa.

Carter sentou na poltrona e lutou para não trair suas emoções e manter uma expressão serena e superior. Jawahal sorriu amigavelmente.

— Imagino que sabe por que estou aqui — disse o intruso.

— Não sei o que está procurando, mas sei que não vai encontrar aqui — replicou Carter.

— Talvez sim, talvez não — respondeu Jawahal casualmente. — Estou procurando um menino que não é mais menino: já é um homem. E o senhor sabe de que menino estou falando. Lamentaria ser obrigado a provocar algum dano.

— Isso é uma ameaça?

Jawahal riu.

— Sim — respondeu friamente. — E não estou de brincadeira.

Pela primeira vez, Carter considerou seriamente a possibilidade de gritar por socorro.

— Se quer mesmo gritar antes da hora — comentou Jawahal —, permita que lhe dê um bom motivo.

Assim que pronunciou essas palavras, Jawahal abriu a mão direita na frente do rosto e começou a retirar calmamente a luva que a cobria.

* * *

Sheere e os outros membros da Chowbar Society tinham acabado de atravessar a porta do pátio do St. Patrick's, quando as janelas do gabinete de Thomas Carter, no primeiro andar, explodiram com um estrondo tremendo e o jardim foi coberto por uma chuva de estilhaços de vidro, madeira e ladrilhos. Os rapazes ficaram paralisados durante um segundo e, ato contínuo, correram para o prédio, ignorando a fumaça e as chamas que saíam pelo buraco que a explosão tinha aberto na fachada.

No momento da explosão, Bankim estava na outra extremidade do corredor, folheando alguns documentos administrativos que Carter precisava assinar. A onda crescente jogou-o no chão, e quando ele ergueu os olhos, viu a porta do gabinete do reitor sair voando no meio de uma nuvem de fumaça que encheu o corredor, estatelando-se contra a parede. Um segundo depois, Bankim levantou e correu até o foco da explosão. A cerca de seis metros da porta do gabinete, Bankim viu surgir uma silhueta negra envolta em chamas, que abriu uma capa escura e se afastou pelo corredor a uma velocidade inacreditável, como um grande morcego. A figura desapareceu, deixando atrás de si um rastro de cinzas e emitindo um som que fez Bankim pensar numa cobra pronta para saltar sobre sua vítima.

Bankim encontrou Carter caído dentro do gabinete. Seu rosto estava coberto de queimaduras e suas roupas fumegantes pareciam saídas de um incêndio. Debruçando-se sobre seu mentor, Bankim tentou levantá-lo. As mãos do diretor tremiam e Bankim constatou aliviado que, embora com dificuldade, ele ainda respirava. Gritou pedindo ajuda e logo os rostos de alguns dos alunos apareceram na porta. Ben, Ian e Seth ajudaram a carregar Carter, enquanto os outros tiravam os escombros do caminho e ajeitavam um lugar no corredor para colocar o diretor do St. Patrick's.

— O que diabos aconteceu aqui? — perguntou Ben.

Bankim negou com a cabeça, incapaz de responder à pergunta e visivelmente abalado pelos efeitos do choque que tinha acabado de experimentar. Juntando esforços, conseguiram remover o ferido para o corredor, enquanto Vendela, com o rosto branco como porcelana e o olhar perdido, corria para chamar o hospital mais próximo.

Pouco a pouco, o resto do pessoal do St. Patrick's foi chegando, sem entender o que havia provocado aquele estrondo e a quem pertencia o corpo chamuscado deitado no chão. Ian e Roshan formaram um cordão de isolamento e pediram a todos que se aproximavam que se afastassem para não impedir a passagem.

A espera pelo socorro pareceu infinita.

* * *

Entre a confusão criada pela explosão e a tão esperada chegada da ambulância do hospital geral de Calcutá, o St. Patrick's viveu meia hora de angustiante incerteza. Finalmente, quando, depois dos primeiros momentos de pânico, o desânimo começava a se infiltrar entre os presentes, um médico da equipe conversou com Bankim e os rapazes para tranquilizá-los, enquanto três colegas atendiam a vítima.

Ao vê-lo, todos se reuniram ao redor dele, ansiosos, na expectativa das palavras do médico.

— Sofreu queimaduras importantes e várias fraturas, mas está fora de perigo. O que mais me preocupa agora são os olhos. Não podemos garantir que vai recuperar a visão total, mas ainda é cedo para uma avaliação definitiva. Precisa ser internado e profundamente sedado antes de começar qualquer tratamento. Qualquer intervenção tem que ser feita com a máxima segurança. Preciso de alguém para assinar os documentos de internação — disse o médico, um jovem ruivo de olhar intenso e aparência decididamente competente.

— Vendela pode fazer isso — disse Bankim.

Ele fez que sim.

— Ótimo. Mas tem mais uma coisa — disse. — Quem de vocês é Ben?

Todos olharam para ele espantados. Ben ergueu os olhos, sem entender.

— Sou eu — respondeu. — O que houve?

— Ele quer falar com você — explicou o médico, num tom de voz que deixava claro que tinha tentado dissuadir Carter e que desaprovava aquele pedido.

Ben concordou e entrou em seguida na ambulância do hospital, onde os médicos tinham colocado Carter.

— Só um minuto, jovem — avisou o médico. — Nem um segundo a mais.

* * *

Ben parou ao lado da maca onde Thomas Carter estava deitado e procurou exibir um sorriso tranquilizador. No entanto, quando constatou o estado do diretor do orfanato, sentiu seu estômago encolher e as palavras fugirem de seus lábios. Às suas costas, um dos médicos fez um sinal incentivando-o a reagir. Ben inspirou profundamente e fez que sim.

— Oi, Mr. Carter. É Ben — disse o menino, sem saber se Carter podia ouvi-lo.

O ferido virou a cabeça para ele lentamente e ergueu uma mão trêmula. Ben segurou-a nas suas e apertou suavemente.

— Diga a este homem que nos deixe sozinhos — gemeu Carter, que não tinha aberto os olhos.

O médico olhou severamente para Ben e esperou alguns segundos antes de deixá-los a sós.

— Os médicos disseram que o senhor vai ficar bom... — disse Ben.

Carter balançou a cabeça negativamente.

— Agora não, Ben — cortou, e cada palavra parecia exigir dele um esforço titânico. — Preste atenção no que vou dizer e não me interrompa. Entendeu bem?

Ben concordou em silêncio e precisou de um breve lapso de tempo para entender que Carter não podia vê-lo.

— Estou ouvindo, senhor.

Carter apertou suas mãos.

— Tem um homem à sua procura. Ele quer matá-lo, Ben. É um assassino — articulou Carter com esforço. — Precisa acreditar em mim. Esse homem disse que se chama Jawahal e parece acreditar que você tem alguma coisa a ver com o passado dele. Não sei qual é exatamente o seu motivo, mas sei que é perigoso. O que fez comigo é apenas uma amostra do que é capaz. Deve falar com Aryami Bosé, a mulher que esteve ontem no orfanato. Repita o que acabei de dizer e o que aconteceu. Ela tentou me avisar, mas não levei seu aviso a sério. Não cometa o mesmo erro. Procure essa mulher e converse com ela. Diga que Jawahal esteve aqui. Ela vai dizer o que fazer.

Quando os lábios queimados de Thomas Carter se fecharam, Ben sentiu que o mundo inteiro desmoronava a seu redor. Tudo o que o diretor do St. Patrick's tinha acabado de dizer parecia completamente inverossímil. Com certeza, o raciocínio do diretor tinha ficado seriamente abalado com o choque da explosão e, em seu delírio, ele imaginou uma conspiração contra sua vida e sabe Deus quantos outros perigos improváveis. Aceitar qualquer outra alternativa estava além de sua capacidade no momento, ainda mais à luz do episódio que ele mesmo tinha fantasiado na madrugada anterior. Preso na atmosfera claustrofóbica da ambulância, impregnada pelo cheiro frio do éter, Ben ficou se perguntando se os habitantes do St. Patrick's estavam começando a perder o juízo, inclusive ele.

— Você me ouviu, Ben? — insistiu Carter com voz agoniada. — Entendeu o que lhe disse?

— Sim, senhor — balbuciou o jovem. — Não precisa se preocupar agora, senhor.

Carter abriu os olhos e Ben viu horrorizado as marcas que as chamas tinham deixado neles.

— Ben — tentou gritar Carter com a voz enfraquecida pelo sofrimento. — Faça o que eu disse. Agora. Procure essa mulher. Jure!

Ben ouviu os passos do médico ruivo às suas costas e sentiu que o segurava pelo braço, arrastando-o energicamente para fora da ambulância. A mão de Carter deslizou entre as suas e ficou suspensa no ar.

— Está bem — disse o médico. — Este homem já sofreu o suficiente.

— Jure! — gemeu Carter agitando a mão no ar.

Consternado, o jovem viu os médicos injetarem uma nova dose de calmante em Carter.

— Eu juro, senhor! — disse Ben, sem saber com certeza se ele podia ouvi-lo. — Eu juro.

Bankim esperava por ele ao lado da ambulância. Em segundo plano, todos os membros da Chowbar Society, além de todas as pessoas que estavam no St. Patrick's na hora em que a tragédia acontecera, olhavam para ele com uma expressão ansiosa e abatida. Ben se aproximou de Bankim e encarou-o diretamente nos olhos injetados de sangue e irritados pela fumaça e pelas lágrimas.

— Preciso saber de uma coisa, Bankim — disse Ben. — Alguém chamado Jawahal veio visitar Mr. Carter hoje?

Bankim olhou para ele sem entender.

— Não, hoje não veio ninguém — respondeu o professor. — Mr. Carter passou a manhã inteira numa reunião com o Conselho Municipal e só voltou por volta de meio-dia. Assim que chegou, disse que iria para o seu gabinete para trabalhar e não queria que ninguém o incomodasse, nem para almoçar.

— Tem certeza de que estava sozinho no gabinete na hora da explosão? — perguntou Ben, rezando interiormente para obter uma resposta afirmativa.

— Sim, acho que sim — respondeu Bankim sem hesitar, embora seu olhar escondesse uma sombra de dúvida. — Por que está perguntando isso? O que foi que ele disse?

— Tem certeza absoluta, Bankim? — insistiu Ben. — Pense bem. É muito importante.

O professor baixou os olhos e massageou a testa, como quem tenta encontrar as palavras adequadas para descrever o que mal conseguia recordar.

— Num primeiro momento — disse Bankim —, tive a impressão de ver alguma coisa ou alguém saindo do gabinete um segundo depois da explosão. Mas estava tudo muito confuso.

— Alguma coisa ou alguém? — perguntou Ben. — O que era afinal?

Bankim ergueu os olhos e deu de ombros.

— Não sei — respondeu. — Nada que eu conheça consegue se locomover naquela velocidade.

— Um animal?

— Não sei o que vi, Ben. O mais provável é que tenha sido só imaginação.

O desprezo que as superstições e histórias de supostos prodígios sobrenaturais despertavam em Bankim era familiar para Ben. O jovem sabia que o professor jamais admitiria ter presenciado alguma coisa que escapasse de sua capacidade de análise ou compreensão. O que sua mente não podia explicar, seus olhos não podiam ver. Simples assim.

— Se foi assim — perguntou Ben pela última vez —, o que mais você imaginou?

Bankim virou os olhos para o buraco chamuscado que ocupava o lugar que horas antes era reservado ao gabinete de Thomas Carter.

— Tive a impressão de que estava rindo — admitiu Bankim em voz baixa. — Mas não pretendo repetir isso a ninguém.

Ben fez que sim, deixou Bankim ao lado da ambulância e foi ao encontro dos amigos, que esperavam ansiosamente para saber o teor de sua conversa com Carter. Entre eles, Sheere olhava para ele com preocupação evidente, como se fosse a única pessoa capaz de intuir, no íntimo de seu espírito, que as notícias que Ben trazia estavam prestes a arrastar os acontecimentos para uma trilha escura e mortal, de onde nenhum deles poderia voltar.

— Precisamos conversar — disse Ben pausadamente. — Mas não aqui.

*L*embro daquela manhã de maio como o primeiro sinal da tormenta que pairava inexoravelmente sobre nossos destinos, tramada pelas nossas costas e crescendo à sombra de nossa completa inocência, aquela bendita ignorância que nos levava a pensar que éramos merecedores de um estado de graça próprio daqueles que, por não terem passado, nada têm a temer do futuro.

Não sabíamos na época que os chacais da desgraça não corriam atrás do desafortunado Thomas Carter. Suas presas desejavam outro sangue, mais jovem e tinto pelo estigma de uma maldição que não tinha como se esconder nem entre a multidão que se reunia na algazarra dos mercados de rua, nem nas entranhas de nenhum palácio fechado de Calcutá.

Fomos atrás de Ben até o Palácio da Meia-Noite em busca de um lugar reservado para ouvir o que ele tinha a dizer. Naquele dia, nenhum de nós abrigava no coração o menor temor de que, por trás daquele estranho acidente e daquelas palavras incertas pronunciadas pelos lábios beijados pelo fogo de nosso diretor, pudesse se esconder uma ameaça ainda maior do que a separação e o vazio ao qual as páginas em branco de nosso futuro pareciam nos *conduzir. Ainda precisávamos aprender que o Diabo criou a juventude para que cometêssemos nossos erros e que Deus instituiu a maturidade e a velhice para que pudéssemos pagar por eles.*

Lembro também que ouvimos o resumo que Ben fez de sua conversa com Thomas Carter e que todos, sem exceção, adivinhamos que ele estava escondendo alguma coisa que o diretor ferido tinha confiado só a ele. Lembro da expressão preocupada que o rosto de meus amigos, assim como o meu, ia adquirindo ao perceber que, pela primeira vez em anos, nosso companheiro Ben tinha resolvido nos manter à margem da verdade, não importa quais fossem os seus motivos.

Quando pediu, alguns minutos depois, para falar a sós com Sheere, pensei que meu melhor amigo acabava de desferir a punhalada final que decretaria o fim da Chowbar Society. Mais adiante, os fatos iam demonstrar que, mais uma vez, tinha julgado Ben e a fidelidade que os juramentos do nosso clube inspiravam em sua alma de maneira injusta. Mas naquele momento, bastou observar o rosto do meu amigo quando falava com Sheere para intuir que a roda da fortuna tinha invertido seu giro e que havia sobre a mesa uma mão negra cujas apostas nos empurravam para uma jogada que estava muito além de nossas possibilidades.

A CIDADE DOS PALÁCIOS

À luz nebulosa daquele dia quente e úmido de maio, os perfis dos relevos e das gárgulas do refúgio secreto da Chowbar Society pareciam figuras de cera talhadas à faca por mãos furtivas. O sol se escondia atrás de um espesso manto de nuvens cinzentas e um mormaço asfixiante subia do rio Hooghly para se condensar nas ruas da *cidade negra*, imitando os vapores letais de um pântano envenenado.

Ben e Sheere conversavam atrás de duas colunas caídas na sala central do casarão, enquanto os demais esperavam a uma dúzia de metros de distância, lançando olhares furtivos e receosos ao casal.

— Não sei se fiz bem em esconder tudo isso dos meus amigos — confessou Ben a Sheere. — Sei que vão ficar chateados e que isso contraria todos os princípios da Chowbar Society, mas se existe uma remota possibilidade de que um assassino esteja rondando as ruas da cidade para me matar, o que duvido, não tenho a menor intenção de envolvê-los nisso. E também não quero envolver você, Sheere. Não posso imaginar que relação a sua avó pode ter com tudo isso e, enquanto não descobrir, é melhor que este segredo fique entre nós dois.

Sheere concordou. Também estava chateada ao ver que aquele segredo compartilhado só com ela se colocava entre Ben e seus amigos, mas ao mesmo tempo, consciente de que a gravidade da coisa podia ser maior do que imaginavam naquele momento, saboreava com prazer a aproximação entre os dois que aquele vínculo proporcionava.

— Também preciso lhe dizer uma coisa, Ben — começou Sheere. — Esta manhã, quando vim me despedir de vocês, achei que não tinha importância, mas a situação mudou. Ontem à noite, no caminho de volta para a casa onde estamos hospedadas, minha avó me fez jurar que nunca mais falaria com você. Disse que devia esquecer que você existe e que qualquer tentativa de aproximação entre nós podia terminar em tragédia.

Ben suspirou diante da velocidade crescente daquela enxurrada de ameaças veladas, que despontavam em todos os lábios, sempre envolvendo seu nome. Todos, exceto ele, pareciam conhecer algum segredo terrível que transformava sua pessoa numa carta marcada, portadora de desgraças. O que no início era incredulidade e depois preocupação, estava começando a se transformar em franca irritação e raiva contra a trama de silêncio armada às suas costas.

— Que motivos ela deu para dizer uma coisa dessas? — perguntou Ben. — Nunca tinha me visto antes de ontem à noite e acho que meu comportamento não justifica uma barbaridade dessas.

— Acho que não tem nada a ver com isso — disse Sheere. — Estava assustada. Não havia raiva em suas palavras, apenas medo.

— Pois vamos ter que encontrar algo mais do que medo se quisermos descobrir o que está acontecendo — replicou Ben. — Vamos falar com ela agora.

O jovem foi até onde estavam os outros membros da Chowbar Society. Seus rostos deixavam claro que tinham discutido o assunto internamente e que tinham chegado a uma conclusão. Ben podia apostar quem seria o porta-voz do inevitável protesto. Todos olharam para Ian e ele, ao descobrir a conspiração, revirou os olhos e suspirou.

— Ian tem uma coisa para lhe dizer — explicou Isobel. — E vai falar por todos nós.

Ben encarou os companheiros e sorriu.

— Estou ouvindo.

— Bem — começou Ian —, a essência do que queremos dizer...

— Vá direto ao ponto, Ian — cortou Seth.

O jovem virou e, com toda a serena agressividade que seu caráter tranquilo permitia, disse:

— Quem tem que falar sou eu, portanto, vou fazer do meu jeito, entendido?

Ninguém ousou meter o bedelho de novo em sua oratória. Ian recomeçou sua tarefa.

— Como estava dizendo, o essencial é que achamos que tem alguma coisa errada. Você disse que Mr. Carter falou de um assassino que ronda o orfanato e que foi o responsável pelo ataque. Um criminoso que ninguém viu e cujos motivos, segundo suas explicações, não conseguimos entender. Assim como não entendemos por que ele quis falar especificamente com você e por que você foi falar com Bankim e não disse nada sobre o assunto. Supomos que tem suas razões para guardar segredo ou partilhar apenas com Sheere, ou melhor dizendo, pensa que tem. Mas, a bem da verdade e para honrar nossa sociedade e seus propósitos, deveria confiar em nós e não esconder nada.

Ben considerou as palavras de Ian e passou os olhos pelos outros companheiros, que concordavam com o discurso do porta-voz.

— Se escondi alguma coisa foi porque acho que se não fizesse isso estaria colocando a vida de vocês em perigo — explicou.

— O princípio básico dessa sociedade é ajudar-nos uns aos outros até o fim e não simplesmente ouvir histórias de fantasmas e sumir assim que a coisa começa a ficar feia — protestou Seth indignado.

— Isso é uma sociedade, não uma orquestra de senhoritas — acrescentou Siraj.

Isobel aplicou um cascudo em sua cabeça.

— Cale essa boca — espetou.

— Está bem — disse Ben. — Um por todos e todos por um. É isso que querem? Os Três Mosqueteiros?

Todos olharam para ele intensamente e, um a um, concordaram.

— Muito bem. Vou dizer tudo o que sei, que não é muito — disse Ben.

Durante dez minutos, a Chowbar Society ouviu seu relato em versão integral, inclusive a conversa com Bankim e os temores da avó de Sheere. Finalizada a exposição, abriu-se o turno de perguntas.

— Alguém já ouviu falar desse tal Jawahal alguma vez? — perguntou Seth. — Siraj?

O homem enciclopédia não pôde oferecer nada além de uma negativa absoluta.

— Seria possível que Mr. Carter tivesse negócios com uma pessoa assim? Será que não existe alguma coisa a respeito em seus arquivos? — perguntou Isobel.

— Podemos verificar — disse Ian. — Agora, o fundamental é falar com sua avó, Sheere, e começar a desembaraçar esse novelo.

— Concordo plenamente — disse Roshan. — Vamos falar com ela e depois discutimos um plano de ação.

— Alguma objeção à proposta de Roshan? — perguntou Ian.

Uma negativa geral inundou as paredes arruinadas do Palácio da Meia-Noite.

— Então, ao trabalho!.

— Um momento — disse Michael.

Os rapazes viraram para ouvir o eternamente melancólico artista do lápis e cronista gráfico da história da Chowbar Society.

— Já pensou que tudo isso pode estar relacionado com a história que você contou essa manhã, Ben? — perguntou ele.

Ben engoliu em seco. Essa mesma pergunta girava em sua cabeça havia meia hora, mas não tinha conseguido estabelecer nenhuma conexão entre os dois acontecimentos.

— Não vejo qual é a relação, Michael — disse Seth.

Os outros pensaram no assunto, mas nenhum deles parecia inclinado a discordar do parecer de Seth.

— Acho que essa relação não existe — concordou Ben, finalmente. — Acho que sonhei.

Michael encarou-o diretamente nos olhos, algo que não costumava fazer quase nunca, e exibiu um pequeno desenho pendurado na ponta dos dedos. Ben olhou e identificou a silhueta de um trem cruzando uma planície devastada de barracos e tendas. Uma majestosa locomotiva pontiaguda e coroada por grandes chaminés que cuspiam vapor e fumaça arrastava o trem sob um céu semeado de estrelas negras. O trem parecia envolto em chamas e, através das janelas dos vagões, viam-se centenas de rostos espectrais que estendiam os braços e gritavam no meio do fogo. Michael tinha traduzido suas palavras para o papel com absoluta fidelidade. Ben sentiu que um calafrio percorria suas costas e olhou para o amigo Michael.

— Não entendo, Michael — murmurou Ben. — Onde você quer chegar?

Sheere se aproximou e seu rosto empalideceu ao contemplar o desenho de Michael e descobrir que ele revelava o traço de união entre a visão de Ben e o incidente no St. Patrick's.

— O fogo — murmurou a moça. — É o fogo.

* * *

A casa de Aryami Bosé tinha ficado fechada durante anos e o fantasma de mil recordações prisioneiras entre as paredes ainda impregnava o ambiente daquela residência habitada apenas por livros e quadros.

No caminho, concordaram por unanimidade que era melhor Sheere entrar primeiro na casa e colocar Aryami a par dos fatos. Só depois ela falaria que os jovens queriam conversar com ela. Uma vez estabelecida essa primeira fase, os membros da Chowbar Society consideraram oportuno limitar o número de seus representantes na reunião com a velha senhora, acreditando que a visão de sete adolescentes desconhecidos com certeza não ia ajudar a fazê-la soltar a língua. Por isso, além de Sheere e Ben, resolveram que Ian também estaria presente durante a conversa. Ian aceitou de novo o papel de embaixador da sociedade, não sem suspeitar que a frequência com que lhe davam esse papel tinha menos a ver com a confiança dos companheiros em sua inteligência e moderação do que com sua aparência inofensiva, adequada para atrair a aprovação de adultos e funcionários públicos. Em todo caso, depois de percorrer as ruas da *cidade negra* e esperar por alguns minutos no pátio invadido pelo matagal da casa de Aryami Bosé, Ian juntou-se a Ben e, obedecendo a um sinal de Sheere, os dois entraram, enquanto os outros ficaram esperando sua volta.

A moça levou os dois a uma sala pobremente iluminada por uma dezena de velas colocadas no interior de vasilhas com um pouco d'água no fundo. As gotas de cera formavam flores congeladas e embaçavam o reflexo da chama. Os três jovens sentaram diante de Aryami, que os observava silenciosamente, sentada numa poltrona, e examinaram a penumbra que velava as paredes cobertas de quadros e as estantes sepultadas pela poeira de anos.

Aryami esperou que os olhos dos três pousassem nos dela e inclinou-se para eles, numa atitude confidencial.

— Minha neta contou o que aconteceu — disse ela. — Não posso dizer que esteja surpresa. Vivi durante anos com o pavor de que acontecesse algo semelhante, mas nunca cheguei a pensar que seria assim, dessa maneira. Antes de mais nada, saibam que o que viram é só o começo e que, depois de ouvir o que tenho a dizer, estará nas mãos de vocês deixar que as coisas sigam seu curso ou não. Já estou velha e não tenho mais ânimo nem saúde para lutar contra forças que me superam e que a cada dia parecem mais difíceis de compreender.

Sheere pegou a mão enrugada da avó e fez um carinho delicado. Ian viu que Ben estava roendo as unhas e aplicou-lhe uma discreta cotovelada.

— Houve um tempo em minha vida em que acreditava que nada tinha mais força do que o amor. É verdade que o amor tem força, mas ela é minúscula e empalidece diante do fogo do ódio — explicou Aryami. — Sei que essas revelações não são exatamente um presente adequado para seu décimo sexto aniversário. Normalmente, permitimos que os adolescentes vivam na ignorância da verdadeira face do mundo, até que estejam bem entrados nos anos da juventude, mas temo que vocês vão ter o duvidoso privilégio de saber agora. Sei também que, pelo simples fato de serem palavras de uma velha, vocês vão duvidar do que digo e dos meus julgamentos. Aprendi a reconhecer esse olhar nos olhos de minha própria neta, durante todos esses anos. É que nada é tão difícil de acreditar quanto a verdade e, ao contrário, nada é tão sedutor quanto a força da mentira, quanto maior for o seu peso. É uma lei da vida e caberá a vocês encontrar o equilíbrio justo. Dito isso, permitam que eu diga que, além dos anos, esta velha colecionou histórias e nunca conheceu nenhuma que fosse tão triste e terrível como essa que vou contar e da qual, sem saber, vocês foram protagonistas por omissão até o dia de hoje...

* * *

"Houve um tempo em que eu também fui jovem e fiz tudo aquilo que se espera que os jovens façam: casar, ter filhos, fazer dívidas, decepcionar-se e renunciar aos sonhos e princípios que sempre jurou respeitar. Em uma palavra: envelhecer. Ainda assim, a sorte foi generosa comigo, pelo menos foi o que achei no início. A melhor e a pior coisa que se poderia dizer do homem a quem uni minha vida é que ele era um homem bom. Nunca foi um moço bonito, para que mentir? Lembro que, quando vinha à minha casa, minhas irmãs riam dele pelas costas. Era meio desajeitado, tímido e tinha a aparência de quem passou os últimos dez anos da vida trancado numa biblioteca: o sonho de qualquer mocinha de sua idade, Sheere.

"Meu galã trabalhava como professor numa escola pública do sul de Calcutá. Seu salário era miserável e suas roupas eram condizentes com isso. Todos os sábados, aparecia para me buscar com o mesmo terno, o único que tinha e que reservava para as reuniões na escola e para namorar comigo. Demorou seis anos para poder comprar outro, mas os ternos nunca ficavam bem nele: não tinha a postura necessária.

"Minhas irmãs casaram com dois bonitões reluzentes que tratavam seu avô com displicência e me lançavam olhares ardentes pelas costas dele, achando que eu devia interpretar aquilo como uma grande oportunidade de desfrutar de um homem de verdade, nem que fosse por alguns minutos na vida.

"Com o tempo, os dois malandros acabariam vivendo da caridade do meu homem e de seus favores, mas isso é outra história. Apesar de conseguir ler através daqueles sanguessugas, pois sempre soube ver a alma das pessoas com quem tratava, ele nunca negou seu apoio e fingiu que esquecia as zombarias e o desprezo com que o tratavam na juventude. Eu não teria feito isso, mas meu homem, como eu disse, sempre foi muito bom. Talvez até demais.

"Lamentavelmente sua saúde era frágil e ele me deixou muito cedo, no ano em que nasceu nossa única filha, Kylian. Tive que criá-la sozinha e tentando transmitir tudo que seu pai gostaria que aprendesse. Kylian foi a luz que iluminou minha vida depois da morte de seu avô. Dele ela herdou a natureza bondosa e o instinto de enxergar a alma das pessoas. Mas enquanto seu avô juntava falta de jeito com timidez, ela emanava luminosidade e elegância. Sua beleza começava nos gestos, na voz, nos movimentos. Quando menina, suas palavras fascinavam as visitas e as pessoas das ruas com a magia de um encantamento. Lembro que, ao vê-la cativando os comerciantes dos bazares com apenas 10 anos, costumava pensar que aquela menina era como um cisne real saído da memória do meu marido, um patinho feio e desajeitado. O espírito dele vivia nela, em seus gestos mais insignificantes e no modo como, às vezes, ficava em silêncio observando as pessoas no portão dessa casa e olhava para mim, muito séria, perguntando por que havia tanta gente miserável neste mundo.

"Logo todos os moradores da *cidade negra* começaram a falar dela, usando o apelido que um fotógrafo de Mumbai tinha lhe dado: a princesa de luz. E, para essa princesa, não demoraram a aparecer candidatos a príncipe vindos de todo lado. Foram tempos maravilhosos, em que ela partilhava comigo as ridículas confidências que seus engalanados pretendentes faziam, as poesias horripilantes que escreviam e toda uma galeria de histórias que, com o passar do tempo, quase nos fizeram acreditar que todos os jovens dessa cidade não passavam de uns pobres de espírito. Mas como sempre, entrou em cena alguém que ia mudar tudo: seu pai, o homem mais inteligente e mais estranho que conheci em toda a minha vida.

"Naquela época, como hoje, a imensa maioria dos casamentos era arranjada entre as famílias como um simples acordo comercial, onde a vontade dos noivos não tinha o menor valor. A maioria das tradições não passa de enfermidades da sociedade. Durante toda a minha vida, jurei a mim mesma que o dia em que Kylian se casasse, seria com uma pessoa escolhida livremente por ela.

"Quando seu pai bateu na porta desta casa, ele encarnava exatamente o oposto das dezenas de conquistadores vaidosos que rondavam sua mãe o tempo todo. Falava pouco, mas, quando o fazia, suas palavras eram afiadas como um punhal e não permitiam réplicas. Era amável e, quando queria, capaz de um estranho encanto que seduzia lenta, mas inexoravelmente, embora seu pai mantivesse sempre uma atitude fria e distante com quase todo mundo. A única exceção era sua mãe. Em sua companhia, ele se transformava em outra pessoa, vulnerável e quase infantil. Nunca consegui descobrir qual dos dois ele era na verdade e suponho que sua mãe levou esse segredo para o túmulo.

"Nas pouquíssimas ocasiões em que falava comigo, seu pai não dava explicações. Quando finalmente resolveu pedir meu consentimento para casar com sua mãe, perguntei como pretendia sustentá-la e qual era a sua situação. Os anos à beira da pobreza com seu avô tinham me ensinado a proteger minha filha de uma experiência como aquela, além de me convencer de que não há nada como um estômago vazio para desmascarar o mito do efeito enobrecedor da fome de espírito.

"Seu pai olhou para mim, guardando para si o que pensava de verdade, e respondeu que era engenheiro e escritor. Disse que estava tentando conseguir trabalho numa companhia britânica de construção e que um editor de Nova Déli tinha lhe adiantado uma quantia por um manuscrito escrito por ele. Tudo aquilo, tirando a literatura com que seu pai enfeitava seus discursos quando lhe convinha, cheirava a miséria e privações. E foi o que lhe disse. Ele sorriu e, tomando minha mão suavemente, murmurou umas palavras que nunca esquecerei: 'Mãe, esta é a primeira e última vez que tocarei nesse assunto. Meu futuro e o de sua filha agora estão em nossas mãos, assim como o dever de abrir caminho e levar adiante a minha vida. Ninguém, vivo ou morto, poderá interferir nisso.

Portanto, durma tranquila e confie no amor que sinto por sua filha. Contudo, se a preocupação não permite que concilie o sono, evite manchar com uma única palavra, gesto ou ação o vínculo que, com ou sem o seu consentimento, irá nos unir para sempre, porque nem a eternidade lhe dará tempo suficiente para se arrepender disso.'

"Três meses depois, eles se casaram e nunca mais voltei a falar a sós com seu pai. O futuro deu razão a ele, que não demorou a fazer nome como engenheiro, sem abandonar sua paixão pelos livros. Mudaram-se para uma casa não muito longe daqui, que já foi derrubada há anos, enquanto ele desenhava a casa que seria o lar de seus sonhos, um verdadeiro palácio que planejou milímetro por milímetro para viver com sua mãe. Na época, ninguém imaginava o que estava para acontecer.

"Na verdade, nunca cheguei a conhecê-lo direito. Ele nunca me deu essa chance, nem parecia ter nenhum interesse em abrir suas portas para ninguém que não fosse sua mãe. Sua personalidade me intimidava e, em sua presença, não conseguia puxar conversa ou tentar me aproximar dele. Era impossível descobrir o que pensava. Costumava ler seus livros, que sua mãe trazia quando vinha me visitar, e estudava cada um deles tentando encontrar as chaves secretas para penetrar no labirinto de sua mente. Mas nunca tive sucesso.

"Seu pai foi um homem misterioso, que nunca falou de sua família ou de seu passado. Talvez por isso, nunca fui capaz de perceber a ameaça que pairava sobre ele e sobre minha filha, uma ameaça nascida desse passado obscuro e insondável. Nunca me deu oportunidade de ajudá-lo e, na hora da desgraça, estava tão só quanto esteve durante toda a sua vida, na fortaleza de solidão que escolheu livremente, cujas chaves só uma pessoa possuía, durante os anos que partilhou com ele: Kylian.

"Mas seu pai, como todos nós, tinha um passado e foi ele que deu origem à figura que traria a escuridão e a tragédia para a nossa família.

"Quando seu pai era jovem e percorria as ruas de Calcutá, faminto e sonhando com números e fórmulas matemáticas, conheceu outro jovem, um rapaz de sua idade, órfão e sozinho. Na época, seu pai vivia na miséria e, como tantas crianças nesta cidade, caiu vítima das febres que ceifavam milhares de vidas a cada ano. No período de chuvas, a monção descarregava seus terríveis temporais na península de Bengala, e todo o delta do Ganges sofria cheias que inundavam o país. Ano após ano, o lago de sal que ainda fica ao leste da cidade transbordava. Depois das chuvas, os cadáveres dos peixes mortos, expostos ao sol quando as águas baixavam de novo, produziam uma nuvem de vapores envenenados que, arrastados pelos ventos das montanhas do norte, arrasavam a cidade e, como uma praga infernal, semeavam a doença e a morte.

"Naquele ano, seu pai foi mais uma vítima dos ares mortais e ficou à beira da morte, se não fosse o seu companheiro Jawahal, que cuidou dele durante vinte dias num barraco de barro e tábuas queimadas às margens do Hooghly. Quando se recuperou, seu pai jurou que protegeria Jawahal e partilharia com ele tudo o que o futuro lhe oferecesse, pois agora sua vida também lhe pertencia. Foi um juramento de crianças. Um pacto de sangue e honra. Mas havia um detalhe que seu pai não conhecia: Jawahal, aquele anjo salvador de apenas 11 anos, carregava nas veias uma doença muito mais terrível que a febre que quase acabou com sua vida. Uma enfermidade que começaria a se manifestar bem mais tarde, primeiro de maneira quase imperceptível e em seguida com a fatalidade de uma condenação: a loucura.

"Anos depois, seu pai soube que a mãe de Jawahal tinha se queimado viva diante dos olhos do filho, num sacrifício à deusa Kali, e que a mãe de sua mãe acabara seus dias numa cela miserável de um manicômio de Mumbai. Esses eram apenas alguns degraus na longa escada de acontecimentos que transformavam a história de sua família numa trilha de horror e desgraça. Mas seu pai era um homem forte, desde menino, e assumiu a responsabilidade de proteger seu amigo apesar de sua terrível herança.

"Tudo correu tranquilamente até que, ao completar 18 anos, Jawahal assassinou a sangue-frio um rico comerciante do bazar porque tinha se negado a vender um medalhão que ele queria comprar, fazendo comentários sobre sua aparência e duvidando de sua capacidade financeira. Seu pai escondeu o amigo em casa durante meses, colocando seu futuro e sua vida em perigo ao protegê-lo da justiça que procurava por ele em toda a cidade. Deu certo, mas aquele seria apenas o primeiro passo. Um ano depois, na noite do Ano Novo hindu, Jawahal incendiou uma casa onde vivia uma dezena de senhoras e ficou sentado na calçada admirando as chamas até que as vigas desmoronaram, transformadas em brasas. Dessa vez, nem as artes de seu pai conseguiram salvá-lo da justiça.

"O julgamento foi longo e terrível e no final Jawahal foi condenado à prisão perpétua. Seu pai fez tudo o que podia para ajudá-lo, gastou suas economias pagando advogados, enviando roupas limpas para a prisão onde ele cumpria pena e subornando os guardas para que o deixassem em paz. O único agradecimento de Jawahal foram palavras de ódio. Acusou seu pai de tê-lo delatado e abandonado, porque queria se ver livre dele. Acusou-o também de ter rompido o juramento que tinham feito anos atrás e jurou vingança porque, como fez questão de gritar furiosamente do banco do tribunal quando sua sentença foi proferida, a metade de sua vida lhe pertencia.

"Seu pai enterrou esse segredo nas profundezas do coração e nunca permitiu que sua mãe soubesse de nada. Os anos apagaram os sinais externos daquela lembrança. Entre o casamento, os primeiros anos de vida em comum e os primeiros sucessos de seu pai, tudo aquilo parecia ser um episódio definitivamente enterrado num passado distante.

"Lembro da época em que sua mãe ficou grávida. Seu pai parecia outra pessoa, um desconhecido. Comprou um filhote de cão pastor, que pretendia treinar para que fosse a melhor babá de seu futuro filho e não parava de falar da casa que estava construindo, dos planos para o futuro, de um novo livro...

"Um mês depois, o tenente Peake, um dos antigos pretendentes de sua mãe, bateu à sua porta com uma notícia que ia semear o terror em suas vidas: Jawahal tinha incendiado um pavilhão da prisão de alta periculosidade em que estava confinado e fugira, não sem antes escrever uma palavra na parede da cela, com o sangue de seu companheiro degolado: *vingança*.

"Peake assumiu o compromisso de procurar por Jawahal pessoalmente e de protegê-los contra qualquer ameaça possível. Dois meses se passaram sem novidades nem sinais da presença de Jawahal. Até o dia do aniversário de seu pai.

"Ao amanhecer, um mendigo veio entregar um pacote com seu nome. Continha um medalhão, justamente a joia que motivou o primeiro assassinato cometido por Jawahal, e um bilhete dizendo que, depois de vigiar a família durante várias semanas e ver que ele tinha se transformado num homem de sucesso, com uma esposa maravilhosa, queria enviar suas congratulações e, quem sabe, fazer uma visita em breve para que, como ele mesmo dizia, voltassem a dividir como irmãos o que pertencia a ambos.

"Os dias seguintes foram de pânico. Um dos guardas colocados pelo tenente apareceu morto durante a noite. O cão de seu pai foi encontrado no fundo do poço do pátio. E todas as noites, diante da impotência de Peake e seus homens, os muros da casa apareciam com novas ameaças escritas com sangue.

"Foram dias difíceis para seu pai, que tinha acabado de construir sua obra-prima, a estação de Jheeter's Gate, na margem leste do Hooghly. Era uma estrutura de aço impressionante e revolucionária, o fecho de ouro de seu tão sonhado projeto de construir uma rede ferroviária cobrindo todo o país, com o objetivo de desenvolver o comércio interno e modernizar as províncias para vencer o domínio britânico. Essa sempre foi uma de suas obsessões, sobre a qual podia falar com ardor por horas a fio, como se fosse uma missão divina confiada a ele.

"A inauguração oficial de Jheeter's Gate teve lugar no final daquela semana e, para festejar a ocasião, resolveram fretar simbolicamente um trem que transportaria 360 crianças órfãs para seu novo lar, na região leste do país. Eram filhos das classes mais castigadas pela pobreza e o projeto de seu pai significava uma nova vida para eles. Era um compromisso que seu pai tinha assumido desde o primeiro dia e que constituía a grande ilusão de sua vida.

"Kylian implorou insistentemente para ir ao evento, nem que fosse por algumas horas, garantindo que a proteção do tenente Peake e seus homens seria suficiente para garantir sua segurança.

"Quando seu pai embarcou no trem e acionou a locomotiva que iria conduzir as crianças à sua nova casa, aconteceu um imprevisto para o qual ninguém estava preparado. Um terrível incêndio se propagou pelos vários níveis da estação e pelos vagões do trem, que entrou num dos túneis transformado num verdadeiro inferno sobre rodas, uma tumba de ferro candente para as crianças que viajavam em seu interior. Seu pai morreu naquela noite, tentando inutilmente salvar as crianças, enquanto seus sonhos se dissolviam para sempre em meio às chamas.

"Quando sua mãe recebeu a notícia, quase perdeu o filho que esperava: você. Mas a fortuna, cansada de mandar desgraças para a família, resolveu salvá-lo. Três dias depois, quando faltavam poucos dias para o parto, Jawahal e seus homens invadiram a casa e raptaram sua mãe, fazendo questão de gritar aos quatro ventos que a tragédia de Jheeter's Gate era obra deles.

"O tenente Peake tinha conseguido sobreviver e, seguindo os bandidos, descobriu que se escondiam nas entranhas da estação, agora um local abandonado e maldito, onde ninguém ousava entrar desde a noite da tragédia. Ao sair da casa, Jawahal deixou um bilhete jurando matar sua mãe e o bebê que ia nascer. Mas havia uma coisa que nem mesmo ele previu. Eram dois. Dois gêmeos. Um menino e uma menina. Vocês dois..."

* * *

Aryami Bosé contou o resto da história: o modo como Peake conseguira salvar os dois e levá-los para sua casa, onde ela resolvera separá-los e escondê-los do assassino de seus pais... Sheere e Ben já não ouviam mais nada. Ian observava em silêncio os rostos pálidos de seu melhor amigo e de Sheere. Eles mal piscavam: pareciam transformados em estátuas pelas revelações saídas dos lábios da velha senhora. Ian suspirou profundamente e desejou não ter sido escolhido para assistir àquela estranha reunião familiar. Estava extremamente constrangido por ser obrigado a representar o papel de intruso no drama de seus amigos.

Mas Ian resolveu engolir a própria tristeza diante daquelas revelações e concentrar seus pensamentos em Ben. Tentava imaginar a tormenta interior que a história de Aryami devia estar causando e maldizia a forma brusca com que ela, levada pelo medo e pelo cansaço, tinha revelado aqueles acontecimentos, cuja transcendência provavelmente ia muito além do que aparentavam. No momento, era melhor afastar da cabeça o relato de Ben naquela mesma manhã sobre sua visão de um trem em chamas. As peças daquele quebra-cabeça se multiplicavam numa velocidade arrepiante.

Não conseguia esquecer as dezenas de vezes em que Ben tinha afirmado que todos eles, membros da Chowbar Society, eram pessoas sem passado. Ian temia que o encontro com o próprio passado na penumbra daquele casarão tivesse dilacerado de vez a alma de seu amigo. Eles se conheciam desde meninos e Ian sabia das longas e impenetráveis melancolias de Ben e sabia também que era melhor apoiá-lo sem fazer perguntas ou tentar ler seus pensamentos. Por tudo o que sabia do amigo, aquela máscara altaneira e envolvente que Ben usava habitualmente tinha encaixado o golpe como uma punhalada fatal, uma ferida da qual não ia querer falar jamais.

Ian pousou a mão suavemente no ombro de Ben, mas o amigo nem notou.

Ben e Sheere, que mal tinham começado a estabelecer laços promissores de simpatia e afeto, agora não conseguiam nem se olhar nos olhos, como se a nova rodada de cartas que tinham recebido os tornasse conscientes de um estranho pudor ou de um temor primordial de trocar um simples gesto.

Aryami olhou para Ian, inquieta. O silêncio reinava na sala. Os olhos da velha senhora pareciam suplicar uma desculpa, um perdão para o mensageiro portador de más notícias. Ian inclinou a cabeça levemente, pedindo que Aryami deixasse a sala. A mulher hesitou um instante, mas Ian levantou e ofereceu-lhe a mão. Ela aceitou a ajuda e foi atrás dele até a sala ao lado, deixando Ben e Sheere sozinhos. Ian parou na soleira da porta, virou para dentro e encarou o amigo.

— Ficaremos lá fora — murmurou.

Sem erguer os olhos, Ben fez que sim.

* * *

Os membros da Chowbar Society estavam derretendo sob o calor escaldante do pátio quando viram Ian aparecer na porta da casa, acompanhado de Aryami. Os dois trocaram algumas palavras. A velha senhora concordou fracamente e buscou abrigo na sombra de uma velha marquise de pedra lavrada. Com um semblante pétreo e melancólico, que seus companheiros interpretaram como um presságio de más notícias, Ian se aproximou do grupo e aceitou o espaço de sombra que abriram para ele. Todos os olhares caíram sobre ele como moscas no mel. A poucos metros dali, Aryami observava a cena, abatida.

— E então? — perguntou Isobel, dando voz ao pensamento geral da pequena assembleia.

— Não sei por onde começar — respondeu Ian.

— Comece pelo pior — sugeriu Seth.

— O pior é tudo.

Os outros ficaram olhando para ele em silêncio. Ian observou seus companheiros e sorriu debilmente.

— Dez orelhas esperam para ouvir o que tem a dizer — disse Isobel.

Ian repetiu fielmente tudo o que Aryami tinha acabado de revelar dentro de casa, sem omitir nenhum detalhe e, para fechar com chave de ouro, o epílogo foi dedicado a Ben e Sheere, que continuavam sozinhos na sala, e à terrível ameaça que pairava sobre suas cabeças.

Quando terminou, a assembleia geral da Chowbar Society já tinha esquecido o calor sufocante que caía do céu como um castigo infernal.

— Como ele reagiu? — perguntou Roshan.

Ian sacudiu os ombros e franziu as sobrancelhas.

— Não muito bem, acho eu — opinou. — Como é que você reagiria?

— O que vamos fazer agora? — perguntou Siraj.

— O que podemos fazer? — perguntou Ian.

— Muito — cortou Isobel. — Qualquer coisa menos ficar com o traseiro fritando no sol, enquanto um assassino tenta acabar com Ben. E com Sheere.

— Alguém se opõe? — perguntou Seth.

Todos negaram em coro.

— Muito bem, coronel — disse Ian dirigindo-se diretamente a Isobel. — Quais são as ordens?

— Em primeiro lugar, alguém deveria averiguar tudo o que fosse possível sobre a história desse acidente de Jheeter's Gate e sobre o engenheiro — começou Isobel.

— Posso fazer isso — ofereceu Seth. — Deve haver recortes da imprensa da época na biblioteca do museu indiano. E livros, provavelmente.

— Seth tem razão — disse Siraj. — O incêndio de Jheeter's Gate causou um grande alvoroço na época. Muita gente ainda se lembra da tragédia. Deve haver uma documentação a respeito. Só Deus sabe onde, mas deve existir.

— Pois teremos que procurar — encerrou Isobel. — Pode ser um ponto de partida.

— Posso ajudar — acrescentou Michael.

Isobel concordou com firmeza.

— Precisamos saber tudo sobre esse homem, sobre sua vida e também sobre essa casa maravilhosa que deve estar em algum lugar perto daqui — disse Isobel. — Talvez seu rastro nos dê uma pista do assassino.

— A gente procura a casa — ofereceu Siraj, referindo-se a ele mesmo e a Roshan.

— Se existe, a gente acha — acrescentou Roshan.

— Certo, mas não devem entrar — avisou Isobel.

— Sem problemas — tranquilizou Roshan, mostrando as palmas das mãos abertas.

— E eu, o que vou fazer afinal? — perguntou Ian, que não conseguia pensar num uso para suas habilidades com a mesma facilidade que os colegas.

— Você fica com Ben e Sheere — resolveu Isobel. — Se conhecemos o nosso amigo Ben, antes que a gente perceba ele vai começar a ter as ideias mais estapafúrdias, uma atrás da outra. Fique ao lado dele e cuide para que não cometa nenhuma loucura. E não é uma boa ideia ele ficar andando por aí com Sheere.

Ian concordou, consciente de que sua tarefa era a mais difícil do lote que Isobel tinha repartido.

— A gente se encontra no Palácio da Meia-noite antes do anoitecer — concluiu Isobel. — Alguém tem alguma dúvida?

Os jovens se entreolharam e negaram repetidamente com a cabeça.

— Muito bem, ao trabalho! — disse Isobel.

Seth, Michael, Roshan e Siraj partiram sem perda de tempo para suas respectivas missões. Isobel ficou com Ian, observando a caminhada dele em meio à miragem que flutuava sobre as ruas poeirentas castigadas pelo sol.

— E você, o que vai fazer, Isobel? — perguntou Ian.

Isobel virou para ele e sorriu enigmaticamente.

— Tenho uma intuição — disse.

— Tenho mais medo de suas intuições do que de um terremoto — replicou Ian. — O que está tramando?

— Não se preocupe, Ian — murmurou Isobel.

— E quando você diz isso, aí mesmo é que fico preocupado! — rebateu Ian.

— Talvez não possa estar no Palácio ao anoitecer — explicou Isobel. — Se não tiver chegado, faça o que tiver que fazer. Você sempre sabe o que fazer, Ian.

O jovem suspirou, inquieto. Não gostava nem um pouco de todo aquele mistério e do estranho brilho que via no olhar da amiga.

— Olhe para mim, Isobel — ordenou. Isobel obedeceu. — Seja o que for, tire isso da cabeça.

— Sei me cuidar, Ian — devolveu ela, sorridente.

Mas os lábios de Ian não conseguiram imitar o sorriso da amiga.

— Não faça nada que eu não faria — implorou ele.

Isobel riu.

— Só vou fazer uma coisa que você nunca se atreveria a fazer — murmurou.

Ian ficou olhando perplexo, sem entender nada. Em seguida, sempre com o brilho enigmático no olhar, Isobel se aproximou e beijou-o suavemente nos lábios, tocando-os bem de leve.

— Cuide-se, Ian — sussurrou em seu ouvido. — E não tenha fantasias.

Aquela era a primeira vez que Isobel o beijava e, ao vê-la partir no meio do matagal do pátio, Ian não conseguiu afastar um súbito e inexplicável temor de que também fosse a última.

* * *

Quase uma hora depois, Ben e Sheere saíram à luz do dia, com uma expressão impenetrável e exibindo uma estranha calma. Sheere se aproximou de Aryami, que tinha ficado todo aquele tempo embaixo da marquise da casa, indiferente às tentativas de puxar conversa de Ian, e sentou a seu lado. Ben caminhou diretamente para Ian.

— Onde estão os outros? — perguntou.

— Achamos que seria bom investigar um pouco esse sujeito, Jawahal — respondeu Ian.

— E você ficou de babá? — brincou Ben, embora seu tom pretensamente brincalhão não fosse capaz de enganar nenhum dos dois.

— Mais ou menos. E você, tudo bem? — quis saber Ian, indicando Sheere com a cabeça.

O amigo fez que sim.

— Meio confuso, acho — confessou finalmente. — Detesto surpresas.

— Isobel disse que não é bom você e Sheere ficarem andando por aí. E acho que ela tem razão.

— Isobel sempre tem razão, menos quando discute comigo — disse Ben. — Mas acho que esse também não é um lugar seguro para nós. Embora tenha ficado fechada por mais de quinze anos, continua a ser a casa da família. E o St. Patrick's também não, já ficou claro.

— Acho que o melhor é ir para o Palácio e esperar os outros — sugeriu Ian.

— É o plano de Isobel? — sorriu Ben.

— Adivinhão!

— Para onde ela foi?

— Não quis dizer.

— Mais um pressentimento? — questionou Ben, alarmado.

Ian fez que sim e Ben suspirou abatido.

— Deus nos ajude — disse, batendo nas costas do amigo. — Vou falar com as senhoras.

Ian virou para Sheere e Aryami Bosé, que estava empenhada numa acalorada discussão com a neta. Ben e Ian se entreolharam.

— Suspeito que a avó de Sheere não quer adiar seus planos de partir amanhã mesmo para Mumbai — comentou Ben.

— Você vai com elas?

— Não pretendo sair dessa cidade nunca. E muito menos agora.

Os dois amigos ficaram esperando os desdobramentos da discussão das duas por alguns minutos e, finalmente, Ben foi até onde estavam.

— Espere aqui — murmurou pausadamente.

* * *

Aryami Bosé entrou de novo na casa, deixando Ben e Sheere sozinhos na soleira da porta. Sheere parecia extremamente irritada e Ben resolveu deixar que ela mesma decidisse quando começar a falar. Quando falou, sua voz tremia de raiva e impotência e suas mãos se entrelaçavam num nó tenso e férreo.

— Ela disse que vamos partir amanhã e não se fala mais no assunto — explicou. — Disse também que você deveria vir conosco, mas que não pode obrigá-lo.

— Acho que ela pensa que isso é o melhor para você — comentou Ben.

— Passei a vida inteira fugindo de cidade em cidade, em trens, barcos e ônibus, sem ter casa própria, amigos ou um lugar que pudesse recordar como sendo meu — disse Sheere. — Estou cansada, Ben. Não posso continuar fugindo pelo resto de minha vida de alguém que nem conheço.

Os dois irmãos se olharam em silêncio.

— Ela já está velha, Ben. Tem medo porque sua vida está acabando e se sente incapaz de nos proteger por mais tempo — analisou a moça. — Faz isso de coração, mas fugir não adianta mais nada. De que adianta pegar esse trem para Mumbai amanhã? Para descer em qualquer estação, usando outro nome? Para mendigar um teto em qualquer cidadezinha perdida, sabendo que no dia seguinte tem que ir embora de novo?

— Já disse isso a Aryami? — perguntou Ben.

— Ela não quer me ouvir. Mas dessa vez, não pretendo fugir. Essa é a minha casa, essa é a cidade de meu pai e é aqui que quero ficar. E se esse homem vier atrás de mim, vou enfrentá-lo! Se quiser me matar, que tente. Mas se tiver que viver, não quero levar uma vida de fugitiva que tem que dar graças a Deus diariamente por ver a luz do sol. Você vai me ajudar, Ben?

— É claro — devolveu o jovem.

Sheere abraçou-o e secou os olhos com uma ponta do xale branco que a cobria.

— Sabe de uma coisa, Ben? — disse. — Na noite passada, quando contava minha história a seus amigos no velho casarão abandonado, o Palácio da Meia-Noite, percebi que nunca tive a oportunidade de ser uma menina como todas as outras. Cresci no meio de velhos, entre medos e mentiras, com mendigos e aventureiros sem nome como única companhia. Lembrei que inventava amigos invisíveis e conversava com eles nas salas de espera das estações, nos ônibus. Os adultos olhavam para mim e sorriam. A seus olhos, uma menina falando sozinha era uma visão adorável. Mas não era, Ben. Não é nada adorável estar sempre sozinho, nem para uma criança, nem para um velho. Passei anos me perguntando como seriam as outras crianças, se tinham os mesmos pesadelos que eu, se eram tão infelizes quanto eu. Quem disser que a infância é a época mais feliz da vida é um mentiroso ou um idiota.

Ben observou a irmã e sorriu.

— Ou as duas coisas — brincou. — Costumam andar juntas.

Sheere ficou vermelha.

— Sinto muito — disse. — Estou falando pelos cotovelos, não é?

— Não — negou Ben. — Gosto de ouvir você falar. Além do mais, acho que temos mais coisas em comum do que você pensa.

— Somos irmãos — riu Sheere, nervosa. — Acha que isso é pouco? Gêmeos! Parece tão estranho!

— Como se costuma dizer, só é possível escolher os amigos — brincou Ben. — A família é extra.

— Então prefiro que seja meu amigo — disse Sheere.

Ian se aproximou deles e constatou aliviado que os irmãos pareciam de bom humor e até se davam ao luxo de brincar com os fatos, o que, naquela conjuntura, não era nada mau.

— Você é quem sabe... Ian, essa senhorita pretende ser minha amiga.

— Não é uma boa ideia, sabia? — continuou Ian, embarcando na brincadeira. — Sou amigo dele há anos e veja a minha situação. Já tomaram alguma decisão?

Ben fez que sim.

— É o que imagino? — perguntou Ian.

Ben concordou de novo e dessa vez Sheere também participou com um gesto afirmativo.

— Bem, o que decidiram então? — perguntou amargamente a voz de Aryami Bosé às suas costas.

Os três jovens viraram e descobriram a silhueta da velha senhora, imóvel nas sombras logo atrás da soleira da porta. Um silêncio tenso se instalou entre eles.

— Não vamos pegar o trem amanhã, vovó — respondeu serenamente Sheere. — Nem eu, nem Ben.

Os olhos da velha percorreram um por um, abrasadores.

— As palavras de um bando de moleques irresponsáveis fizeram você esquecer em alguns minutos tudo o que lhe ensinei durante anos? — recriminou Aryami.

— Não, vovó. A decisão é minha. E nada no mundo vai me fazer mudar de ideia.

— Você vai fazer o que eu disser — cortou Aryami, mesmo sabendo que o cheiro da derrota já impregnava cada uma de suas palavras.

— Minha senhora... — começou Ian educadamente.

— Cale-se, filho — cortou Aryami, com frieza renovada.

Ian reprimiu o desejo de replicar e baixou os olhos.

— Não vou pegar esse trem, vovó — disse Sheere. — E você sabe disso.

Aryami contemplou a neta sem dizer uma palavra, ainda mergulhada nas sombras.

— Estarei esperando por vocês na estação de Howrah, ao amanhecer — disse finalmente a anciã.

Sheere suspirou e Ben percebeu que seus olhos se acendiam de novo. Ben segurou seu braço, pedindo que não continuasse a discussão. Aryami virou e, lentamente, seus passos se perderam dentro da casa.

— Não posso deixar que acabe assim — murmurou Sheere.

Ben concordou e soltou o braço da irmã, que foi atrás de Aryami até a sala, onde a velha senhora estava sentada diante da luz das velas. Aryami não se virou e permaneceu imóvel, ignorando a presença da neta. Sheere se aproximou dela, abraçando-a suavemente.

— Aconteça o que acontecer, vovó — disse —, sempre vou amar a senhora.

Aryami fez que sim em silêncio e ficou ouvindo os passos de Sheere se afastarem de novo até o pátio, enquanto as lágrimas deslizavam de seus olhos. Lá fora, Ben e Ian, que esperavam a volta de Sheere, trataram de recebê-la com a cara mais otimista que conseguiram fazer.

— Aonde vamos agora? — perguntou Sheere, os olhos embaçados pelas lágrimas e as mãos trêmulas.

— Ao melhor lugar de Calcutá — respondeu Ben. — O Palácio da Meia-Noite.

* * *

As últimas luzes da tarde começavam a empalidecer quando Isobel vislumbrou finalmente a estrutura fantasmagórica e angulosa da antiga Jheeter's Gate emergindo da névoa do rio, como a miragem de uma catedral sinistra destruída pelo fogo. A moça conteve a respiração e parou para contemplar a visão arrepiante da densa teia de centenas de vigas de aço, arcos e abóbadas sobrepostas, num labirinto insondável de metal e vidro esfacelado pelo fogo. Uma velha ponte em ruínas e totalmente abandonada cruzava o rio até o portal da estação, na outra margem, aberto como a goela negra de um dragão imóvel, à espreita, com uma extensa fileira de dentes pontiagudos perdendo-se nas trevas de seu interior.

Isobel caminhou até a ponte e foi para Jheeter's Gate, evitando os antigos trilhos, desenhando uma trilha na direção daquele mausoléu diabólico. As vigas de madeira do telhado da velha estação estavam podres e chamuscadas pelo fogo e o matagal selvagem avançava entre elas. A estrutura enferrujada da ponte rangia a cada passo e Isobel não demorou a notar a presença de cartazes que proibiam a entrada e alertavam sobre o perigo de desabamento iminente. Nenhum trem tinha cruzado o rio por aquela ponte e, a julgar por sua aparência desolada e degradada, Isobel concluiu que não havia sinal de trabalhos de restauração ou da passagem de alguém, mesmo a pé.

À medida que o lado leste de Calcutá ia ficando para trás e o fantasmagórico quebra-cabeça de aço e sombras de Jheeter's Gate ia crescendo diante dela sob o manto escarlate do crepúsculo, também ganhava força a suspeita de que talvez a ideia de ir àquele lugar não fosse tão boa quanto parecia no início. Uma coisa era representar o papel de aventureira indomável e corajosa diante das adversidades e outra bem diferente era mergulhar naquele cenário apavorante sem ter lido uma linha do terceiro ato da peça que representava.

 Um sopro denso e impregnado de cinzas e pó de carvão, exalado em rajadas pelos túneis escondidos nas entranhas da estação, bateu em seu rosto. Era um fedor ácido e penetrante, um cheiro que, sem motivo aparente, ela associava a uma velha fábrica mergulhada em gases letais e camadas de sujeira e óxido. Isobel concentrou o olhar nas primeiras luzes distantes das barcaças que navegavam pelo Hooghly e tratou de invocar a companhia de seus marinheiros anônimos enquanto percorria o trecho da ponte que restava para chegar à entrada da estação. Quando chegou ao extremo oposto, parou entre os trilhos que penetravam na escuridão e contemplou a grande fachada de aço. Acima dela, todo manchado pelo fogo, viu o nome da estação anunciado em letras esculpidas. Parecia a entrada de um grande monumento funerário: JEETHER'S GATE.

 Isobel respirou fundo e preparou-se para realizar a coisa que menos teve vontade de fazer em todos os seus 16 anos: penetrar naquele lugar.

* * *

Seth e Michael exibiram um sorriso inocente de alunos exemplares aos olhos examinadores de Mr. De Rozio, bibliotecário-chefe da ala principal do museu indiano, e suportaram sua análise impiedosa durante vários segundos.

 — É a petição mais absurda que ouvi em toda a minha vida — sentenciou Mr. De Rozio. — Pelo menos desde a última vez que você esteve aqui, Seth.

 — Está bem, Mr. De Rozio — improvisou Seth —, sabemos que o horário é só de manhã e que o pedido que eu e meu amigo fizemos pode parecer um pouco extravagante...

— Vindo de você, nada é extravagante, meu jovem — cortou De Rozio.

Seth reprimiu um sorriso. Quando se tratava de Mr. De Rozio, as ironias pretensamente ácidas eram sinal de debilidade e interesse. Seu nome de batismo era ignorado pela totalidade da humanidade, com as possíveis exceções de sua mãe e sua esposa, se é que havia em toda a Índia uma mulher com coragem suficiente para casar com um sujeito daqueles, um exemplo de como o gênero humano podia ser esquisito. Sob a aparência de cão de guarda de biblioteca, De Rozio escondia um terrível calcanhar de aquiles: uma curiosidade e uma tendência para a bisbilhotice de tom acadêmico que deixaria as comadres do bazar na condição de simples amadoras.

Seth e Michael se entreolharam de rabo de olho e resolveram lançar a isca de uma vez:

— Mr. De Rozio — começou Seth em tom melodramático —, eu não devia dizer isso, mas sou obrigado a confiar em sua reconhecida discrição: este assunto está relacionado a vários crimes e tememos profundamente que possam acontecer outros, se não pusermos um fim nessa história.

Os olhos diminutos e penetrantes do bibliotecário cresceram em alguns segundos.

— Vocês têm certeza de que Mr. Thomas Carter está a par disso tudo? — perguntou com severidade.

— Foi ele quem nos enviou — garantiu Seth.

De Rozio examinou os dois novamente, em busca de fissuras em sua expressão que delatassem algum tipo de armação.

— E seu amigo — soltou Mr. De Rozio, apontando Michael —, por que não abre a boca?

— É muito tímido, senhor — explicou Seth.

Michael concordou debilmente, confirmando o excesso de timidez. De Rozio pigarreou, hesitante.

— Então está dizendo que há vários crimes envolvidos? — deixou cair com estudado desinteresse.

— Assassinatos, senhor — confirmou Seth. — Vários.

De Rozio olhou para o relógio e, depois de meditar um instante e dirigir olhares alternativos a cada um dos jovens e ao mostrador, deu de ombros.

— Está bem — concedeu. — Mas é a última vez. Como se chama este homem em quem estão interessados?

— Lahawaj Chandra Chatterghee, senhor — apressou-se a responder Seth.

— O engenheiro? — perguntou De Rozio. — Não morreu no incêndio de Jheeter's Gate?

— Sim, senhor — explicou Seth. — Mas havia alguém com ele que não morreu. Alguém muito perigoso. Alguém que provocou o incêndio. Alguém que continua por aí, disposto a cometer novos crimes...

De Rozio sorriu com malícia.

— Parece interessante — murmurou.

Repentinamente, um sinal de alarme atravessou o olhar do bibliotecário. De Rozio inclinou sua massa considerável na direção dos jovens e apontou com um gesto categórico.

— Isso tudo não é mais uma invenção daquele seu amigo, é? — interrogou. — Como é mesmo o seu nome?

— Ben não tem nada com isso, Mr. De Rozio — tranquilizou Seth. — Faz meses que não o vemos.

— Melhor assim — sentenciou De Rozio. — Sigam-me.

*   *   *

Com passos receosos, Isobel penetrou no interior da estação e deixou que suas pupilas se habituassem à escuridão que velava o lugar. Acima dela, a dezenas de metros, abria-se a abóbada principal, formada por longas arcadas de aço e cristal. A grande maioria das placas de vidro tinha se fundido sob as chamas ou simplesmente arrebentado, lançando uma chuva de estilhaços ardentes sobre toda a estação. A luz do entardecer passava pela rede de metal escurecido e pelos estilhaços de vidro que conseguiram sobreviver à tragédia. As plataformas se perdiam na escuridão desenhando uma curva suave sob a grande abóbada, a superfície coberta com os destroços dos bancos queimados e das vigas despencadas do teto.

O grande relógio que um dia se erguera sobre a plataforma central como um farol na boca do porto surgia agora como uma sentinela sombria e muda. Isobel passou por baixo do mostrador e viu que os ponteiros tinham se derretido gelatinosamente como línguas de chocolate fundido indicando para sempre a hora do horror que tinha devorado a estação.

Nada parecia ter mudado naquele lugar, a não ser o acúmulo de anos de imundície e as marcas das chuvas que o manto torrencial das monções infiltrara pelos respiradouros e fendas da abóbada.

Isobel parou bem no centro para contemplar a grande estação e teve a sensação de estar dentro de um grande templo submerso, infinito e insondável.

Um novo sopro de ar quente e úmido atravessou o salão e agitou seus cabelos no ar, ao mesmo tempo que arrastava filamentos de sujeira pelas plataformas. Isobel sentiu um calafrio e examinou as negras bocas dos túneis que penetravam na terra numa das extremidades da estação. Gostaria que os outros membros de Chowbar Society estivessem ali com ela, naquela hora em que os acontecimentos tomavam um rumo pouco recomendável e excessivamente parecido com as histórias que Ben adorava inventar nas noitadas do Palácio da Meia-Noite. Isobel apalpou o bolso e tirou o desenho de Michael que representava todos os membros da Chowbar Society diante de um laguinho onde seus rostos se refletiam. Ela sorriu, ao se ver retratada pelo lápis de Michael, perguntando-se se na realidade ela era assim como ele a via. Sentia falta deles.

Foi então que ouviu pela primeira vez, distante e enterrado no murmúrio das correntes de ar que percorriam aqueles túneis, um rumor de vozes distantes, parecido com o alarido da multidão quando nadara no Hooghly anos atrás, no dia em que Ben lhe ensinara a mergulhar. Mas dessa vez, Isobel teve certeza de que aquele som que parecia cada vez mais perto, vindo das profundezas dos túneis, não era de vozes de peregrinos. Eram vozes de crianças, centenas delas. E gritavam de terror.

* * *

De Rozio acariciou com precisão os três rolos consecutivos que formavam sua régia papada e examinou novamente a pilha de documentos, recortes e papéis inclassificáveis que tinha reunido depois de várias incursões ao aparelho digestivo da alexandrina biblioteca do museu indiano. Seth e Michael olhavam para ele, nervosos e cheios de expectativa.

— Bem — começou o bibliotecário. — Isso é mais complicado do que parece. Temos muita informação a respeito desse Lahawaj Chandra Chatterghee em diferentes entradas. A maioria da documentação que vi parecia repetitiva e pouco significativa, mas precisaríamos de pelo menos uma semana para organizar toda a papelada a respeito desse sujeito.

— Mas o que encontrou, senhor? — perguntou Seth.

— Na verdade, de tudo um pouco — explicou De Rozio. — Mr. Chandra era um engenheiro brilhante, levemente à frente de seu tempo, idealista e obcecado com a ideia de deixar para este país um legado que compensasse o povo pobre das desgraças que ele atribuía ao domínio e à exploração britânicos. Para ser franco, nem um pouco original. Em resumo: reunia todos os requisitos para se transformar num verdadeiro fracassado. Mesmo assim, parece que conseguiu atravessar o mar de invejas, complôs e manobras para acabar com sua carreira e convencer o governo a financiar o projeto que era o seu sonho dourado: a construção da linha ferroviária que uniria as principais capitais da nação ao resto do continente.

"Chandra acreditava que só isso deixaria o monopólio comercial e político, iniciado nos tempos de Lord Clive e da Companhia Britânica das Índias Orientais com o tráfico fluvial e marítimo, com os dias contados e faria o povo da Índia recuperar lentamente o controle da riqueza de seu próprio país. Na realidade, não era preciso ser engenheiro para compreender que não é bem assim que as coisas andam."

— Tem alguma coisa a respeito de um personagem chamado Jawahal? — perguntou Seth. — Era um amigo de juventude do engenheiro. Passou por vários julgamentos. Crimes famosos, acho eu.

— Deve estar em algum lugar, filho, mas se trata de um mar de documentos não classificados. Por que não voltam daqui a umas duas semanas? Até lá, terei tempo suficiente para botar alguma ordem nessa papelada.

— Não podemos esperar duas semanas, senhor — disse Michael.

De Rozio olhou surpreso para o jovem.

— Uma semana? — ofereceu.

— Senhor — disse Michael —, é um assunto de vida ou morte. A vida de duas pessoas está correndo perigo.

De Rozio contemplou o olhar intenso de Michael e concordou, vagamente atordoado. Seth não perdeu um segundo.

— Podemos ajudá-lo a procurar e organizar, senhor — ofereceu.

— Vocês? — perguntou. — Não sei, não... Quando?

— Agora — replicou Michael.

— Conhecem o código cifrado das fichas da biblioteca? — interrogou De Rozio.

— Melhor que o abecedário — mentiu Seth.

* * *

O sol mergulhou como um globo ensanguentado por trás das vidraças destruídas do painel leste de Jheeter's Gate e durante alguns segundos Isobel assistiu ao hipnótico espetáculo de centenas de lâminas horizontais de luz escarlate perfurando a penumbra da estação. O som uivante daquelas vozes foi crescendo e em pouco tempo Isobel pôde ouvi-las ressoando no eco da grande abóbada. O solo começou a vibrar sob seus pés e a menina viu que alguns estilhaços de vidro caíam do teto. Sentiu uma pontada no antebraço esquerdo e levou a mão ao ponto onde sentiu a fisgada. O sangue quente deslizou entre seus dedos. Correu para a extremidade da estação, escondendo o rosto com as mãos.

Depois de se proteger embaixo de uma escadaria que subia para os andares superiores, descobriu diante de si uma ampla sala de espera cujos bancos de madeira queimada jaziam caídos no chão. As paredes estavam cobertas por estranhas figuras traçadas rudemente com as mãos, que pareciam representar formas humanas deformadas e demoníacas, com longas garras de lobo e um olhar esbugalhado. A vibração sob seus pés ficou mais intensa e Isobel caminhou até a entrada do túnel. Uma forte rajada de ar ardente queimou seu rosto e ela esfregou os olhos, incapaz de acreditar no que estava vendo.

Uma locomotiva de luz, envolta em chamas, brotava das profundezas do túnel e cuspia furiosamente círculos de fogo que percorriam a galeria como balas de canhão, explodindo em círculos de gás incandescente. Isobel se jogou no chão e o trem de fogo atravessou a estação com o estrondo ensurdecedor de metal batendo contra metal e o alarido de centenas de crianças gritando presas entre as chamas. Ficou deitada, com os olhos fechados, paralisada pelo terror, até ouvir o barulho do trem desaparecer nos ares.

Levantou a cabeça e olhou ao redor. A estação estava deserta e coberta por uma nuvem de vapor que subia lentamente e roubava o vermelho intenso das últimas luzes do dia. Diante dela, a menos de dois palmos, havia uma poça de uma substância escura e viscosa que brilhava à luz do crepúsculo. Por um momento, a jovem teve a impressão de ver o reflexo do rosto luminoso e triste de uma mulher envolta em luz que chamava por ela. Estendeu uma mão e mergulhou as pontas dos dedos naquele fluido espesso e morno. Sangue. Retirou a mão bruscamente e limpou os dedos em sua própria roupa, enquanto a visão daquele rosto espectral se desfazia. Ofegante, arrastou-se até a parede e sentou encostada nela, tentando recuperar o fôlego.

Um minuto depois, Isobel levantou e examinou a estação. As luzes do entardecer estavam se extinguindo e logo estaria escuro. Naquele instante preciso só tinha um pensamento claro em sua mente: não queria esperar pela noite no interior de Jheeter's Gate. Começou a caminhar nervosamente na direção do portão de saída e só então descobriu uma silhueta fantasmagórica que avançava para ela no meio da neblina que cobria as plataformas da estação. A figura levantou a mão e cinco labaredas brotaram da ponta de seus dedos, iluminando seu caminho. Foi então que compreendeu que sair dali não seria tão fácil como entrar.

* * *

Através do telhado do Palácio da Meia-Noite dava para ver o céu noturno semeado de estrelas, como um mar infinito de pequenas velas brancas. O anoitecer tinha levado consigo uma parte do calor escaldante que tinha castigado a cidade desde o amanhecer, mas a brisa que acariciava timidamente as ruas da *cidade negra* era apenas um suspiro morno e impregnado da umidade noturna exalada pelo rio Hooghly.

Enquanto esperavam a chegada dos outros membros da Chowbar Society, Ian, Ben e Sheere matavam o tempo preguiçosamente, entre as ruínas do velho casarão, cada um perdido em seus próprios pensamentos.

Ben resolveu subir para seu retiro preferido, uma viga nua que cruzava horizontalmente a fachada dianteira da estrutura do Palácio. Ele costumava ir para sua atalaia solitária e, sentado no centro exato de sua extensão, com as pernas penduradas, ficava contemplando as luzes da cidade e as silhuetas dos palácios e cemitérios que acompanhavam o percurso sinuoso do Hooghly através de Calcutá. Passava horas lá em cima, sem falar ou lembrar de voltar os olhos para a terra firme nem por um segundo. Os membros da Chowbar Society respeitavam esse hábito, mais um no meio da extravagante coleção de esquisitices com que Ben enfeitava seu comportamento, e tinham aprendido a conviver com as prolongadas melancolias que se associavam imperdivelmente à sua descida dos céus.

No pátio do Palácio, Ian observou seu amigo disfarçadamente e resolveu permitir que desfrutasse de um de seus últimos retiros espirituais. Enquanto isso, voltou à missão que vinha ocupando seu tempo e o de Sheere na última hora: ensinar à jovem os rudimentos do xadrez, usando o tabuleiro que a Chowbar Society colocava à disposição dos sócios em sua sede central. As peças estavam reservadas para os campeonatos anuais que aconteciam em dezembro e que eram vencidos invariavelmente por Isobel, dando mostras de uma superioridade que beirava o insulto.

— Existem duas teorias sobre a estratégia do xadrez — explicou Ian. — Na verdade, existem milhares, mas só duas realmente contam. A primeira diz que a chave do jogo está na segunda fileira de peças: rei, cavalo, torre, rainha etc. Segundo tal teoria, os peões não passam de peças que serão sacrificadas no desenrolar da tática. A segunda teoria, em compensação, defende que os peões podem e devem ser as mais letais entre as peças de ataque e que é assim que uma estratégia inteligente deve utilizá-los se quiser sair vitoriosa. Para ser sincero, nenhuma das duas funciona para mim, mas Isobel é uma ardente defensora da segunda.

A menção de sua companheira trouxe de volta à sua mente a preocupação com seu paradeiro. Sheere percebeu sua expressão perdida e chamou-o de volta com uma nova pergunta sobre o jogo.

— Qual é a diferença entre tática e estratégia? — perguntou. — É uma questão puramente técnica?

Ian avaliou a pergunta de Sheere e desconfiou que não tinha resposta para ela.

— É uma diferença literária, não real — afirmou a voz de Ben das alturas. — A tática é o conjunto de pequenos passos que você dá para chegar a algum lugar. A estratégia são os passos que dá quando não há nenhum lugar para ir.

Sheere levantou os olhos e sorriu para ele.

— Também joga xadrez, Ben? — perguntou Sheere.

Ben não respondeu.

— Ben despreza o xadrez — explicou Ian. — Segundo ele, é a segunda forma mais inútil de desperdiçar a inteligência humana.

— E qual seria a primeira? — perguntou Sheere, divertida.

— A filosofia — respondeu Ben de sua guarita.

— Ben *dixit* — sentenciou Ian. — Por que não desce logo de uma vez? Os outros já devem estar chegando.

— Vou esperar — disse ele, voltando a seu lugar nas nuvens.

Ben só desceu meia hora depois, quando Ian estava enrascado na explicação de um salto do cavalo e Roshan e Siraj apareceram na soleira do pátio do Palácio da Meia-Noite. Logo depois, Seth e Michael fizeram o mesmo e todos se reuniram em círculo à luz de uma pequena fogueira que Ian improvisou com os restos de lenha seca que guardavam num depósito coberto e protegido das chuvas, na parte traseira do Palácio. Os rostos dos sete jovens adquiriram um tom de cobre à luz do fogo, enquanto Ben passava uma garrafa d'água que, se não estava fresca, pelo menos não estava contaminada com nenhuma febre mortal.

— Não vamos esperar Isobel? — perguntou Siraj, visivelmente preocupado com a ausência do objeto de sua paixão unidirecional.

— Talvez não venha — disse Ian.

Todos olharam para ele ao mesmo tempo, espantados. Ian explicou resumidamente a conversa com Isobel naquela mesma tarde e viu uma sombra cobrir o rosto dos amigos. Quando terminou, lembrou que a moça tinha dito que, com ela ou sem ela, deviam trocar suas descobertas e ofereceu o primeiro turno a quem desejasse usá-lo.

— Está bem — disse Siraj, nervoso. — Vou contar o que averiguamos e um segundo depois sairei em busca de Isobel. Só aquela cabeça de vento podia ter a ideia de fazer uma excursão numa noite como essa, sozinha e sem dizer aonde ia. Como pôde deixar que fizesse isso, Ian?

Roshan saiu em defesa de Ian e colocou a mão no ombro de Siraj.

— Não se discute com Isobel — lembrou Roshan —, apenas se escuta. Conte a história do hieróglifo e depois vou com você atrás dela.

— Hieróglifo? — indagou Sheere.

Roshan fez que sim.

— Encontramos a casa, Sheere — explicou Siraj. — Melhor dizendo, já sabemos onde fica.

O rosto de Sheere se iluminou imediatamente e seu coração começou a bater mais forte. Os jovens se aproximaram do fogo e Siraj extraiu uma folha de papel onde o frágil rapazinho tinha copiado alguns versos em sua caligrafia inconfundível.

— O que é isso? — perguntou Seth.

— Um poema. — respondeu Siraj.

— Leia — pediu Roshan.

* * *

A cidade que amo é um escuro e profundo lar de misérias,
casa de espíritos malditos, cujas portas ninguém abre, nem o
    coração.
À cidade que amo agrada o crepúsculo,
sombra de maldades e glórias esquecidas,
d' almas em penúria e fortunas vendidas.
A cidade que amo não ama ninguém nem conhece repouso,
torre içada ao inferno incerto dos nossos destinos,
do augúrio de uma condenação escrita em sangue,
grande baile de enganos e infâmias,
bazar de minha tristeza...

Os sete jovens guardaram silêncio depois da leitura do poema e, por um segundo, apenas o som do fogo e a voz distante da cidade soaram ao vento.

— Conheço esses versos — murmurou Sheere. — Pertencem a um dos livros de meu pai. Aparecem no final do meu conto preferido, a história das lágrimas de Shiva.

— Exatamente — confirmou Siraj. — Passamos a tarde inteira no Instituto Bengali da Indústria. Um edifício incrível, quase em ruínas, que empilha andares e mais andares de arquivos e salas enterradas em poeira e lixo. Havia ratazanas e tenho certeza de que, se fôssemos lá à noite, poderíamos investigar que alguma coisa se esconde...

— Vamos voltar ao que interessa, Siraj — cortou Ben —, por favor.

— Certo — concordou Siraj, deixando para depois o seu entusiasmo pelo misterioso lugar. — Resumindo, depois de horas de investigação (que nem vou contar, visto o clima por aqui), encontramos um maço de documentos que pertenceram a seu pai e que estavam sob a custódia do Instituto desde

1916, data do acidente de Jheeter's Gate. Entre eles havia um livro autografado por ele, que eles não emprestam, mas permitem que a gente consulte lá mesmo. E tivemos sorte.

— Não vejo onde — objetou Ben.

— Pois devia ver antes de qualquer um. Junto da poesia, alguém, suponho que o pai de Sheere, fez um desenho a caneta de uma casa — replicou Siraj, com um sorriso misterioso, enquanto estendia o papel com a poesia.

Ben examinou os versos e deu de ombros.

— Só estou vendo palavras — disse finalmente.

— Você está perdendo seus dons, Ben. Pena que Isobel não esteja aqui para ver — brincou Siraj. — Leia de novo. Com atenção.

Ben obedeceu e franziu as sobrancelhas.

— Eu me rendo. Esses versos não têm métrica ou estrutura aparente. É apenas prosa cortada ao acaso.

— Exatamente — aprovou Siraj. — E qual é a norma desse acaso? Em outras palavras: por que os versos são cortados naquele ponto exato? Poderia ser qualquer outro...

— Para separar palavras? — aventurou Sheere.

— Ou para juntá-las... — murmurou Ben consigo mesmo.

— Se pegar a primeira palavra de cada verso, vai formar uma frase — indicou Roshan.

Ben releu o poema e olhou para os companheiros.

— Leia só a primeira palavra — ensinou Siraj.

— "A casa à sombra d'a torre do grande bazar" — leu Ben.

— Existem pelo menos seis bazares só na Zona Norte de Calcutá — comentou Ian.

— Quantos deles têm uma torre capaz de projetar uma sombra que cubra as casas a seu redor? — perguntou Siraj.

— Não sei — respondeu Ian.

— Pois eu sei — devolveu Siraj. — Dois: o Syambazaar e o Machuabazaar, ao norte da *cidade negra*.

— Ainda assim — disse Ben —, a sombra que uma torre pode projetar durante o dia cobriria um leque de 180 graus no mínimo, mudando a cada minuto. Essa casa poderia estar em qualquer lugar do norte de Calcutá e isso é o mesmo que dizer em qualquer lugar da Índia.

— Um momento — interrompeu Sheere. — A poesia fala do crepúsculo. Diz textualmente: "À cidade que amo agrada o crepúsculo."

— Verificaram isso também? — perguntou Ben.

— Claro! — respondeu Roshan. — Siraj foi ao Syambazaar, e eu ao Machuabazaar alguns minutos antes do pôr do sol.

— E aí? — pressionaram todos.

— A sombra da torre do Machuabazaar se perde num antigo armazém abandonado — explicou Siraj.

— Roshan? — perguntou Ian.

O jovem sorriu, pegou um galho meio queimado da fogueira e traçou a silhueta de uma torre sobre os restos de cinzas.

— Como um ponteiro de relógio, a sombra da torre de Syambazaar acaba às portas de uma longa cerca metálica, atrás da qual há um jardim cheio de palmeiras e mato. Acima das copas das palmeiras, dava para ver o topo de uma casa.

— Isso é fantástico! — exclamou Sheere.

Mas Ben não deixou de perceber a expressão preocupada que tinha tomado conta do rosto de Roshan.

— Qual é o problema, Roshan? — perguntou Ben.

Roshan negou lentamente com a cabeça e deu de ombros.

— Não sei direito — respondeu ele —, mas tem alguma coisa estranha naquela casa.

— Viu alguma coisa? — perguntou Seth.

Roshan negou. Ian e Ben se entreolharam imediatamente, sem dizer uma palavra.

— Alguém já pensou que tudo isso pode ser apenas uma armadilha? — perguntou Roshan.

Ian e Ben trocaram um olhar de entendimento e concordaram. Os dois estavam pensando na mesma coisa.

— Estaríamos nos arriscando — disse Ben, dando à voz o tom mais convicto que conseguiu encontrar.

* * *

Aryami Bosé acendeu outro fósforo e o aproximou do pavio da vela branca que estava diante dela. A luz vacilante da chama tingiu a sala escura de cores incertas enquanto a mão trêmula da velha senhora se aproximava da vela. A chama acendeu lentamente e uma aura de claridade se espalhou a seu redor. A velha soprou o fósforo, que se apagou exalando um fio de fumaça azulada que subiu lentamente para a penumbra do teto. O toque suave de uma corrente de ar acariciou os cabelos de sua nuca e Aryami se virou. Uma rajada de ar frio e impregnado de um fedor ácido e penetrante agitou sua capa e apagou a chama da vela. Envolta novamente pela escuridão, ouviu duas batidas secas na porta da casa. A velha senhora apertou os punhos e notou que uma claridade avermelhada se infiltrava pelos contornos da porta. A batida se repetiu, dessa vez com mais força. Aryami sentiu que uma película de suor frio aflorava pelos poros de sua testa.

— Sheere? — chamou debilmente.

O som de sua voz se perdeu num eco mortiço na escuridão da casa. Não houve resposta e, segundos depois, os dois golpes soaram de novo.

Aryami tateou às cegas o tampo da lareira, na qual os restos moribundos de algumas brasas emanavam a única claridade que servia de guia. Derrubou vários objetos antes que seus dedos tocassem a longa bainha metálica do punhal que guardava ali. Tirou a arma da bainha e observou o brilho dourado da lâmina que serpenteava à luz das brasas. Uma fresta de luz apareceu embaixo da porta de casa. Aryami inspirou profundamente e caminhou lentamente até lá. Parou diante da porta e ouviu o som do vento entre as folhas do matagal do pátio externo.

— Sheere? — murmurou novamente, sem obter resposta.

Apertou o cabo do punhal com força e, suavemente, pousou a mão esquerda na maçaneta da porta e empurrou para baixo. Os rangidos queixosos do mecanismo da fechadura despertaram depois de anos de sono. A porta se abriu lentamente e a claridade azulada do céu noturno desenhou um leque de luz no interior da casa. Não havia ninguém ali. O matagal dançava num mar de centenas de folhas secas, emitindo um murmúrio hipnótico. Aryami saiu vagarosamente para olhar de um lado e do outro da porta, mas o pátio estava deserto. Foi então que suas pernas esbarraram em alguma coisa. A velha senhora abaixou os olhos e descobriu um pequeno cesto a seus pés. Examinou o cesto, coberto por um véu opaco que deixava passar a claridade que emanava do interior. Aryami se ajoelhou ao lado dele e, delicadamente, retirou o véu.

Encontrou duas pequenas figuras de cera que representavam os corpos nus de dois bebês. De suas cabeças brotava a ponta de um pavio aceso e os dois bonecos derretiam como velas num templo. Um calafrio percorreu o corpo de Aryami. Ela empurrou o cesto que rolou pelos degraus rachados de pedra. Levantou-se e virou para entrar na casa, quando ouviu pisadas invisíveis vindas da outra extremidade da casa em sua direção e se transformavam em chamas ao longo do corredor. A velha sentiu o punhal deslizar entre seus dedos e bateu a porta com força.

Desceu os degraus atropeladamente, sem ousar virar as costas para a porta. Tropeçou no cesto que tinha empurrado alguns segundos antes e caiu. Deitada no chão, boquiaberta, Aryami viu uma língua de fogo brotar por baixo da soleira da porta e a madeira envelhecida começar a queimar como um pergaminho. Foi se arrastando até o matagal e se levantou com dificuldade. Impotente, ficou olhando as chamas que saíam pelas janelas da casa e envolviam toda a estrutura num abraço mortal.

Aryami correu para a rua e não parou até ficar a uma centena de metros daquilo que tinha sido sua casa. Era uma montanha de chamas furiosas que cuspiam brasas e cinzas candentes para o céu. Lentamente, os moradores do bairro foram chegando às janelas e saindo para as ruas, assustados, para contemplar a magnitude do incêndio que tinha ganhado vida em alguns segundos. Os rostos reunidos da população se iluminaram com a força de um relâmpago escarlate, entreolhando-se sem entender o que tinha acontecido.

Aryami Bosé derramou lágrimas de amargura por aquele que tinha sido o seu lar de juventude, o lugar onde dera à luz sua filha e, em seguida, perdendo-se na confusão das ruas de Calcutá, deu adeus àquela casa para sempre.

* * *

De acordo com as instruções fornecidas pelo criptograma decifrado por Siraj, não foi difícil determinar a localização exata da casa. Segundo as indicações, convenientemente confrontadas com a pesquisa de campo realizada por Roshan, a casa do engenheiro Chandra Chatterghee estava situada numa rua tranquila que unia a Jatindra Mohan Avenue e a Acharya Profullya Road, cerca de uma milha ao norte do Palácio da Meia-noite.

Assim que Siraj constatou que o fruto de suas investigações tinha sido corretamente assimilado pelos companheiros, manifestou o desejo urgente de não perder nem mais um minuto e sair em busca de Isobel. Todas as tentativas de tranquilizá-lo, sugerindo que esperasse, pois a moça voltaria com certeza, não surtiram nenhum efeito e, finalmente, cumprindo o prometido, Roshan se ofereceu para acompanhá-lo. Os dois partiram no meio da noite depois de combinar um novo encontro na casa do engenheiro Chandra Chatterghee, assim que tivessem notícias de Isobel.

— E o que vocês dois descobriram? — perguntou Ian a Seth e Michael.

— Gostaria de poder oferecer resultados tão espetaculares quanto os de Siraj, mas a verdade é que topamos com um verdadeiro emaranhado de fios soltos da meada — respondeu Seth e começou a narrar a visita a Mr. De Rozio, que tinham deixado no museu pesquisando, com a promessa de retornar em algumas horas para continuar ajudando.

— O que descobrimos até agora só serviu para confirmar a história da avó de Sheere, desculpe, da avó de vocês. Pelo menos em parte — afirmou Seth.

— Tem algumas lacunas na história do engenheiro que não vai ser fácil preencher — completou Michael.

— Exatamente — concordou Seth. — E tem mais: acho que o mais interessante não é o que descobrimos, mas o que não pudemos descobrir.

— Explique-se — pediu Ben.

— Prestem atenção — continuou Seth esfregando as mãos diante do fogo. — A história do engenheiro Chandra só é documentada a partir de seu ingresso no Instituto Oficial da Indústria. Há documentos que comprovam que recusou várias ofertas do governo britânico para trabalhar a serviço do exército na construção de pontes militares e de uma linha de trens que uniria Mumbai e Déli, para uso exclusivamente militar.

— Aryami falou da aversão que tinha pelos britânicos — comentou Ben. — Achava que eram culpados por boa parte dos males que assolam nosso país.

— Isso mesmo — confirmou Seth. — Mas o curioso é que, apesar dessa antipatia declarada e manifestada publicamente várias vezes, Chandra Chatterghee participou de um estranho projeto do governo militar britânico entre os anos de 1914 e 1915, um ano antes de morrer na tragédia de Jheeter's Gate. Trata-se de um plano nebuloso que atendia por um nome curioso: o Pássaro de Fogo.

Sheere ergueu as sobrancelhas e se aproximou de Seth com uma expressão consternada.

— E o que era esse Pássaro de Fogo? — perguntou.

— É difícil dizer — continuou Seth. — Mr. De Rozio acha que talvez fosse algum tipo de experiência militar. Uma parte da correspondência oficial encontrada entre os documentos do engenheiro era assinada por um tal de coronel Sir Arthur Llewelyn que, segundo De Rozio, ostentava a duvidosa honra de ser chefe das forças de repressão que combateram as mobilizações pacíficas pela independência, no período de 1905 a 1915.

— Ostentava? — interveio Ben.

— Essa é a parte mais estranha — observou Seth. — Sir Arthur Llewelyn, carniceiro oficial de Sua Majestade, morreu no incêndio de Jheeter's Gate. O que estava fazendo lá é um mistério.

Os cinco jovens se entreolharam, perdidos num mar de confusão.

— Vamos tentar organizar — sugeriu Ben. — De um lado, temos um engenheiro brilhante que recusou várias e generosas ofertas de trabalho para o governo britânico no setor de obras públicas, devido à sua aversão declarada ao domínio colonial. Até aí, faz todo o sentido. Mas, de repente, entra em cena um misterioso coronel, que envolve o engenheiro numa operação que, à luz de tudo o que foi dito, deveria deixá-lo morto de ódio: uma arma secreta, uma experiência para reprimir multidões. E ele aceita. Não bate! A não ser...

— A não ser que o tal de Llewelyn tivesse um poder de persuasão fora do normal — completou Ian.

Sheere ergueu as mãos em sinal de protesto.

— É impossível que meu pai aceitasse participar de qualquer tipo de projeto militar. Nem do lado dos britânicos, nem do lado dos bengalis. Meu pai detestava os militares: achava que não passavam de capangas a serviço de governos corruptos. Jamais emprestaria seu talento para uma coisa que visava o assassinato em massa de seu próprio povo.

Seth ficou olhando para ela em silêncio e pesou cuidadosamente as palavras.

— Bem, Sheere, na verdade há documentos que comprovam que ele participou disso de alguma maneira — ponderou ele.

— Deve haver alguma outra explicação — replicou Sheere. — Meu pai construía coisas e escrevia livros. Não era um assassino de inocentes.

— Idealismos à parte, tenho certeza de que existe uma outra explicação — apontou Ben —, e é isso que estamos tentando achar. Vamos voltar aos poderes de persuasão de Llewelyn. O que ele poderia ter feito para obrigar o engenheiro a colaborar?

— Provavelmente, sua força não estava no que poderia fazer — explicou Seth —, mas no que poderia deixar de fazer.

— Não entendi — disse Ian.

— Essa é a minha teoria — explicou Seth. — Não encontramos nenhuma menção a Jawahal, seu amigo de juventude, em todo o histórico do engenheiro, exceto numa carta do coronel Llewelyn endereçada a Chandra e datada de novembro de 1911. Nela, nosso amigo coronel acrescenta numa nota que, em poucas palavras, sugere que, se Chandra não aceitar seu convite para participar do projeto, ele será obrigado a oferecer o posto a seu velho amigo Jawahal. Acho que é o seguinte: o engenheiro tinha conseguido esconder sua relação de juventude com Jawahal, que estava preso, e desenvolver sua carreira sem que ninguém soubesse que tinha acobertado um criminoso. Vamos supor que o tal de Llewelyn tivesse encontrado Jawahal na prisão e obtido a revelação da verdadeira natureza da relação dos dois. Isso o deixaria numa excelente situação para fazer chantagem e obrigar o engenheiro a colaborar.

— E como podemos saber que Llewelyn e Jawahal se conheciam? — questionou Ian.

— É só uma suposição, mas não é tão absurda — avaliou Seth. — Sir Arthur Llewelyn, coronel do exército britânico, resolve solicitar a ajuda de um brilhante engenheiro, que recusa a oferta. Llewelyn trata de investigá-lo e descobre que está envolvido num nebuloso julgamento no passado. Resolve visitar Jawahal e ouve o que desejava. É muito simples.

— Não posso acreditar — disse Sheere.

— Às vezes a verdade é a mais difícil de acreditar. Lembre-se do que disse Aryami — comentou Ben. — Mas não vamos nos precipitar. De Rozio continua a investigar o assunto?

— É o que está fazendo nesse exato momento — replicou Seth. — A quantidade de papéis é tão grande que seria necessário um exército de ratos de biblioteca para esclarecer alguma coisa.

— Defenderam muito bem o seu lado — comentou Ian.

— É o que esperávamos de vocês — disse Ben. — Voltem para o Instituto e não percam o bibliotecário de vista nem por um segundo. Tem alguma coisa nessa história que está nos escapando.

— E vocês, o que vão fazer? — perguntou Michael, embora já soubesse a resposta.

— Vamos até a casa do engenheiro — devolveu Ben. — Acho que o que procuramos pode estar lá.

— Mas talvez haja alguma outra coisa... — lembrou Michael.

Ben sorriu.

— Como disse, vamos correr o risco.

* * *

Sheere, Ian e Ben chegaram à grade que cercava a casa do engenheiro Chandra Chatterghee pouco antes da meia-noite. Olhando para o leste, a silhueta da estreita torre do Syambazaar se recortava contra a esfera da lua, e sua sombra projetava uma agulha negra e afilada sobre o jardim de palmeiras e a vegetação selvagem que escondia a misteriosa construção.

Ben se apoiou nas lanças metálicas que formavam a cerca e examinou as pontas afiadas e ameaçadoras.

— Vamos ter que pular — comentou. — E não parece nada fácil.

— Não será necessário — disse Sheere a seu lado. — Nosso pai descreveu cada milímetro dessa casa em seu livro antes mesmo de construí-la e passei anos decorando cada linha. Se o que escreveu estava certo, e não tenho nenhuma dúvida sobre isso, atrás desse matagal tem um laguinho e, além dele, fica a casa.

— E o que me diz dessas lanças? — quis saber Ben. — Ele também falou delas? Não queria acabar a noite todo remendado.

— Tem um jeito de entrar na casa sem pular a cerca — disse Sheere.

— E o que estamos esperando? — perguntaram Ian e Ben ao mesmo tempo.

Sheere foi na frente, guiando os dois por uma calçada estreita, apenas uma brecha entre a cerca da casa e as paredes do edifício vizinho, de estilo arábico, até uma abertura circular que parecia servir de desaguadouro ou coletor principal dos encanamentos da casa. Um fedor acre e mordente saía de seu interior.

— Por aqui? — perguntou Ben, incrédulo.

— O que esperava? — provocou Sheere. — Tapetes persas?

Ben examinou o interior do túnel do esgoto e sentiu o cheiro de novo.

— Divino! — concluiu falando com Sheere. — Você primeiro.

O PÁSSARO DE FOGO

A boca do túnel ia dar bem embaixo de uma pequena ponte de madeira sobre o lago que se estendia como um escuro manto de veludo à frente da mansão do engenheiro Chandra Chatterghee. Sheere conduziu os companheiros por uma estreita trilha barrenta que cedia sob seus pés até a extremidade do lago e parou para contemplar a casa com a qual havia sonhado a vida inteira. Era a primeira vez que podia vê-la com seus próprios olhos, naquela noite, sob a abóbada de estrelas e nuvens em trânsito que desenhavam uma fuga para o infinito. Ian e Ben se juntaram a ela em silêncio.

A construção tinha dois andares ladeados por duas torres que se erguiam nas extremidades. Seu corpo misturava traços de vários estilos arquitetônicos, desde os perfis eduardianos até as extravagâncias palacianas e as silhuetas que pareciam tomadas de um castelo perdido nas montanhas da Baviera. O conjunto conservava, contudo, uma serena elegância capaz de desafiar o olhar crítico do observador e parecia emanar um encanto sedutor que, depois da primeira impressão de perplexidade, sugeria que aquela extravagante disparidade de estilos e traços tinha sido concebida para conviver em harmonia.

Oculta pelo denso emaranhado de vegetação selvagem, camuflada no coração da *cidade negra*, a moradia do engenheiro exibia um aspecto sólido e palaciano e se erguia altiva diante do espelho d'água como um grande cisne negro que contempla seu reflexo num lago de obsidiana.

— É igual à descrição de seu pai? — perguntou Ian.

Sheere fez que sim, maravilhada, e foi até o início da escadaria que levava até a porta da casa. Ben e Ian ficaram olhando desconfiados, perguntando-se como fariam para entrar naquela fortaleza. Mas Sheere parecia caminhar por aquele cenário desconhecido como se morasse ali desde a mais tenra infância. A naturalidade com que se desviava dos obstáculos, que surgiam velados pelo manto da noite, deixou os jovens com a estranha sensação de serem dois intrusos, espectadores acidentais do encontro de Sheere com o sonho que sempre acalentara em seus anos nômades. Ao vê-la subir aqueles degraus, Ben e Ian compreenderam que aquele lugar deserto e envolto numa atmosfera fantasmagórica era o único e verdadeiro lar que ela havia tido.

— Vão ficar parados aí a noite inteira? — disse Sheere do alto da escadaria.

— Bem, a gente estava se perguntando por onde pretende entrar — disse Ben e Ian concordou, subscrevendo a dúvida do amigo.

— Tenho a chave — disse a jovem.

— A chave? — perguntou Ben. — Onde?

— Aqui! — respondeu Shere apontando para a própria cabeça com o indicador. — As portas dessa casa não abrem com uma chave convencional. É outro tipo de chave.

Ben e Ian se aproximaram, intrigados. Quando chegaram à porta, verificaram que, bem no centro, havia uma série de quatro rodas de metal superpostas ao redor de um eixo, cujo diâmetro diminuía à medida que se afastavam da superfície. No perímetro de cada roda, viam-se diversos signos gravados sobre o metal, como as horas no mostrador de um relógio.

— O que significam esses símbolos? — perguntou Ian, tentando enxergar melhor na penumbra.

Ben tirou um fósforo da caixa que sempre carregava para qualquer eventualidade e o acendeu diante das rodas dentadas do mecanismo da fechadura. O metal brilhou diante dos olhos dos três jovens.

— Alfabetos! — exclamou Ben. — Cada roda tem um alfabeto gravado. Grego, latino, arábico e sânscrito.

— Fantástico! — ironizou Ian. — Pelo visto, vai ser moleza...

— Não precisa se desesperar — interveio Sheere. — A chave é muito simples. Basta compor uma palavra de quatro letras com cada um dos alfabetos.

Ben olhou para ela:

— E que palavra é essa?

— Dido.

— Dido? — perguntou Ian. — O que quer dizer?

— É o nome de uma rainha da mitologia fenícia — explicou Ben.

Sheere concordou e Ian sentiu ciúme do brilho que parecia fluir entre os olhares dos dois irmãos.

— Continuo sem entender — reclamou Ian. — O que fazem os fenícios em Calcutá?

— A rainha Dido jogou-se numa pira funerária ardente para apaziguar a cólera dos deuses, em Cartago — explicou Sheere. — É o poder purificador do fogo... Os egípcios também tinham o seu mito, a Fênix.

— O mito do pássaro de fogo — acrescentou Ben.

— Não era esse o nome do tal projeto militar que Seth descobriu? — perguntou Ian.

O amigo fez que sim.

— Esse assunto já está me deixando nervoso — devolveu Ian. — Não estão pensando seriamente em entrar aí dentro, estão? O que vamos fazer agora?

Ben e Sheere trocaram um olhar de entendimento.

— Muito simples — respondeu Ben. — Vamos abrir a porta.

* * *

As pálpebras do gordo bibliotecário, Mr. De Rozio, começavam a pesar como lápides de mármore diante das centenas de documentos que o cercavam. Caprichosamente, o oceano de palavras e cifras que havia resgatado do arquivo do engenheiro Chandra Chatterghee começou a executar uma dança sinuosa, sussurrando uma irresistível canção de ninar.

— Meninos, acho que precisamos parar até amanhã de manhã — começou Mr. De Rozio.

Seth, que já estava com medo de ouvir esse anúncio havia um bom tempo, despontou imediatamente do meio do oceano de pastas e exibiu um sorriso angelical.

— Parar agora, Mr. De Rozio? — questionou amavelmente. — Impossível! Não podemos abandonar tudo agora.

— Mais dois segundos e vou desmaiar em cima dessa mesa, filho — replicou De Rozio. — E Shiva, em sua infinita bondade, quis me dar um peso que, na última consulta feita em fevereiro passado, oscilava entre 250 e 260 libras. Sabe o que é isso?

Seth sorriu alegremente.

— Uns 120 quilos — calculou.

— Exatamente — confirmou De Rozio. — Alguma vez já tentou mover um adulto de 120 quilos, filho?

Seth pensou no assunto.

— Não me recordo de nenhuma eventualidade, mas...

— Um momento! — exclamou Michael de algum ponto invisível no meio da sala entulhada de fichários, caixas e pilhas de papel amarelado. — Achei uma coisa!

— Espero que seja uma almofada — protestou De Rozio, levantando sua imponente massa com grande dificuldade.

Michael apareceu atrás de uma coluna de estantes poeirentas segurando uma caixa cheia de papéis e carimbos que o tempo tinha desbotado sem piedade. Seth ergueu as sobrancelhas, rezando para que a descoberta valesse a pena.

— Acho que são os autos do processo de uma série de assassinatos — disse Michael. — Estava embaixo de uma pilha de intimações em nome do engenheiro Chandra Chatterghee.

— O julgamento de Jawahal? — exultou Seth, visivelmente excitado.

— Deixe ver — ordenou De Rozio.

Michael depositou a caixa na escrivaninha do bibliotecário. Uma nuvem de poeira amarela inundou o cone de luz dourada projetada pela lâmpada elétrica. Os dedos grossos de Mr. De Rozio alisaram cuidadosamente os documentos, enquanto os olhos diminutos examinavam o conteúdo. Seth observou o rosto do bibliotecário com o coração apertado, à espera de alguma palavra ou sinal esclarecedor. De Rozio parou numa folha que exibia diversos carimbos e aproximou-a da luz.

— Ora, ora — murmurou consigo.

— O que foi, senhor? — implorou Seth. — O que descobriu?

De Rozio ergueu os olhos e deu um sorriso felino.

— Tenho nas mãos um documento assinado pelo coronel Sir Arthur Llewelyn. Nele, alegando razões de estado-maior e segredo militar, manda sustar o processo judicial Nº 089861/A da Quarta Câmara do Superior Tribunal de Justiça da cidade de Calcutá, que acusa o cidadão Lahawaj Chandra Chatterghee, engenheiro, de envolvimento, encobrimento e/ou ocultação de provas em uma investigação de assassinato, e transferi-lo para a Corte Suprema de Justiça Militar do exército de Sua Majestade, ficando anuladas todas as resoluções anteriores, assim como as provas arroladas pela defesa e pelo ministério público na ocasião. Data: 14 de setembro de 1911.

Michael e Seth ficaram olhando para Mr. De Rozio boquiabertos, sem conseguir dizer uma palavra.

— Bem, meus filhos — concluiu o bibliotecário. — Quem de vocês sabe fazer café? Parece que essa noite vai ser muito longa...

* * *

A fechadura das quatro rodas de alfabetos deu um gemido quase inaudível e, depois de alguns segundos, a massa férrea da porta abriu lentamente em duas partes, deixando escapar uma lufada do ar que ficara preso na casa por anos a fio. Ian empalideceu na sombra.

— Abriu — murmurou trêmulo.

— Sempre um grande observador — ironizou Ben.

— Não é hora para brincadeiras — respondeu Ian. — Não sabemos o que tem aí dentro.

Ben pegou a caixa de fósforos e agitou no ar, sonoramente.

— É só uma questão de tempo — afirmou em seguida.

— Quer ser o primeiro a entrar?

Ian exibiu um sorriso obstinado.

— Pode fazer as honras — respondeu.

— Eu vou primeiro — disse Sheere, penetrando na casa sem esperar a resposta dos dois amigos.

Ben apressou-se em acender outro fósforo e seguir seus passos. Ian deu uma última olhada para o céu noturno, como se temesse que aquela fosse a derradeira oportunidade de contemplá-lo e, depois de respirar profundamente, mergulhou no interior da casa do engenheiro. Um segundo depois, a porta se fechou atrás deles com a mesma suavidade e precisão com que abrira antes.

Os três jovens pararam um ao lado do outro, e Ben ergueu o fósforo. Diante de seus olhos, desdobrou-se um espetáculo impressionante que superava todos os delírios que qualquer um pudesse ter alimentado a respeito daquele lugar.

Estavam numa sala sustentada por quatro grossas colunas bizantinas e coroada por uma abóbada hemisférica coberta por um afresco monumental. Eram centenas de figuras da mitologia hindu, formando uma interminável crônica visual que girava em círculos concêntricos ao redor da figura central esculpida em relevo sobre a pintura: a deusa Kali.

As paredes da sala estavam forradas por estantes abarrotadas de livros que desenhavam dois semicírculos de mais de três metros de altura. O chão estava coberto por um mosaico de brilhantes esmaltes negros e lascas de cristal de rocha, o que criava a ilusão de um firmamento de constelações e estrelas. Ian observou detidamente o traçado a seus pés e reconheceu a configuração de várias figuras celestes descritas por Bankim no St. Patrick's.

— Seth tinha que ver isso... — murmurou.

Na outra ponta da sala, depois daquele tapete de estrelas que representava o universo conhecido, uma escada em caracol erguia sua espiral até o segundo andar da casa.

Antes que pudesse perceber, a chama do fósforo queimou os dedos de Ben e os três jovens ficaram novamente na mais absoluta escuridão. Mas os caminhos de constelações a seus pés continuavam a brilhar como um céu noturno.

— É incrível — murmurou Ian consigo mesmo.

— Espere até ver o andar de cima — replicou a voz de Sheere, não muito longe.

Ben acendeu outro fósforo e os dois amigos perceberam que a jovem já estava esperando por eles ao lado da escada em espiral. Sem dizer uma palavra, Ben e Ian foram atrás dela.

A escada em caracol erguia-se no centro de um vão cilíndrico que formava uma espécie de claraboia, a torrezinha de iluminação que eles tinham visto nas estampas de alguns castelos franceses construídos às margens do rio Loire. Levantando os olhos, tinha-se a sensação de estar no interior de um imenso caleidoscópio, coroado por um vitral digno de uma catedral, uma roseácea multicolorida decompondo a luz da lua em centenas de feixes azuis, vermelhos, amarelos, verdes e cor de âmbar.

Quando chegaram ao segundo andar, viram que os raios de luz filtrados pela claraboia projetavam desenhos e figuras que percorriam lentamente as paredes da sala como imagens de um cinematógrafo primitivo e espectral.

— Olhem! — disse Ben apontando para uma grande superfície que se estendia a uma altura de um metro sobre o solo e ocupava um retângulo de quase 40 metros quadrados.

Os três se aproximaram e descobriram algo que parecia ser uma imensa maquete de Calcutá, reproduzida com tal realismo e minúcia de detalhes que, olhando de perto, tinha-se a sensação de estar sobrevoando a cidade. Reconheceram o percurso do rio Hooghly, o Maidán, Fort William, a *cidade branca*, o templo de Kali no sul de Calcutá, a *cidade negra* e até os bazares. Maravilhados, Sheere, Ian e Ben contemplaram aquela extraordinária miniatura por um longo tempo, fascinados pela beleza e pelo encanto que produzia.

— E ali está a casa — apontou Ben.

Os outros se aproximaram e verificaram que, bem no coração da *cidade negra*, erguia-se uma reprodução fiel da casa em que se encontravam. As luzes multicoloridas da claraboia varriam as ruas da maquete como feixes caídos do céu, cuja passagem revelava os segredos ocultos de Calcutá.

— O que tem atrás da casa? — perguntou Sheere.

— Parece uma linha de trem — disse Ian.

— E é — confirmou Ben. Seguindo o traçado da linha, seus olhos descobriram a silhueta angulosa e majestosa de Jheeter's Gate, atrás de uma ponte de metal que atravessava o Hooghly.

— A linha vai até a estação incendiada — disse Ben. — É uma linha de manobra.

— Tem um trem parado na ponte — observou Sheere.

Ben rodeou a maquete para aproximar-se da ferrovia e examinou demoradamente. Um arrepio incômodo percorreu suas costas. Estava reconhecendo aquele trem. Era o mesmo que tinha visto na noite anterior, pensando que se tratava de um pesadelo. Sheere aproximou-se em silêncio e Ben percebeu que havia lágrimas em seus olhos.

— Essa é a casa de nosso pai, Ben — murmurou. — Foi construída para nós, para que um dia fosse nossa.

Ben passou os braços ao redor de Sheere e apertou-a contra o peito. Ian, que observava a cena do outro lado da sala, desviou os olhos. Ben acariciou o rosto de Sheere e deu um beijo em sua testa.

— De agora em diante — disse ele —, sempre será a nossa casa.

Nesse exato momento, o trenzinho parado sobre a ponte acendeu as luzes e, lentamente, suas rodas começaram a girar sobre os trilhos.

* * *

Enquanto Mr. De Rozio, mergulhado num silêncio sepulcral, dedicava todos os seus poderes de análise e suas astúcias de raposa documentalista aos autos do processo que o coronel Llewelyn tanto se esforçara para abafar, Seth e Michael trabalhavam numa estranha pasta que continha planos e numerosas anotações de próprio punho do engenheiro. Seth encontrou a pasta no fundo de uma das caixas que continham os papéis de Chandra. Quando ele morreu, como não foram reivindicados por nenhum parente ou instituição e considerando a importância pública do personagem, tais documentos foram enviados para o limbo dos arquivos do museu. E a biblioteca do museu era compartilhada com diversas instituições científicas e acadêmicas de Calcutá, entre elas o Instituto de Engenharia Superior, do qual Chandra Chatterghee foi um dos mais ilustres e controvertidos membros. A pasta tinha uma encadernação bem simples, com uma única referência escrita com tinta azul na capa: *O Pássaro de Fogo*.

Seth e Michael tinham escondido o achado para não distrair o corpulento bibliotecário da tarefa que monopolizava seus talentos e para a qual sua perícia de velho mago arquivista era indispensável. Com isso em mente, os dois se retiraram para a outra ponta da sala e começaram a examinar os documentos em silêncio.

— Esses desenhos são fantásticos — murmurou Michael, admirando o traço de engenheiro em diversos desenhos que representavam aparelhos mecânicos cuja função concreta parecia obscura e insondável.

— Vamos nos concentrar no que precisamos descobrir — repreendeu Seth. — Tem alguma coisa sobre o Pássaro de Fogo?

— As ciências não são meu forte — começou Michael —, mas corto meu braço fora se isso não for o detalhamento de uma grande máquina incendiária.

Seth examinou os planos sem entender uma vírgula do que significavam. Michael antecipou suas perguntas.

— Isso é um tanque de óleo ou algum outro tipo de combustível — indicou Michael nos desenhos. — E aqui um mecanismo de sucção acoplado a ele: não passa de uma bomba de alimentação, como a de um poço. A bomba libera o combustível necessário para manter aceso este pequeno círculo de chamas, que é uma espécie de piloto.

— Mas essas chamas não medem mais do que um centímetro — objetou Seth. — Não vejo onde pode estar o perigo incendiário disso!

— Olhe esse cano.

Seth logo viu do que o amigo estava falando: uma espécie de tubo parecido com um cano de fuzil.

— As chamas chegam até o perímetro da boca do cano.
— E?
— Olhe a outra ponta — disse Michael. — É um tanque, um tanque de oxigênio.
— Química elementar — murmurou Seth encaixando as peças.
— Imagine o que ia acontecer se esse oxigênio fosse cuspido por pressão através do cano e atravessasse o círculo de chamas — sugeriu Michael.
— Um canhão de fogo — respondeu Seth.
Michael fechou a pasta e olhou para o amigo.
— Que tipo de segredo Chandra precisava esconder para desenhar um brinquedinho como esse para um carniceiro como Llewelyn? É como colocar um carregamento de pólvora nas mãos de Nero...
— É isso que precisamos descobrir — disse Seth. — E rápido.

* * *

Sheere, Ben e Ian seguiram o percurso do trem na maquete em silêncio, até que a pequena locomotiva parou bem atrás da miniatura que reproduzia a casa do engenheiro. As luzes foram se apagando lentamente e os três amigos ficaram imóveis, cheios de expectativa.
— Que diabo fez esse trem andar? — perguntou Ben.
— Tem que tirar energia de algum lugar. Existe algum gerador de eletricidade na casa, Sheere?
— Não que eu saiba — respondeu a irmã.
— Tem que ter algum — afirmou Ian. — Vamos procurar.

Ben negou com a cabeça.

— Não é isso que me preocupa — disse. — Mesmo que exista, não conheço nenhum gerador que ligue sozinho. Ainda mais depois de todos esses anos parado.

— Talvez a maquete funcione com outro tipo de mecanismo — sugeriu Sheere sem muita convicção.

— Talvez tenha mais alguém na casa — devolveu Ben.

Ian amaldiçoou a própria sorte mentalmente.

— Eu sabia... — murmurou abatido.

— Espere! — exclamou Ben.

Ian olhou para o amigo e viu que apontava para a maquete. O trem tinha começado a andar de novo, refazendo o caminho na direção contrária.

— Está retornando à estação — observou Sheere.

Ben caminhou lentamente até a extremidade da maquete e parou junto ao trecho dos trilhos que o trem ia começar a percorrer.

— O que vai fazer? — perguntou Ian.

O amigo não respondeu, mas estendeu o braço lentamente na direção dos trilhos quando a locomotiva estava chegando. Quando o trem passou na sua frente, pegou a locomotiva e ergueu no ar, desenganchando-a dos vagões. O resto do comboio foi perdendo velocidade paulatinamente até parar. Ben foi até a claraboia e examinou melhor a pequena locomotiva. Suas rodas diminutas giravam cada vez mais devagar.

— É alguém que tem um senso de humor muito esquisito — comentou Ben.

— Por quê? — quis saber Sheere.

— Tem três bonequinhos de chumbo dentro da locomotiva — disse Ben —, e se parecem demais conosco para que seja coincidência.

Sheere se aproximou de Ben e pegou a pequena locomotiva nas mãos. As luzes dançantes desenharam um arco-íris e seus lábios deram um sorriso sereno e resignado.

— Ele sabe que estamos aqui — disse a jovem. — Não faz sentido a gente continuar se escondendo.

— Quem sabe? — perguntou Ian.

— Jawahal — respondeu Ben. — Está à espera. Só não sei de quê.

* * *

Siraj e Roshan pararam diante do perfil espectral da ponte de metal que se perdia na névoa que cobria o rio Hooghly e caíram sentados numa mureta, exaustos depois de percorrer em vão toda a cidade no rastro de Isobel. As pontas das torres de Jheeter's Gate despontavam no meio de névoa, desenhando a crista de um dragão adormecido na nuvem de seu próprio hálito.

— Falta muito pouco para o amanhecer — disse Roshan. — Devíamos voltar. Talvez Isobel esteja nos esperando há horas.

— Acho que não — respondeu Siraj.

A caminhada noturna deixou sua marca na voz do jovem, mas, pela primeira vez em muitos anos, Roshan não ouviu Siraj reclamar nem uma vez de sua asma.

— Procuramos por toda parte — replicou Roshan. — Não temos mais nada a fazer. Pelo menos vamos procurar mais ajuda.

— Falta um lugar...

Roshan contemplou a sinistra estrutura de Jheeter's Gate afundada na neblina e suspirou.

— Isobel não é louca de se enfiar aí — disse. — Nem eu.

— Vou sozinho, então — respondeu Siraj, levantando de novo.

Roshan percebeu que ele ainda estava ofegante e fechou os olhos, abatido.

— Sente aí — ordenou, adivinhando os passos de Siraj se afastando em direção à ponte.

Quando reabriu os olhos, a figura esquálida de Siraj estava desaparecendo na névoa.

— Maldita Isobel! — exclamou consigo mesmo e levantou para seguir o amigo.

Siraj parou no final da ponte e contemplou o pórtico de Jheeter's Gate, bem diante dele. Roshan chegou e avaliaram juntos o local. Uma corrente de ar frio emergia dos túneis da estação e o fedor de madeira queimada e sujeira era mais forte. Os dois tentaram distinguir alguma coisa no poço escuro que se abria atrás da entrada da grande abóbada da estação. O eco distante de uma garoa tiquetaqueava nos cartazes caídos.

— Isso parece a boca do inferno — comentou Roshan. — Vamos embora enquanto podemos.

— É psicológico — disse Siraj. — Pense que é apenas uma estação abandonada. Não tem ninguém aí dentro. Só nós dois.

— Se não tem ninguém, por que temos que entrar? — protestou Roshan.

— Você não precisa entrar se não quiser — devolveu Siraj, sem o menor sinal de censura.

— Claro — cortou Roshan. — E deixar você sozinho. Pode esquecer. Vamos.

Os dois membros da Chowbar Society penetraram na estação seguindo o rastro dos trilhos que cruzavam a ponte e desenhavam a rota da plataforma central. A escuridão era ainda mais densa no interior da abóbada e eles mal conseguiam distinguir os contornos dos objetos entre pequenas manchas de claridade acinzentada e aquosa. Roshan e Siraj caminharam lentamente, a um metro de distância um do outro. O eco de seus passos soava como uma ladainha repetida por entre os murmúrios das correntes de ar, que pareciam rugir em algum lugar dos túneis como a voz distante de um mar furioso.

— É melhor a gente subir para a plataforma — disse Roshan.

— Faz anos que não passa nenhum trem por aqui. Quem se importa?

— Eu me importo, certo? — respondeu Roshan, que não conseguia tirar da cabeça a imagem de um trem surgindo na boca do túnel para esmagar os dois sob suas rodas.

Siraj murmurou uma coisa ininteligível, pronunciada num tom de aceitação e já estava subindo para a plataforma quando uma coisa apareceu vinda dos túneis, flutuando no ar na direção dos dois.

— O que é isso? — murmurou Roshan, assustado.

— Parece um pedaço de papel — conseguiu dizer Siraj. — O vento arrasta o lixo, é só isso.

A folha branca rodopiou no chão até Roshan e parou a seus pés. O jovem ajoelhou e pegou o papel. Siraj viu a expressão transtornada do amigo.

— O que houve agora? — perguntou, sentindo que o medo de Roshan tinha se tornado contagioso.

Seu amigo estendeu o papel em silêncio e Siraj reconheceu de imediato. Era o desenho de Michael representando o grupo diante de um laguinho, que Isobel tinha pego. Siraj devolveu o desenho ao companheiro e, pela primeira vez desde que tinham começado aquela busca, contemplou a possibilidade de que Isobel estivesse mesmo em perigo.

— Isobel? — gritou Siraj em direção aos túneis.

O eco de sua voz se perdeu nas entranhas do local e gelou seu sangue. Siraj tentou se concentrar no domínio da própria respiração, que ficava mais difícil a cada minuto. Deixou que sua voz se dissipasse e, controlando os nervos, chamou de novo:

— Isobel?

Um forte impacto metálico ressoou em algum lugar da estação. Roshan deu um pulo e olhou ao redor. O vento dos túneis açoitou o rosto deles e os dois retrocederam alguns passos.

— Tem alguma coisa aí dentro — murmurou Siraj, apontando para o túnel com uma tranquilidade que seu companheiro não conseguia entender.

Roshan fixou os olhos na boca escura do túnel e foi então que ele viu. As luzes distantes de um trem se aproximavam. Sentiu os trilhos vibrarem sob seus pés e olhou para Siraj, apavorado. Siraj sorria estranhamente.

— Não vou conseguir correr tão rápido quanto você, Roshan — disse pausadamente. — Nós dois sabemos disso muito bem. Não espere por mim e vá buscar ajuda.

— Que diabo você está dizendo, Siraj? — exclamou ele, perfeitamente consciente do que o amigo estava insinuando.

As luzes do trem penetraram na abóbada da estação como um raio numa tempestade.

— Corra — ordenou Siraj. — Agora!

Roshan mergulhou os olhos no olhar do amigo e ouviu o estrondo da locomotiva cada vez mais perto. Siraj fez que sim. Roshan reuniu todas as suas forças e saiu correndo desesperadamente para a extremidade da plataforma, em busca de um lugar onde pudesse sair da trajetória do trem. Correu o mais depressa que suas pernas podiam, sem parar para olhar para trás, certo de que encontraria a ponta de alumínio da locomotiva a dois palmos de seu rosto se ousasse fazer isso. Os quinze metros que os separavam do fim da plataforma se transformaram em 150 e, completamente em pânico, teve a impressão de que a via se alongava diante de seus olhos numa fuga vertiginosa. Quando se jogou no chão e rodou sobre o entulho acumulado, ouviu o estrondo do trem rugindo a poucos centímetros do lugar onde estava. O berreiro ensurdecedor das crianças chegou a seus ouvidos e ele sentiu na pele a mordida das chamas durante dez terríveis segundos em que imaginou que toda a estrutura da estação ia desmoronar em cima dele.

Logo em seguida, fez-se o silêncio. Roshan se levantou e abriu os olhos pela primeira vez desde a hora em que tinha se jogado no chão. A estação estava deserta novamente e não havia nenhum sinal do trem, exceto as duas fileiras de chamas que se extinguiam lentamente ao longo dos trilhos. Sentiu suas entranhas se inundarem de um líquido gelado e correu até o ponto onde tinha visto Siraj pela última vez. Amaldiçoando a própria covardia, chorou de raiva e percebeu que estava sozinho na estação.

O amanhecer, ao longe, apontava o caminho da saída.

* * *

O prelúdio do amanhecer se insinuava timidamente através das janelas fechadas da sala da biblioteca do museu indiano. Exaustos, Seth e Michael cochilavam sobre a mesa à beira da inconsciência. Mr. De Rozio suspirou profundamente e afastou a cadeira da escrivaninha, esfregando os olhos. Estava afundado no oceano de documentos havia horas, tentando destrinchar aquele monstruoso processo judicial: seu estômago exigia atenção, além de uma moratória na ingestão de café, caso seu proprietário quisesse que continuasse a desempenhar suas funções com certa dignidade.

— Eu me rendo, belas adormecidas — trovejou.

Seth e Michael levantaram a cabeça um pouquinho de nada e verificaram que o dia tinha acordado primeiro que eles.

— O que conseguiu encontrar, senhor? — perguntou Seth reprimindo um bocejo.

Seu estômago rangia e sua cabeça parecia cheia de purê de maçã.

— Está brincando, meu filho? — disse o bibliotecário. — Devo dizer que vocês arrancaram meu couro.

— Não estou entendendo, senhor — continuou Michael.

De Rozio bocejou ruidosamente exibindo uma goela cavernosa e emitiu um som que despertou nos rapazes a imagem mental de um hipopótamo espairecendo num rio.

— Muito simples — disse. — Vocês apareceram aqui com uma história de assassinatos e crimes, além do enredo absurdo sobre o tal Jawahal.

— Mas é tudo verdade. Temos informações de primeira mão.

De Rozio sorriu com ironia.

— No mínimo, alguém fez vocês dois de bobos — replicou ele. — Em toda essa pilha de papéis não encontrei uma única menção a seu amigo Jawahal. Nem uma vírgula. Zero!

Seth sentiu como se o estômago, murcho de fome, deslizasse até os pés pelas pernas das calças.

— Não pode ser, senhor. Jawahal foi condenado, levado para a prisão e só fugiu anos depois. Talvez pudéssemos começar de novo por aí, pela fuga. Deve constar em algum lugar...

Os olhos suínos e penetrantes de De Rozio examinaram seu rosto com descrença. Sua expressão dizia que não haveria uma segunda chance.

— Se eu fosse vocês, meninos — sugeriu o bibliotecário —, voltaria ao lugar onde ouviram essa história para garantir que dessa vez vão contá-la por inteiro. Acho que esse tal de Jawahal, que segundo o seu informante misterioso estava na prisão, é mais escorregadio do que eu e vocês juntos podemos imaginar.

De Rozio continuou a examinar os dois rapazes. Estavam pálidos feito mármore. O gordo erudito deu um sorrisinho de pena.

— Meus pêsames — murmurou. — Meteram o nariz no buraco errado...

Pouco depois, Seth e Michael estavam contemplando o amanhecer sentados nos degraus da fachada principal do museu indiano. Um leve chuvisco tinha coberto as ruas com uma camada brilhante, que formava uma lâmina de ouro líquido à luz do sol que subia por entre as brumas do leste. Seth olhou para o companheiro e mostrou uma moeda.

— Cara, vou ver Aryami e você vai até a prisão — propôs. — Coroa, ao contrário.

Michael concordou com os olhos semicerrados. Seth jogou a moedinha no ar e o círculo de bronze cumpriu uma trajetória de brilhos intermitentes até parar de novo na mão do menino. Michael se inclinou para verificar o resultado.

— Lembranças a Aryami... — murmurou Seth.

* * *

A luz do dia chegou finalmente à casa do engenheiro Chandra, depois de uma noite que parecia não acabar nunca mais. Pela primeira vez na vida, Ian abençoou o sol de Calcutá quando seus raios afastaram o manto de escuridão que tinha envolvido todo mundo durante horas.

O dia levou consigo o aspecto ameaçador da casa. Ben e Sheere também agradeceram a chegada da claridade com um gesto relaxado de sincero cansaço. Mal conseguiam lembrar a última vez que tinham dormido, embora tivesse acontecido apenas algumas horas antes. O peso do sono e o esgotamento que o ritmo dos acontecimentos provocava permitiam que, agora, enfrentassem a situação com uma serenidade que era impossível de imaginar na escuridão da noite.

— Ok — disse Ben. — Se tem uma coisa que esta casa oferece é segurança. Se o nosso amigo Jawahal pudesse entrar aqui, já teria feito isso. Nosso pai tinha manias bastante excêntricas, mas sabia como proteger uma casa. Proponho que a gente tente dormir um pouco. Do jeito que as coisas estão, prefiro dormir à luz do dia para ficar bem acordado de noite.

— Concordo plenamente — aprovou Ian. — Onde poderíamos dormir?

— Tem vários quartos nas torres — explicou Sheere —, podemos escolher.

— Vamos escolher quartos seguidos — sugeriu Ben.

— De acordo — disse Ian. — E também não seria nada mal comer alguma coisa.

— Isso vai ter que esperar — respondeu Ben. — Mais tarde a gente sai para procurar alguma coisa.

— Como podem ter fome? — perguntou Sheere. Ben e Ian deram de ombros.

— Fisiologia elementar — devolveu Ben. — Pergunte a Ian. O médico aqui é ele.

— Uma vez uma professora que dava aulas de leitura numa escola de Mumbai disse — comentou Sheere — que a principal diferença entre um homem e uma mulher é que um homem sempre põe o estômago antes do coração. E uma mulher faz exatamente o contrário.

Ben avaliou aquela teoria e não hesitou em contra-atacar.

— Cito textualmente o nosso misógino favorito, Mr. Thomas Carter, solteiro profissional e vocacional: "A verdadeira diferença é que, enquanto os homens têm um estômago muito maior do que o coração e o cérebro, o coração das mulheres é tão pequeno que está sempre na garganta."

Ian assistiu ao embate de citações cruzadas tomado pelo mais absoluto espanto.

— Filosofia barata — sentenciou Sheere.

— A filosofia barata, minha cara Sheere, é a única que vale alguma coisa.

Ian levantou a mão pedindo uma trégua.

— Boa noite, maninhos — disse, dirigindo-se diretamente para a torre.

Dez minutos depois os três estavam mergulhados num sono tão profundo que ninguém conseguiria despertá-los. O cansaço foi mais forte que o medo.

* * *

Seth desceu meia milha rumo ao sul, desde a escadaria do museu indiano na Chowringhee Road, e dobrou para o leste na Park Street, na direção da área de Beniapukur, nas imediações do cemitério escocês, onde ficavam as ruínas da antiga penitenciária de Curzon Fort. O arruinado cemitério dos escoceses tinha sido construído no local em que se supunha que ficassem os antigos limites oficiais da cidade. Naquela época, a elevada taxa de mortalidade e a velocidade com que os cadáveres entravam em decomposição obrigaram a transferir todos os terrenos funerários para fora de Calcutá por motivos de saúde pública. Ironicamente, os escoceses descobriram que, apesar de terem controlado com mão firme e durante décadas toda a atividade mercantil de Calcutá, não podiam pagar um enterro junto aos túmulos de seus vizinhos britânicos e foram obrigados a erguer seu próprio cemitério. Em Calcutá, os ricos se negavam a ceder seu terreno aos mais pobres, mesmo depois de mortos.

Quando chegou perto dos escombros da penitenciária de Curzon Fort, Seth entendeu por que ainda não tinha sido vítima das sangrentas demolições habituais na cidade. A estrutura do prédio parecia pendurada num fio invisível prestes a desabar na cabeça das pessoas à menor menção de alteração do seu equilíbrio. O incêndio parecia ter devorado a prisão como se fosse uma maquete de papelão, abrindo brechas e destroçando vigas e esteios com inusitada ferocidade. Dava para ver o telhado carbonizado através das janelas, como as entranhas doentes de um velho animal.

Seth se aproximou da entrada do edifício e ficou se perguntando como poderia verificar qualquer coisa naquela pilha de tábuas e ladrilhos queimados. Com toda a certeza, ali não havia nenhuma memória do passado a não ser as barras de metal e as celas que acabaram seus dias transformadas em fornos mortais e sem escapatória.

— Veio fazer uma visita, meu jovem? — sussurrou uma voz alquebrada às suas costas.

Seth se virou assustado e viu que aquelas palavras vinham dos lábios de um velho esfarrapado cujos pés e mãos exibiam amplas chagas em avançado estado de infecção. Seus olhos escuros o observavam nervosamente atrás de um rosto mascarado pela sujeira e por uma barba branca e rala que parecia cortada com faca.

— Esta é a penitenciária de Curzon Fort, senhor? — perguntou Seth.

O mendigo arregalou os olhos ao ouvir o insólito tratamento que o rapaz lhe reservava e um sorriso desdentado se abriu em seus lábios enrugados como pergaminho.

— O que resta dela — respondeu. — Está procurando hospedagem, filho?

— Procuro informação — devolveu Seth, tentando corresponder ao mendigo com um sorriso amável e cortês.

— Este é um mundo de ignorantes: ninguém quer saber de informação, a não ser você. O que deseja saber, meu jovem?

— Conhece esse lugar? — perguntou Seth.

— Vivo aqui — replicou o mendigo. — Um dia foi minha prisão; hoje é minha casa. A providência foi generosa comigo.

— Então esteve preso em Curzon Fort? — perguntou Seth, sem conseguir esconder o espanto.

— Houve um tempo em que cometi grandes erros... e tive que pagar por eles — disse o mendigo como resposta.

— Até quando o senhor esteve na prisão? — perguntou Seth.

— Até o final.

— Estava aqui na noite do incêndio?

O mendigo afastou os farrapos que cobriam seu corpo e o menino viu horrorizado a cicatriz púrpura da extensa queimadura que cobria seu peito e pescoço.

— Então talvez possa me ajudar — disse Seth. — Dois amigos meus correm perigo. O senhor por acaso se lembra de ter conhecido um outro prisioneiro chamado Jawahal?

O mendigo fechou os olhos e negou lentamente com a cabeça.

— Nenhum de nós era chamado por seu nome verdadeiro por aqui, filho — explicou ele. — O nome, como a liberdade, era uma coisa que deixávamos na porta esperando que, guardado bem longe do horror desse lugar, talvez conseguíssemos reaver, limpo e sem lembranças, ao sair. Mas isso nunca acontecia, é claro...

— O homem a quem me refiro foi condenado por assassinato — acrescentou Seth. — Era jovem. Foi ele quem provocou o incêndio que destruiu a prisão e depois fugiu.

O mendigo olhou para ele entre surpreso e divertido.

— Que provocou o incêndio! — exclamou com incredulidade. — O incêndio começou nas caldeiras. Uma válvula de óleo explodiu. Eu estava fora da minha cela, em meu turno de trabalho. Foi o que me salvou.

— Esse homem provocou o incêndio — insistiu Seth —, e agora quer matar meus amigos.

O mendigo inclinou a cabeça, cético, mas concordou.

— Talvez, filho, afinal que importância tem, não? — concedeu. — Em todo caso, não precisa mais se preocupar com seus amigos. Esse homem, Jawahal, já não pode fazer nada contra eles.

Seth franziu as sobrancelhas.

— Por que está dizendo isso, senhor? — perguntou ele, confuso.

O mendigo riu.

— Na noite do incêndio eu não tinha nem a sua idade, filho. Era o mais jovem da prisão — respondeu. — Esse homem, seja quem for, agora teria mais de 100 anos.

Seth levantou as mãos, completamente desconcertado.

— Um momento — disse. — Essa prisão não pegou fogo em 1916?

— 1916? — riu de novo o mendigo. — De onde você veio, meu filho? Curzon Fort pegou fogo na madrugada de 26 de abril de 1857. Faz exatamente 75 anos.

Boquiaberto, Seth ficou olhando para o mendigo que estudava seu rosto com curiosidade e certa compaixão pelo desânimo que transparecia nele.

— Qual é o seu nome, filho? — perguntou o homem.

— Seth, senhor — respondeu o jovem, pálido.

— Sinto muito não ter podido ajudar, Seth.

— Mas ajudou — devolveu o jovem. — Posso fazer alguma coisa pelo senhor?

Os olhos do mendigo brilharam sob o sol e um sorriso amargo surgiu em seus lábios.

— Seria capaz de fazer o tempo voltar, Seth? — perguntou o mendigo observando a palma das próprias mãos.

Seth negou lentamente com a cabeça.

— Então não pode me ajudar. Mas agora, vá embora com seus amigos. E não se esqueça de mim.

— Não vou me esquecer, senhor.

O mendigo sorriu pela última vez e, erguendo a mão em sinal de despedida, virou e penetrou nas ruínas da prisão destruída pelo fogo. Seth ficou olhando o vulto desaparecer nas sombras e retomou seu caminho sob o sol ardente da manhã. Um véu de nuvens negras parecia se aproximar serpenteando no horizonte, como uma mancha de sangue que se espalha lentamente num lago.

* * *

Michael parou no início da rua que levava até a casa de Aryami Bosé e contemplou estarrecido os restos fumegantes daquela que tinha sido a moradia da velha senhora. Dos pátios das outras casas, os moradores da rua observavam os policiais que deslizavam entre os escombros e interrogavam os vizinhos. Rapidamente, foi até lá e abriu caminho no círculo de curiosos e vizinhos consternados com o incêndio. Um oficial de polícia impediu sua passagem.

— Sinto muito, rapaz. Não pode passar — informou secamente.

Michael deu uma espiada por cima do ombro do policial e viu dois de seus colegas erguendo uma viga caída que ainda desprendia uma chuva de faíscas.

— E a mulher que mora na casa? — perguntou Michael.

O policial olhou para ele com uma expressão a meio caminho entre a suspeita e o aborrecimento.

— Conhecia essa mulher?

— É avó de uns amigos meus — respondeu Michael. — Onde está ela? Morreu?

O policial examinou-o durante alguns segundos sem relaxar a postura e finalmente negou com a cabeça.

— Não há nenhum sinal dela — disse. — Um dos vizinhos disse que viu alguém sair correndo rua abaixo um pouco depois que as chamas apareceram no telhado. Agora desapareça. Já falei muito mais do que devia.

— Obrigado, senhor — disse Michael, retirando-se no meio da massa humana que se comprimia em busca de novas descobertas macabras.

Uma vez livre da multidão de curiosos e vizinhos, Michael examinou as casas ao redor em busca de algum indício que pudesse sugerir para onde tinha fugido a velha senhora, que guardava um segredo que Seth e ele mal conseguiam conceber. As duas extremidades da rua se perdiam no amontoado de edifícios, bazares e palácios da *cidade negra*. Aryami Bosé podia estar em qualquer lugar.

Por alguns instantes, o jovem considerou as várias alternativas possíveis e finalmente resolveu tomar o rumo do oeste, em direção às margens do rio Hooghly. Lá, milhares de peregrinos mergulhavam nas águas sagradas do delta do Ganges em busca da purificação do céu, obtendo, na maioria das vezes, apenas febres e enfermidades.

Sem se virar para contemplar novamente as ruínas da casa devorada pelas chamas, Michael seguiu seu caminho sob o sol, desviando-se das pessoas que enchiam as ruas, transformadas numa algazarra de mercadores, brigas e preces não ouvidas. A voz de Calcutá. Às suas costas, a cerca de vinte metros, uma figura envolta num manto escuro despontou entre as esquinas de uma viela e começou a segui-lo no meio da multidão.

* * *

Ian abriu os olhos para a luz da tarde com a clara certeza de que sua eterna insônia não parecia disposta a conceder mais do que algumas horas de trégua ao cansaço que sucedeu os acontecimentos das últimas horas. A julgar pela consistência da luz que inundava o quarto da torre oeste da casa do engenheiro Chandra, calculou que deviam estar chegando ao meio da tarde. A fome insistente que tinha sentido de manhã voltou a rosnar com toda a fúria. Como Ben costumava dizer, parodiando as palavras do professor Tagore, cujo castelo ficava a poucos metros dali, quando o estômago fala, o sábio escuta.

Ian saiu do quarto sem fazer barulho e viu que Sheere e Ben continuavam a desfrutar de um sono invejável nos braços de Morfeu. E suspeitou que, ao despertar, Sheere também seria capaz de traçar o primeiro objeto comestível que aparecesse na frente dela. Quanto a Ben, não tinha nenhuma dúvida: naquele momento, seu melhor amigo devia estar sonhando com uma bandeja cheia de delícias culinárias com direito a doces de Chhana como sobremesa: era uma mistura de suco de lima e leite fervendo que enlouquecia os gulosos bengalis.

Consciente de que o sono já tinha sido mais generoso com ele do que poderia esperar, resolveu sair em busca de provisões para matar a fome dos três. Com alguma sorte, estaria de volta antes que os dois tivessem tempo de bocejar.

Atravessou a sala da grande maquete e foi para a escada em espiral, verificando satisfeito que à luz do dia o aspecto da casa era bem menos assustador. O primeiro andar continuava imperturbável e Ian viu que a construção isolava o interior da casa da temperatura externa com muita eficiência. Não era difícil imaginar o calor sufocante que impunha sua lei atrás daquelas paredes, enquanto a casa do engenheiro parecia situada no país da eterna primavera. Com passos rápidos, cruzou várias galáxias no mosaico a seus pés e abriu a porta, confiando em sua memória para recordar a excêntrica fechadura que guardava o santuário privado de Chandra Chatterghee.

O sol caía sem misericórdia sobre o espesso jardim, e o lago, que na noite anterior parecia uma lâmina de ébano polido, agora irradiava intensos lampejos na direção da casa. Ian foi até a saída do túnel secreto sob a ponte de madeira e, por um momento, se deixou levar pela ilusão de que, à luz do dia resplandecente e abrasador de verão, as ameaças que atormentaram os três durante a noite iam desaparecer no ar com a mesma facilidade que uma estátua de gelo no deserto.

    Desfrutando daquele parêntese de tranquilidade, penetrou no esgoto e, antes que o fedor acre do interior invadisse seus pulmões, saiu novamente pela brecha que conduzia à rua. Uma vez lá, lançou mentalmente uma moeda no ar e resolveu que sua pesquisa alimentar começaria na direção oeste.

    Enquanto se afastava cantarolando pela rua deserta, não podia imaginar que os quatro círculos concêntricos da fechadura da casa tinham começado a girar de novo com infinita lentidão e que dessa vez a palavra de quatro letras que apareceria quando parassem na vertical não seria mais o nome de Dido, mas o de outra deusa bem mais próxima: Kali.

* * *

Em seu sonho, Ben teve a impressão de ouvir um estrondo e acordou na escuridão absoluta do quarto em que estava descansando. Sua primeira impressão, no aturdimento de alguns instantes que se seguem ao despertar de um sono longo e profundo, foi de perplexidade ao ver que já tinha anoitecido e que deviam ter dormido mais de doze horas. Um segundo depois, ao ouvir de novo o impacto seco que pensou ter ouvido em sonhos, compreendeu que não era a noite que impedia que a luz do dia penetrasse no quarto. Algo estava acontecendo naquela casa. As janelas estavam se fechando com força, como as comportas de um dique, hermeticamente. Ben pulou da cama e correu para a porta em busca dos amigos.

    — Ben! — gritou a voz de Sheere.

Correu para a porta do quarto dela e abriu. Imóvel, sua irmã estava do outro lado da porta, trêmula. Abraçou-a, tirando-a de lá enquanto contemplava aterrorizado as janelas se fechando, uma após a outra, como pálpebras de pedra.

— Ben — gemeu Sheere. — Alguma coisa entrou em meu quarto e tocou em mim enquanto eu dormia.

Ben sentiu um calafrio percorrer seu corpo e foi com Sheere para o meio da sala da maquete de Calcutá. Num segundo, a escuridão mais absoluta caiu sobre eles. Ben abraçou Sheere e sussurrou que ficasse em silêncio, enquanto ele tentava entrever algum sinal de movimento na escuridão. Seus olhos não conseguiram distinguir nenhuma forma, mas ambos ouviram um rumor que parecia invadir as paredes da casa e fazia pensar em centenas de pequenos animais correndo de um lado para o outro sob o chão e entre as paredes.

— O que é isso, Ben? — sussurrou Sheere.

Seu irmão tentava encontrar uma resposta quando um novo acontecimento roubou sua fala. As luzes da maquete da cidade acenderam-se lentamente e os dois jovens assistiram ao nascimento de uma Calcutá noturna bem diante deles. Ben engoliu em seco e sentiu que Sheere o abraçava com força. No centro da maquete, o pequeno trem acendeu os faróis e suas rodas começaram a girar vagarosamente.

— Vamos sair daqui — murmurou Ben conduzindo a irmã às cegas até a escada que levava para o térreo. — Agora.

Antes que conseguissem dar alguns passos em direção à escada, Ben e Sheere viram um círculo de fogo abrir um orifício na porta do quarto da jovem e, em menos de um segundo, consumir todo o aposento como uma brasa atravessando uma folha de papel. Ben sentiu os pés pregados no chão e viu umas pisadas de chamas atravessarem a soleira da porta, aproximando-se a passos largos.

— Corra para baixo! — gritou, empurrando a irmã para o pé da escada. — Ande, desça!

Sheere se precipitou como uma presa do pânico e Ben ficou imóvel na trajetória daquelas pegadas fumegantes que abriam caminho a toda velocidade. Um bafo de ar quente, fedendo a querosene queimado, queimou seu rosto, ao mesmo tempo que as pegadas de chama brotaram a dois palmos de seus pés. Duas pupilas vermelhas como ferro candente iluminaram a escuridão e Ben sentiu uma garra de fogo apertar seu braço direito. Ela pulverizava o tecido de sua camisa e queimava sua pele de maneira tenaz.

— Ainda não chegou a hora do nosso encontro — murmurou uma voz metálica e cavernosa diante dele. — Afaste-se!

Antes que pudesse reagir, a mão férrea que o segurava empurrou-o com toda a força, jogando-o no chão. Ben caiu de lado e apalpou o braço ferido. Foi então que finalmente viu um espectro incandescente descendo a escada em caracol, destruindo tudo à sua passagem.

Os gritos de terror de Sheere no andar de baixo lhe deram forças para levantar de novo. Correu até a escada que já não passava de um esqueleto de barras de metal vestidas de chamas e viu que os degraus tinham desaparecido. Jogou-se no vão da escada. Seu corpo bateu contra o mosaico do primeiro andar e uma pontada de dor percorreu seu braço ferido pelo fogo.

— Ben! — gritou Sheere. — Por favor!

O jovem ergueu os olhos e viu Sheere ser arrastada pelo chão de estrelas acesas, envolvida num manto translúcido de chamas, que parecia o casulo de uma borboleta infernal. Levantou e correu atrás dela, seguindo o rastro que seu raptor deixava em direção aos fundos da casa, tentando se esquivar do impacto furioso das centenas de livros da biblioteca circular que saíam voando das estantes, em chamas, desfazendo-se numa chuva de páginas em combustão. Um dos livros derrubou-o de novo. Caiu de bruços e bateu a cabeça.

Sua visão foi se apagando lentamente, enquanto contemplava o visitante ardente parar e virar, olhando para ele. Sheere gritava de pavor, mas seus gritos não eram audíveis. Ben teve que fazer um esforço para se arrastar alguns centímetros pelo chão coberto de brasas e para não ceder ao impulso de abandonar-se ao sono e parar de resistir. Um sorriso canino e cruel desenhou-se diante dele e, no meio da massa enfumaçada que transformava seu campo de visão num quadro de aquarelas frescas, reconheceu o homem que tinha visto na locomotiva daquele trem fantasma que cruzava a noite. Jawahal.

— Quando estiver pronto, venha me procurar — sussurrou o espírito de fogo. — Já sabe onde estarei.

Um segundo depois, Jawahal agarrou Sheere de novo e atravessou junto com ela a parede dos fundos da casa como se fosse uma cortina de fumaça. Antes de perder os sentidos, Ben ouviu o eco do trem que se afastava na distância.

* * *

— Está voltando a si — murmurou uma voz a centenas de quilômetros de lá.

Ben tentou distinguir os borrões que dançavam diante de seu rosto e logo reconheceu alguns traços familiares. Mãos desconhecidas o acomodaram suavemente e colocaram um objeto macio e confortável sob sua cabeça. O jovem piscou várias vezes. Os olhos de Ian, vermelhos e desesperados, olhavam para ele cheios de ansiedade. A seu lado, encontrou Seth e Roshan.

— Está ouvindo, Ben? — perguntou Seth, com cara de quem não dormia havia uma semana.

Ben lembrou de tudo bruscamente e tentou levantar. As mãos dos três rapazes recolocaram seu corpo em posição de repouso.

— Onde está Sheere? — conseguiu articular.

Ian, Seth e Roshan trocaram um olhar sombrio.

— Não está aqui, Ben — respondeu enfim Ian.

Ben sentiu o céu desabar em pedaços sobre ele e fechou os olhos.

— O que aconteceu? — perguntou depois de um tempo, mais tranquilo.

— Acordei primeiro que vocês — explicou Ian — e resolvi sair para arranjar comida. No caminho, encontrei Seth, que estava vindo para a casa. Na volta, encontramos todas as janelas fechadas e muita fumaça saindo do interior. Viemos correndo e encontramos você desacordado. Sheere já não estava.

— Jawahal levou minha irmã.

Ian e Seth se entreolharam de lado.

Seth enfiou as mãos na espessa mata de seus cabelos, afastando-os da testa. Seus olhos falavam por ele.

— Não tenho muita certeza de que esse Jawahal existe mesmo, Ben — declarou o robusto jovem. — Acho que Aryami mentiu para nós.

— Do que você está falando? — perguntou Ben. — Por que ela iria mentir?

Seth resumiu suas averiguações no museu com Mr. De Rozio e explicou que não existia nenhuma menção a Jawahal em toda a documentação do processo, com exceção de uma carta assinada pelo coronel Llewelyn, que nesse meio-tempo tentava encobrir a história por motivos obscuros, dirigida ao engenheiro. Ben ouviu aquelas revelações com incredulidade.

— Isso não prova nada — argumentou. — Jawahal foi condenado e preso. Fugiu há dezesseis anos e foi então que começou sua história de crimes.

Seth suspirou, negando com a cabeça.

— Estive na prisão de Curzon Fort, Ben — disse com tristeza. — Não houve nenhuma fuga, nenhum incêndio há dezesseis anos. A penitenciária pegou fogo em 1857. Jawahal não poderia estar, nem fugir de uma prisão que na época do julgamento já não existia havia décadas. Um julgamento no qual ele sequer é mencionado. Nada encaixa com nada.

Ben ficou olhando para ele, boquiaberto.

— Ela mentiu, Ben — disse Seth. — Sua avó mentiu para nós.

— Onde ela está agora?

— Michael está procurando por ela — informou Ian. — Quando encontrar, vai trazê-la para cá.

— E onde estão os outros? — perguntou de novo Ben.

Roshan olhou para Ian com indecisão. Ele fez que sim gravemente.

— Pode contar — pediu.

* * *

Michael parou para contemplar a bruma crepuscular que cobria a margem do rio Hooghly. Dezenas de silhuetas parcialmente cobertas por mantos brancos e esburacados afundavam nas águas do rio e a soma de suas vozes se perdia no murmúrio da corrente. O som das pombas batendo as asas ao vento, erguendo-se acima da selva de palácios e cúpulas desbotadas e alinhadas diante da faixa de luz do Hooghly recordava uma Veneza das trevas.

— É você quem está procurando por mim? — perguntou a velha senhora, sentada a alguns metros dele com o rosto oculto por um véu.

Michael olhou para ela e a velha ergueu o véu. Os olhos tristes e profundos de Aryami Bosé empalideceram ao crepúsculo.

— Não temos muito tempo, senhora — disse Michael. — Não mais.

Aryami fez que sim e se levantou lentamente. Michael lhe ofereceu o braço e os dois partiram rumo à casa do engenheiro Chandra Chatterghee protegidos pelo crepúsculo.

* * *

Os cinco rapazes se reuniram em silêncio ao redor de Aryami Bosé. Esperaram pacientemente que a velha senhora se acomodasse e encontrasse o momento certo de pagar a dívida que contraíra com eles ao ocultar a verdade. Ninguém ousou pronunciar uma palavra antes dela. A angustiante urgência que os consumia por dentro transformou-se por um instante numa calma tensa, numa sombra de incerteza diante da suspeita de que o segredo que a velha senhora tinha guardado com tanto cuidado traria um desafio insuperável.

Aryami observou os rostos dos rapazes com profunda tristeza e esboçou um arremedo de sorriso, que mal moveu seus lábios. Por fim, baixando os olhos, suspirou fracamente e, examinando as palmas de suas mãos pequenas e nervosas, começou a falar. Mas dessa vez sua voz parecia despossuída da autoridade e determinação que todos aprenderam a esperar dela. No final do caminho, o medo tinha apagado a fortaleza de ânimo que costumava emanar de sua pessoa, e os rapazes descobriram que quem estava diante deles era apenas uma velha senhora fraca e mortalmente assustada, uma menina que tinha vivido demais.

* * *

"Antes de começar, permitam-me dizer que, se menti alguma vez na minha vida, e fui obrigada a fazê-lo inúmeras vezes, sempre foi para proteger alguém. Se menti para vocês, foi com a certeza de que estaria protegendo você, Ben, e sua irmã Sheere de algo que talvez pudesse prejudicá-los mais que os estratagemas de um criminoso enlouquecido. Ninguém sabe a dor que o peso solitário dessa carga me causou desde o dia em que vocês nasceram. Tudo o que disser agora será a verdade, até onde eu sei. Ouçam com atenção e tenham certeza de que tudo o que sair dos meus lábios é exato, embora não exista nada mais terrível e difícil de acreditar do que a verdade nua e crua dos fatos...

"Parece que se passaram muitos anos desde o dia em que contei a vocês a história de minha filha Kylian. Falei dela, de sua maravilhosa luminosidade e de que, entre todos os seus muitos pretendentes, o escolhido para ser seu marido foi um homem de origem simples e bem talentoso, um jovem engenheiro que era uma grande promessa, mas cujos ombros carregavam desde a infância uma carga muito pesada, um segredo que levaria à morte não só ele mesmo, mas muitos outros. E, mesmo que pareça paradoxal, permitam que comece esse relato pelo final e não pelo princípio, respondendo aos fatos que, inteligentemente, vocês já descobriram.

"Chandra Chatterghee sempre foi um sonhador, um homem possuído pela visão de um futuro melhor e mais justo para o seu povo, que morria na miséria pelas ruas desta cidade, enquanto, atrás dos muros de suas casas opulentas, aqueles que ele considerava como invasores e exploradores do legado natural de nosso povo enriqueciam e viviam uma vida de luxo e frivolidade às custas da miséria de milhões de almas condenadas à pobreza no grande orfanato sem teto que é este país.

"Seu sonho era dotar a nação de um instrumento de progresso e riqueza, pois sempre acreditou que um dia o povo conseguiria romper o jogo da opressão da Coroa britânica; um instrumento para abrir novas rotas entre as cidades, novos enclaves e novos caminhos até o futuro das famílias da Índia. Ele sempre sonhou com um invento de ferro e fogo: a ferrovia. Para Chandra, os trilhos da ferrovia eram as artérias que levariam o sangue novo do progresso a toda essa terra e, portanto, projetou para elas um coração do qual brotaria toda a energia necessária: sua obra-prima, a estação de Jheeter's Gate.

"No entanto, a linha que separa os sonhos dos pesadelos é mais fina do que um fio de cabelo, e não demorou para que as sombras do passado retornassem para cobrar seu preço. Um alto mandatário do exército britânico, coronel Arthur Llewelyn, teve um carreira meteórica, construída com base em suas façanhas: a matança de inocentes, velhos e crianças, homens desarmados e mulheres aterrorizadas em povoados e aldeias de toda a península de Bengala. Em cada lugar aonde chegava a mensagem de paz e união da nova Índia, chegavam também os seus fuzis e baionetas. Um homem de grande talento e futuro, como proclamavam seus superiores com orgulho. Um assassino com a bandeira da Coroa e o poder de seu exército nas mãos. Um entre muitos.

"Llewelyn logo notou o grande talento de Chandra e, sem muitos escrúpulos, traçou um círculo negro a seu redor, bloqueando todos os seus projetos. Ao cabo de algumas semanas, não havia uma única porta em Calcutá ou em toda a província que se abrisse para ele. Com exceção, é claro, da porta de Llewelyn, que propôs que realizasse obras para o exército: pontes, linhas férreas etc. Todas essas ofertas foram recusadas por seu pai, que preferiu se sustentar com o salário miserável que os editores de Mumbai se dignavam a enviar como esmola em troca de seus manuscritos. Com o tempo, o círculo de Llewelyn relaxou e Chandra começou a trabalhar de novo em sua obra-prima.

"Com o passar dos anos, a fúria de Llewelyn retornou. Sua carreira estava em declínio e precisava urgentemente de uma jogada de efeito, um banho de sangue fresco para renovar o interesse da alta hierarquia de Londres por suas façanhas e restaurar sua reputação de tigre de Bengala. Para ele, a solução era uma só: pressionar Chandra, mas dessa vez com outras armas.

"Durante todos aqueles anos, tinha investigado sua vida, e seus capangas acabaram descobrindo o rastro dos crimes associados a Jawahal. Llewelyn permitiu que o caso avançasse até quase vir à luz e, no momento em que seu pai estava mais comprometido do que nunca com o projeto de Jheeter's Gate, ele ressurgiu, providenciando para que o caso fosse abafado, mas ameaçando revelar a verdade se o engenheiro não criasse uma nova arma para ele, um instrumento de repressão mortífero, capaz de acabar com todos os distúrbios que pacifistas e independentistas teimavam em colocar no caminho de Llewelyn. Chandra acabou cedendo e foi assim que nasceu o Pássaro de Fogo, uma máquina capaz de transformar uma cidade ou uma aldeia num oceano de chamas em questão de segundos.

"Chandra desenvolveu os projetos da ferrovia e do Pássaro de Fogo paralelamente, sob a pressão constante de Llewelyn, cuja cobiça começava a despertar a desconfiança de seus superiores, ameaçando trazer tudo à luz. Aquele que era tido até então como um homem sereno, equânime e cumpridor de seus deveres, revelava-se agora um maníaco doentio, cuja necessidade de sucesso e reconhecimento diminuía cada vez mais as suas possibilidades de sobrevivência.

"Chandra compreendeu que Llewelyn ia acabar caindo de podre, era apenas uma questão de tempo, e começou a jogar com isso, dizendo a ele que entregaria o projeto antes do prazo acertado. Mas essa atitude só serviu para aumentar a fúria e pulverizar o pouco de sanidade que aquele homem ainda conservava.

"Em 1915, um ano antes da inauguração de Jheeter's Gate e da linha que partia de lá, Llewelyn ordenou a matança de pessoas desarmadas, sem qualquer justificação possível, e foi expulso do exército britânico depois de um escândalo que chegou aos ouvidos da Câmara dos Comuns. Sua estrela não brilharia nunca mais.

"Esse foi o começo de sua loucura. Reuniu um grupo de oficiais fiéis a ele, que também tinham perdido as divisas e foram obrigados a abandonar as armas e, com esse bando de facínoras, organizou um sinistro grupo paramilitar que operava clandestinamente. Todos usavam seus antigos uniformes e condecorações de modo grotesco e se reuniam na antiga residência de Llewelyn, mantendo a ficção de que constituíam uma unidade secreta de elite que lutava para expulsar de seus cargos todos aqueles que tinham assinado suas ordens de expulsão. Nem é preciso dizer que Llewelyn não admitiu que foi degradado e expulso. Segundo ele e seus colaboradores, o grupo tinha se demitido para fundar uma nova ordem militar.

"Logo em seguida, seu pai começou a receber ameaças de morte contra ele e sua esposa grávida, se não entregasse o Pássaro de Fogo. Como se tratava de um assunto clandestino, Chandra precisava lidar com aquela história com extremo cuidado. Se pedisse ajuda ao exército, seu passado acabaria sendo descoberto. Não tinha alternativa senão negociar com Llewelyn e seus homens.

"Naquele clima de tensão, dois dias antes da data prevista para a inauguração da estação, e não depois, como eu tinha dito a vocês, Kylian deu à luz dois filhos gêmeos. Um menino e uma menina. Sua irmã Sheere e você, Ben.

"Uma viagem simbólica havia sido planejada para a noite de inauguração de Jheeter's Gate. O primeiro trem a cruzar a linha Calcutá-Mumbai transportaria 360 crianças sem família, uma para cada dia do ano, rumo aos orfanatos daquela cidade. Chandra fez a seguinte proposta a Llewelyn e seus homens: carregaria o Pássaro de Fogo a bordo do trem e, aproveitando uma parada técnica que ele mesmo decretaria a cinquenta quilômetros do ponto de partida, na altura de Bishnupur, os militares poderiam descarregá-lo e desaparecer com ele. Llewelyn aceitou. Chandra planejava inutilizar a máquina e desfazer-se de Llewelyn e seus homens antes que o trem apitasse pela primeira vez. Mas Llewelyn desconfiava secretamente do pacto e, portanto, ordenou aos homens que se antecipassem.

"Seu pai ordenou que os militares se apresentassem na estação, um verdadeiro labirinto que só ele conhecia e, sob o pretexto de mostrar-lhes o Pássaro de Fogo, penetrou com eles nos túneis. Llewelyn, que suspeitava de algo semelhante, tomou suas próprias precauções e, antes de ir ao encontro com o engenheiro, sequestrou sua mãe e, junto com ela, vocês dois. No momento em que Chandra se preparava para liquidar seus chantagistas, Llewelyn revelou que vocês e sua mãe estavam em seu poder e ameaçou matá-los se ele não entregasse o Pássaro de Fogo. Chandra não teve outro remédio senão concordar. Mas isso não foi suficiente para Llewelyn. Mandou que acorrentassem Chandra à locomotiva do trem para que o fizesse em pedaços ao começar a viagem. Depois disso, ali mesmo, diante dos olhos de seu pai, enfiou um punhal na garganta de Kylian a sangue-frio e pendurou-a na abóbada central da estação com uma corda, para que sangrasse lentamente. Enquanto fazia isso, avisou que abandonaria os bebês nos túneis para que fossem devorados pelas ratazanas.

"Depois de abandonar Chandra acorrentado à locomotiva, ordenou aos homens que ligassem o trem e levassem o Pássaro de Fogo. Enquanto isso, abandonou as crianças num dos túneis, onde ninguém poderia encontrá-las. No entanto, algo não saiu como planejado. Superestimando a própria inteligência, o imbecil do Llewelyn acreditou que Chandra Chatterghee ia colocar uma máquina com o poder destruidor do Pássaro de Fogo nas mãos de um assassino como ele. Chandra tinha levado suas precauções ao extremo e dotado o Pássaro de Fogo de um mecanismo secreto de relojoaria que só ele conhecia. Um mecanismo que acionaria todo o poder destruidor da máquina contra ela mesma, assim que qualquer mão estranha tentasse ligá-la.

"Quando Llewelyn e sua quadrilha de facínoras subiram a bordo, o líder do bando resolveu que, como despedida e adiantamento da vingança que pretendia impor à cidade, assim que conseguisse controlar aquela invenção mortal, incendiaria a estação para que o fogo destruísse a obra de Chanda e as vidas de todos que se reuniram para assistir à inauguração do prodígio. Assim, quando Llewelyn incendiou o Pássaro de Fogo, assinou a sentença de morte de todos os que se encontravam a bordo do trem, inclusive a sua. Cinco minutos depois, o inferno caiu sobre a estação e levou com ele os corpos e as almas de inocentes e culpados, sem exceção.

"Vocês devem estar se perguntando agora onde estão as respostas e por que menti a respeito da prisão onde Jawahal ficou detido e do motivo pelo qual seu nome nunca foi mencionado. Antes de continuar, e isso é a coisa mais importante que tenho a dizer, quero que entendam que, não importa o que se diga, Chandra era um grande homem. Um homem que amou sua esposa e que teria amado seus filhos se tivessem lhe dado essa chance. Dito isso, vou dizer a verdade...

"Quando seu pai era jovem e ficou doente com uma febre, ele não foi parar numa cabana no rio, nem foi cuidado por um jovem até ficar bom, como eu disse antes. Na verdade, seu pai foi criado numa instituição que ainda existe ao sul de Calcutá, que se chama Grant House. Vocês são muito jovens para ter ouvido falar desse nome, mas houve um tempo em que ele foi tristemente célebre. E seu pai foi enviado para Grant House depois de presenciar uma coisa terrível quando tinha apenas 6 anos. Sua mãe, uma mulher doente que se prostituía em troca de algumas esmolas miseráveis, ateou fogo ao próprio corpo diante dos olhos do filho, oferecendo-se em sacrifício à deusa Kali. Grant House, o lugar onde Chandra cresceu, era uma casa de repouso ou o que vocês hoje chamam de manicômio.

"Durante anos, ele viveu trancado nas galerias daquele lugar, sem parentes ou outros amigos que não fossem aquelas pessoas que viviam no delírio e no sofrimento. Pessoas que acreditavam ser demônios, deuses ou anjos e esqueciam o próprio nome no dia seguinte. Quando, como vocês agora, Chandra completou a idade suficiente para sair de lá, já tinha vivido uma infância de horror e da mais profunda miséria que os olhos de um homem poderiam contemplar em toda a cidade de Calcutá.

"Não é necessário dizer que nunca houve nenhum amigo sinistro que cometia crimes terríveis e nenhuma sombra na vida de seu pai: tratava-se de um parasita que tinha se infiltrado em sua mente. Foram suas próprias mãos que cometeram aqueles crimes, cuja culpa o perseguia e cuja vergonha pairava sobre ele como uma maldição.

"Somente a bondade e a luminosidade de Kylian foram capazes de curá-lo, devolvendo-lhe a capacidade de reconstruir o próprio destino. Junto a ela, escreveu os livros que vocês conhecem, projetou as obras que o tornaram imortal e conseguiu rejeitar o fantasma de uma vida dupla. Contudo, a cobiça dos homens não lhe deu nenhuma chance e aquilo que poderia ter sido uma vida feliz e próspera mergulhou de novo nas trevas. Desta vez para sempre.

"Na noite em que Lahawaj Chandra Chatterghee viu a própria esposa ser assassinada diante de seus olhos, os anos de horror de sua infância começaram a persegui-lo como cães farejadores, jogando-o novamente em seu próprio inferno. Tinha construído uma vida inteira sobre aquele pedestal que agora desmoronava. E morreu devorado pelas chamas convencido de que era o único responsável por aquela tragédia e que merecia ser castigado.

"Por esse motivo, quando Llewelyn acionou o Pássaro de Fogo e as chamas inundaram os túneis e a estação, uma sombra escura na alma de Chandra jurou voltar da morte. Voltar como um anjo de fogo. Um anjo destruidor e portador de vingança. Um anjo que encarnaria o inverso obscuro de sua própria personalidade. Vocês não são perseguidos por um assassino. Nem por um homem. É um espectro, um espírito... ou, se preferirem, um demônio.

"Seu pai sempre apreciou os quebra-cabeças, até o fim. Vocês comentaram comigo um desenho que seu amigo Michael fez do grupo todo, um retrato em que seus rostos aparecem refletidos num laguinho. A imagem refletida na água está invertida. Parece que a profecia guiou o lápis de Michael. Se escreverem o nome que a mãe dele lhe deu ao nascer, Lahawaj, o reflexo no lago devolveria outro nome: Jawahal.

"Desde aquele dia, o espírito atormentado de Jawahal vive unido à máquina infernal que ele mesmo criou e que, na hora da morte, lhe deu vida eterna como um espectro da escuridão. Ele e o Pássaro de Fogo são uma só coisa. Essa é a maldição: uma união entre espírito de ódio e máquina de destruição. Uma alma de fogo presa no interior das caldeiras desse trem em chamas. E agora, essa alma procura um novo lar.

"É por isso que está atrás de vocês, porque no momento em que chegarem à idade adulta, o espírito de Jawahal vai precisar de um dos filhos para seguir vivendo, encarnado em seu corpo, estendendo assim o seu poder para o mundo dos vivos. Somente um de vocês dois pode sobreviver. O outro, aquele em cuja alma não há lugar para o espírito de Jawahal, deve morrer para que ele possa seguir vivendo. Dezesseis anos atrás ele jurou que viria procurá-los, que vocês pertenceriam a ele. E ele sempre cumpriu suas promessas. Na vida e depois dela. É bom que saibam que, no momento em que estou revelando esses fatos, Jawahal já escolheu um dos dois para hospedar sua alma maldita. Só ele sabe quem.

"A providência quis nos dar uma oportunidade quando, há dezesseis anos, o tenente Peake conseguiu penetrar no labirinto de túneis de Jheeter's Gate e descobriu o corpo sem vida de Kylian suspenso no vazio, acima de seu próprio sangue derramado. O choro de vocês foi ouvido pelo tenente que, engolindo sua própria dor, foi atrás e conseguiu arrebatá-los do espírito de seu próprio pai. Mas ele não conseguiu ir muito longe: seus passos o trouxeram à porta de minha casa, onde os deixou e fugiu de novo.

"Quando tiver que contar essa história a sua irmã Sheere, nunca esqueça, nunca jamais, de que o espírito de vingança que voltou das chamas de Jheeter's Gate naquela noite e tirou a vida do tenente Peake quando ele tentava salvar vocês dois não era seu pai. Seu pai morreu no incêndio, entre as almas inocentes das crianças. Quem voltou do inferno para destruir-se a si mesmo e aniquilar o fruto de seu casamento, além de sua própria obra, não é mais do que um espectro. Um espírito consumido pelo demônio do rancor, do ódio e do horror que os homens semearam em seu coração. Essa é a verdade e nada, nem ninguém, poderá mudá-la.

"Se existe um Deus, ou centenas deles, peço que me perdoem pelo dano que posso causar ao narrar os fatos assim, tal e qual sucederam..."

O que posso dizer? Que palavras poderia encontrar para expressar a tristeza que li nos olhos de Ben, meu melhor amigo, naquele anoitecer de maio? A investigação do passado tinha nos dado uma lição cruel e revelado a vida como um livro no qual era preferível não voltar à página anterior; um caminho no qual não importava que direção tomássemos: nunca poderíamos escolher nosso próprio destino. E desejei já ter tomado aquele barco que ia me levar para longe de lá e que partiria no dia seguinte. A covardia se misturava dentro de mim com a dor pelo meu amigo e com o amargo sabor da verdade.

Ouvimos o relato de Aryami em silêncio e nenhum de nós ousou formular uma única pergunta, embora centenas delas borbulhassem em nossas mentes. Sabíamos que, afinal, todas as linhas de nosso destino confluíam para um único lugar, um encontro que esperava por nós inevitavelmente ao cair da noite nas trevas de Jheeter's Gate.

Quando saímos a céu aberto, as últimas luzes do dia se extinguiam numa faixa escarlate estendida sobre o azul profundo das nuvens de Bengala. Uma chuvinha miúda molhou nossos rostos enquanto caminhávamos pela linha de manobra que partia *do pátio traseiro da casa de Lahawaj Chandra Chatterghee e ia até a grande estação do outro lado do rio Hooghly, atravessando a Zona Oeste da* cidade negra.

Lembro que, pouco antes de cruzar a ponte de metal sobre o Hooghly, que conduzia diretamente à goela de Jheeter's Gate, Ben fez com que prometêssemos, com lágrimas nos olhos, que nunca, sob nenhuma circunstância, revelaríamos o que tínhamos ouvido naquela noite. Jurou que, se ficasse sabendo que Sheere tinha descoberto a verdade sobre seu pai, sobre a personalidade dupla que tinha alimentado sua vida desde a infância, pela boca de um nós, mataria o responsável com suas próprias mãos. Todos nos comprometemos a guardar segredo.

Agora só faltava uma peça para completar nossa história: a guerra...

O NOME DA MEIA-NOITE

Calcutá, 29 de maio de 1932.

A sombra do temporal precedeu a chegada da meia-noite e estendeu aos poucos um longo manto cinza sobre Calcutá, que resplandecia como um sudário ensanguentado a cada estalo da fúria elétrica que ele abrigava em seu seio. Os trovões da tempestade que se aproximava desenhavam no céu uma imensa aranha de luz, que tecia sua rede por cima da cidade. Enquanto isso, a força do vento Norte varria a neblina para o rio Hooghly e desnudava para a noite cerrada o esqueleto devastado da ponte de metal.

A silhueta de Jheeter's Gate despontou no meio da névoa fugaz. Um raio desceu do céu até a agulha da cúpula da abóbada central da estação e se dividiu numa hera de luz azul que percorreu a retícula de arcos e vigas de aço até as entranhas.

Os cinco rapazes pararam diante do umbral da ponte; apenas Ben e Roshan se adiantaram alguns passos em direção à estação. Os dois trilhos desenhavam uma reta ladeada por duas linhas prateadas que mergulhavam diretamente na boca da estação. A lua se escondeu atrás do manto de nuvens e a cidade parecia depender da luz de uma distante vela azul.

Ben examinou o percurso da ponte com cuidado, em busca de fissuras ou fendas que pudesse lançá-los bem na corrente noturna do rio, mas não se via nada além da linha resplandecente dos trilhos entre o matagal e os escombros. O vento arrastava um rumor indistinto desde a outra margem do rio. Ben olhou para Roshan, que, nervoso, examinava a goela escura da estação. Ele foi até os trilhos e abaixou-se junto deles, sem tirar os olhos de Jheeter's Gate. O rapaz pousou a palma da mão na superfície de um dos trilhos e retirou bruscamente, como se tivesse sofrido um choque elétrico.

— Está vibrando — disse, assustado. — Como se um trem estivesse se aproximando.

Ben foi até lá e apalpou a longa faixa de metal. Roshan olhou para ele, ansioso.

— É a vibração das águas do rio contra a ponte — tranquilizou-o. — Não há trem nenhum.

Seth e Michael chegaram perto, enquanto Ian se agachava para amarrar o cordão dos sapatos com um nó duplo, ritual que reservava para as ocasiões em que seus nervos estavam tensos como cabos de aço.

Ian ergueu os olhos e sorriu timidamente, sem mostrar o menor sinal do medo que todos, Ben, os outros e ele mesmo, sabiam que estava sentindo.

— Se eu fosse você, hoje faria um nó triplo — brincou Seth.

Ben sorriu e os membros presentes da Chowbar Society trocaram um olhar franco e cheio de preocupação. Um segundo depois, todos começaram a imitar Ian, reforçando os nós dos sapatos, repetindo o ritual que já tinha dado ótimos resultados para o companheiro em outros lances.

Pouco depois, formaram uma fila indiana, que começava com Ben e terminava com Roshan na retaguarda, e penetraram cautelosamente na ponte. A conselho de Seth, Ben tratou de pisar bem perto do trilho, onde a estrutura da ponte era mais sólida. À luz do dia, era muito fácil evitar as tábuas partidas e ver as áreas que tinham cedido à ação do tempo e pendiam como tobogãs para o meio do rio. À meia-noite, porém, e sob as nuvens de tempestade que se aproximavam, o percurso se transformava num bosque semeado de armadilhas, no qual tinham que avançar passo a passo, tateando o terreno.

Ainda não tinham percorrido mais do que cinquenta metros, um quarto do percurso, quando Ben parou e levantou a mão sinalizando. Seus amigos olharam para a frente sem entender. Por um instante, permaneceram em silêncio, imóveis sobre as vigas que balançavam gelatinosamente sob o embate contínuo do rio que rugia a seus pés.

— O que houve? — perguntou Roshan no final da fila. — Por que paramos?

Ben apontou para Jheeter's Gate e todos puderam ver duas artérias de fogo que abriam caminho até eles sobre os trilhos, a toda a velocidade.

— Para os lados! — gritou Ben.

Os cinco rapazes se jogaram no chão e as paredes de fogo cortaram o ar rente a eles, com a fúria de dois punhais de gás. Sua passagem produziu um intenso efeito de sucção, arrastando consigo pedaços do chão e semeando um rastro de fogo sobre a ponte.

— Está todo mundo bem? — perguntou Ian, levantando e verificando que uma parte de suas roupas soltava um vapor fumegante.

Os outros fizeram que sim em silêncio.

— Vamos aproveitar para atravessar antes que as chamas se apaguem — sugeriu Ben.

— Acho que tem alguma coisa embaixo da ponte, Ben — apontou Michael.

Os outros engoliram em seco. Um som estranho repicava sob a prancha de metal a seus pés. A visão de um par de garras arranhando a lâmina de aço se iluminou na memória de Ben.

— Não vamos ficar aqui para verificar — respondeu o jovem. — Rápido.

Os membros da Chowbar Society apressaram o passo e foram atrás de Ben serpenteando pela ponte até a extremidade, sem parar para olhar para trás. Assim que pisou de novo em terra firme, a poucos metros da entrada da estação, Ben virou e disse aos companheiros que se afastassem da rede metálica.

— O que era aquilo? — perguntou Ian às suas costas.

Ben deu de ombros.

— Olhem! — exclamou Seth. — No meio da ponte!

Todos os olhares se concentraram naquele ponto. Os trilhos estavam adquirindo uma tonalidade avermelhada que irradiava em ambas as direções com um leve halo fumegante. Ao cabo de poucos segundos, os dois trilhos começaram a envergar. Toda a estrutura da ponte começou a gotejar grossas lágrimas de metal fundido que caíam no Hooghly, produzindo violentas explosões ao encontrar a água gelada da corrente.

Os cinco rapazes assistiram paralisados ao espantoso espetáculo de uma estrutura de mais de duzentos metros derretendo diante de seus olhos, como um pedaço de manteiga numa frigideira quente. A luz âmbar do metal líquido mergulhou no rio e desenhou uma densa pincelada nos rostos dos cinco amigos. Finalmente, o vermelho incandescente deu lugar a um tom metálico opaco, sem brilho, e as duas extremidades se debruçaram sobre o rio como dois salgueiros de aço encantados na contemplação da própria imagem.

O som furioso do aço chiando na água foi se apagando lentamente. Então, os cinco amigos ouviram às suas costas a voz da antiga sirene de Jheeter's Gate, que rasgava a noite de Calcutá pela primeira vez depois de dezesseis anos. Sem dizer uma palavra, viraram e cruzaram a fronteira que os separava do fantasmagórico cenário da partida que estavam prestes a disputar.

* * *

Isobel abriu os olhos ao ouvir o grito da sirene que percorreu os túneis recordando a advertência de um bombardeio iminente. Seus pés e mãos estavam firmemente amarrados a duas longas barras de metal enferrujado. A única claridade que podia ver saía da rede de um respiradouro situado bem acima dela. O eco do apito se perdeu lentamente...

De repente, ouviu alguma coisa se arrastando até o orifício do respiradouro. Olhou para as redes de luz e viu que o retângulo de claridade escurecia e a portinhola se abria. Fechou os olhos e prendeu a respiração. Os ganchos metálicos que seguravam seus pés e mãos abriram com um estalo e ela sentiu uma mão de longos dedos segurar a base de seu pescoço e levantá-la na vertical através da portinhola. A menina não conseguiu conter um grito de terror e seu sequestrador jogou-a contra a superfície do túnel como um peso morto.

Ela abriu os olhos e contemplou uma silhueta alta e negra, imóvel diante dela. Uma figura sem rosto.

— Alguém veio buscá-la — murmurou a face invisível.
— Não podemos deixá-los esperando.

Na mesma hora, duas pupilas ardentes se iluminaram naquele rosto, fósforos acesos na escuridão. A figura agarrou seu braço, arrastando-a pelo túnel. Depois de um tempo, que para ela foram horas de agônica caminhada, Isobel vislumbrou a silhueta fantasmagórica de um trem parado nas sombras. Deixou-se arrastar até o último vagão e não opôs resistência quando foi empurrada com força para o interior, onde ficou trancada.

Tinha caído de bruços na superfície carbonizada do vagão e sentiu uma profunda pontada de dor no ventre. Um objeto tinha aberto um corte de vários centímetros. Gemeu. Ficou completamente paralisada de terror quando sentiu duas mãos agarrarem seus ombros, tentando virá-la. Gritou, girou e deu de cara com um rosto sujo e exausto, que parecia ser de um menino ainda mais assustado do que ela.

— Sou eu, Isobel — murmurou Siraj. — Não tenha medo.

Pela primeira vez em sua vida, Isobel deixou as lágrimas fluírem sem freio diante de Siraj e abraçou o corpo ossudo e débil de seu amigo.

* * *

Ben e os companheiros pararam ao pé do relógio com os ponteiros semiderretidos, que se erguia na plataforma principal de Jheeter's Gate. À sua volta, estendia-se um amplo e insondável cenário de sombras e luzes angulosas que entravam pela claraboia de aço e vidro e deixavam entrever os rastros daquela que, em seu tempo, tinha sido a mais suntuosa estação de trem jamais sonhada, uma catedral de ferro em honra ao deus das ferrovias.

Contemplando-a dali, os cinco rapazes podiam imaginar a aparência que Jheeter's Gate exibia antes da tragédia: uma majestosa abóbada luminosa sustentada por arcos invisíveis que pareciam pender do céu e cobriam filas e mais filas de plataformas alinhadas em curva, como as ondas que uma moeda produz ao cair num lago. Grandes cartazes anunciavam as chegadas e partidas dos trens. Luxuosos quiosques de metal lavrado e relevos vitorianos. Escadarias palacianas que subiam por tubos de aço e vidro até os andares superiores, criando corredores suspensos no ar. As multidões perambulando por suas salas e embarcando em longos expressos que percorreriam os quatro cantos do país... De todo aquele esplendor, restava apenas um obscuro reflexo truncado, transformado numa espécie de antecâmara do inferno que seus túneis pareciam anunciar.

Ian fitou os ponteiros do relógio, deformados pelas chamas, e tentou imaginar a magnitude do incêndio. Seth juntou-se a ele e ambos evitaram qualquer comentário.

— É melhor nos separarmos em grupos de dois para essa busca. O lugar é enorme — sugeriu Ben.

— Não acho que seja uma boa ideia — respondeu Seth, que não conseguia apagar da memória a imagem da ponte desmoronando sobre as águas.

— Além do mais, somos apenas cinco — lembrou Ian. — Quem iria sozinho?

— Eu — respondeu Ben.

Os outros olharam para ele com uma mescla de alívio e preocupação.

— Continuo achando que não é uma boa ideia — insistiu Seth.

— Ben tem razão — argumentou Michael. — Pelo que pudemos ver até agora, pouco importa se somos cinco ou cinquenta.

— Homem de poucas palavras, mas sempre animadoras... — comentou Roshan.

— Michael — sugeriu Ben —, você e Roshan poderiam verificar os andares de cima. Ian e Seth cuidariam desse andar.

Ninguém parecia disposto a discutir a repartição dos destinos, um menos atraente do que o outro.

— E você, onde vai procurar? — pergunto Ian, intuindo a resposta.

— Nos túneis.

— Com uma condição — disse Seth, tentando impor um pouco de bom senso.

Ben concordou.

— Sem heroísmos ou idiotices — explicou Seth. — O primeiro que encontrar qualquer indício de alguma coisa deve parar, marcar o lugar e voltar para buscar os outros.

— Parece razoável — concordou Ian.

Michael e Roshan concordaram satisfeitos.

— Ben? — inquiriu Seth.

— De acordo — murmurou o jovem.

— Não deu para ouvir — insistiu o outro.

— Prometido — disse Ben. — A gente se encontra aqui dentro de meia hora.

— Deus te ouça — disse Seth.

* * *

Na memória de Sheere, as últimas horas se transformaram em poucos segundos, durante os quais sua mente parecia ter sucumbido aos efeitos de uma droga poderosa que nublava seus sentidos, mergulhando-a num abismo sem fundo. Recordava vagamente os esforços inúteis para se libertar da pressão implacável da silhueta de fogo que a arrastava através de uma interminável rede de canos, mais escura que a noite fechada. Recordava também, como uma cena extraída de um episódio distante e confuso, o rosto de Ben debatendo-se no chão de uma casa cujos contornos pareciam familiares, embora ignorasse quanto tempo tinha se passado desde então. Talvez uma hora, uma semana ou um mês.

Quando recuperou a consciência de seu próprio corpo e dos ferimentos que a luta lhe deixara, Sheere compreendeu que já estava acordada havia alguns segundos e que o cenário que a cercava não fazia parte de um pesadelo. Estava no interior de um aposento longo e profundo, ladeado por duas fileiras de janelas através das quais entrava certa claridade distante que permitia adivinhar os restos do que parecia ser um estreito salão. Os esqueletos destroçados de três pequenos lustres de cristal pendiam do teto como arbustos secos. Os restos de um espelho rachado brilhavam na penumbra por trás de um balcão que sugeria a aparência de um bar de luxo. Mas um bar de luxo devorado por uma impiedosa fúria incendiária.

Tentou levantar e, ao mesmo tempo que descobria que a corrente que prendia seus punhos também estava presa a um estreito cano às suas costas, compreendeu instintivamente onde se encontrava: no interior de um trem parado nas galerias subterrâneas de Jheeter's Gate. A certeza tenebrosa de seu paradeiro caiu sobre ela como uma ducha de água gelada que a despertou da letargia que pesava sobre sua mente.

Forçou a vista e tentou encontrar, entre a massa escura de mesas caídas e escombros do incêndio, alguma ferramenta que pudesse ajudá-la a se livrar da corrente. O interior do vagão devastado não parecia conter mais do que restos carbonizados e inúteis que sobreviveram milagrosamente ao desastre. Lutou desesperada, mas não obteve nenhum resultado senão um endurecimento das correntes que a prendiam.

Dois metros diante dela, uma massa negra, que a princípio achou que fosse uma pilha de destroços, virou de repente, com a rapidez de um grande felino, antes imóvel. Um sorriso luminoso brilhou num rosto oculto pelas sombras. Seu coração deu um salto e a silhueta veio parar a menos de um palmo do seu rosto. Os olhos de Jawahal resplandeceram como brasas no vento e Sheere sentiu o cheiro ácido e penetrante de gasolina queimada.

— Bem-vinda ao que resta do meu lar, Sheere — murmurou Jawahal friamente. — É o seu nome, não?

Sheere fez que sim, paralisada pelo pavor que aquela presença lhe inspirava.

— Não deve temer nada de mim — disse Jawahal.

A menina reprimiu as lágrimas que teimavam em escapar de seu controle; não pensava em se render tão rápido. Fechou os olhos com força e respirou entrecortadamente.

— Olhe para mim quando eu estiver falando — disse Jawahal num tom que gelou seu sangue.

Sheere abriu os olhos devagar e verificou com horror que a mão de Jawahal se aproximava de seu rosto. Seus dedos longos, protegido por uma luva negra, acariciaram sua face e afastaram as mechas de cabelo caídas em sua testa com infinita delicadeza. Os olhos de seu sequestrador pareceram empalidecer por um segundo.

— Você se parece tanto com ela... — sussurrou Jawahal.

De repente, a mão se afastou como a de um animal assustado e Jawahal levantou. Sheere sentiu as correntes se soltarem às suas costas e suas mãos ficaram livres.

— Levante-se e venha comigo — ordenou ele.

Sheere obedeceu de modo dócil e deixou que Jawahal abrisse passagem. Quando a escura silhueta se adiantou um par de metros entre os escombros do vagão, ela saiu correndo na direção oposta, tão rápido quanto seus músculos dormentes permitiram. Atravessou o vagão atropeladamente, lançando-se contra a porta que dava para a pequena plataforma que ligava um vagão ao outro e ficava ao ar livre. Pousou a mão na maçaneta de aço enegrecido e girou com força. O metal cedeu como massa de modelar e, atônita, Sheere viu quando ganhou a forma de cinco dedos afilados que agarraram seu punho. Aos poucos, a lâmina da porta se dobrou sobre si mesma e se transformou numa estátua brilhante, de cujo rosto liso emergiram os traços de Jawahal. Seus joelhos amoleceram e ela caiu no chão diante dele. Jawahal levantou-a no ar e ela viu a ira contida em seus olhos.

— Não tente fugir de mim, Sheere. Logo seremos um único ser, eu e você. Não sou seu inimigo. Sou o seu futuro. Caminhe a meu lado, do contrário, eis uma amostra do que vai lhe acontecer.

Jawahal pegou no chão os restos de uma taça de cristal quebrada, fechou a mão e pressionou com força. O cristal se fundiu sob seu punho e escorreu entre os dedos em grossas gotas de vidro líquido, que caíram na superfície do vagão formando um espelho de chamas entre os escombros. Jawahal soltou Sheere, deixando-a cair a poucos centímetros do vidro fumegante.

— Agora, faça o que digo.

* * *

Seth se ajoelhou diante do que parecia uma lâmina brilhante no espaço central da estação, apalpando-a com a ponta dos dedos. O líquido estava morno, era espesso e tinha a textura do óleo.

— Venha ver isso, Ian — chamou Seth.

O jovem se aproximou e ajoelhou a seu lado. Seth exibiu os dedos impregnados daquela substância viscosa. Ian umedeceu a ponta do dedo indicador e, depois de verificar a consistência esfregando-a na ponta do polegar, cheirou a substância.

— É sangue — diagnosticou o aspirante a médico.

Seth empalideceu de repente e limpou, apressado, os dedos na perna da calça.

— Isobel? — perguntou Seth, afastando-se da poça e reprimindo a náusea que subia desde a boca de seu estômago.

— Não sei — respondeu Ian, desconcertado. — É recente ou pelo menos é o que parece.

O jovem levantou e olhou ao redor da ampla mancha escura.

— Não há marcas ao redor. Nem pegadas — murmurou.

Seth olhou para ele, sem perceber o sentido daqueles comentários.

— Quem quer que tenha perdido todo esse sangue não poderia ir muito longe sem deixar um rastro atrás de si — explicou Ian —, mesmo que estivesse sendo arrastado. Não faz sentido.

Seth avaliou a teoria do amigo e deu a volta na mancha de sangue, comprovando que não havia marcas ou vestígios partindo dali num círculo de vários metros. Os dois amigos se reuniram de novo e trocaram um olhar de espanto. Repentinamente, uma sombra de incerteza surgiu nos olhos de Ian e Seth captou no ar a ideia que acabava de cruzar a mente do amigo. Devagar, os dois ergueram a cabeça e olharam em direção à abóbada que pairava na escuridão.

Ian e Seth vasculharam as sombras no alto da grande sala e seu olhar se deteve na estrutura de uma grande aranha de vidro que pendia de seu centro. Numa das pontas, uma corda branca sustentava um corpo envolto num manto brilhante que balançava lentamente no vazio. Os dois engoliram em seco.

— Está morto? — Seth timidamente perguntou.

Ian manteve o olhar fixo na macabra descoberta e encolheu os ombros.

— Não devíamos avisar aos outros? — disse Seth nervosamente.

— Assim que verificarmos quem é — replicou Ian. — Se o sangue é dele, e tudo parece indicar que é, ainda pode estar vivo. Vamos soltá-lo.

Seth baixou os olhos. Esperava que algo do tipo acontecesse, desde o momento em que cruzaram a ponte, mas constatar que sua previsão estava certa só serviu para reforçar a náusea que dançava em sua garganta. O jovem respirou profundamente e optou por não pensar mais no assunto.

— Está bem — disse Seth, resignado. — Mas... como?

Ian examinou a parte superior da sala e percebeu que havia uma plataforma metálica que rodeava todo o seu perímetro a cerca de 15 metros de altura. De lá, partia uma ponte que ia até a aranha de vidro, apenas uma passarela, provavelmente destinada à manutenção e limpeza da estrutura.

— Subimos até a passarela e libertamos o sujeito — decidiu Ian.

— Um de nós teria que ficar aqui para receber o corpo — comentou Seth — e acho que deveria ser você.

Ian observou detidamente o companheiro.

— Tem certeza de que quer subir sozinho?

— Estou morrendo de vontade... — respondeu Seth. — Espere aqui e não se mexa.

Ian concordou e viu Seth partir em direção à escada que levava ao nível superior de Jheeter's Gate. Assim que as sombras engoliram seu amigo e o som de seus passos se afastou escada acima, ele examinou a escuridão a seu redor.

As correntes de ar que vinham dos túneis zumbiam em seus ouvidos, arrastando pequenos fragmentos de escombros pelo chão. Ian levantou os olhos de novo e tentou distinguir a figura que girava pendurada, mas não conseguiu nada. A simples ideia de que pudesse ser Isobel, Siraj ou Sheere não ousava nem se insinuar em seus pensamentos. De repente, um reflexo fugaz pareceu iluminar a superfície da poça a seus pés, mas quando Ian baixou os olhos não havia nada.

* * *

Jawahal arrastou Sheere pelo corredor fantasmagórico formado pelo trem estacionado dentro do túnel até o primeiro vagão, logo antes da locomotiva. Uma intensa luz alaranjada se infiltrava por baixo das comportas do vagão e o barulho furioso de uma caldeira rugia em seu interior. Sheere sentiu a temperatura aumentar vertiginosamente a seu redor e todos os poros de sua pele se abriram ao contato do ar ardente e abrasador que aquele lugar exalava.

— O que tem aí dentro? — perguntou Sheere assustada.

Jawahal fechou os dedos ao redor de seu braço como uma algema e puxou com força.

— A máquina de fogo — respondeu Jawahal, abrindo a porta e empurrando a moça para dentro. — Esta é a minha casa e a minha prisão. Mas tudo isso vai mudar em breve, graças a você, Sheere. Depois de todos esses anos, estamos juntos de novo. Não é o que sempre desejou?

Sheere protegeu o rosto de uma rajada de ar incandescente que a envolveu imediatamente e, por entre os dedos, observou o interior do vagão. Uma gigantesca maquinaria formada por grandes caldeiras metálicas unidas a um interminável alambique de tubos e válvulas rugia diante dela ameaçando lançar tudo pelos ares. As juntas do monstruoso engenho exalavam furiosos escapamentos de vapor e gás, cujo intenso tom de cobre revestia as paredes do vagão. Sobre uma prancha de metal, que sustentava um painel de chaves de pressão e manômetros, Sheere reconheceu uma figura lavrada em ferro representando uma águia alçando voo majestosamente entre as chamas. Sob a efígie da ave, Sheere viu umas palavras escritas num alfabeto que desconhecia.

— O Pássaro de Fogo — disse Jawahal junto dela —, meu alter ego.

— Meu pai construiu essa máquina... — murmurou Sheere. — Você não tem nenhum direito de usá-la. Não passa de um ladrão e de um assassino.

Jawahal olhou para ela pensativo e passou a língua sobre os lábios.

— Que mundo é esse que construímos onde nem mesmo os ignorantes podem ser felizes? — perguntou. — Acorde, Sheere.

A moça virou e olhou para Jawahal com todo o desprezo.

— Você o matou... — disse, lançando-lhe um intenso olhar de ódio.

Os lábios de Jawahal se encolheram numa careta silenciosa e grotesca. Segundos depois, Sheere compreendeu que ele estava rindo. Enquanto ria, Jawahal a empurrou suavemente contra a parede ardente do vagão e apontou para ela com um dedo acusador.

— Fique aí e não ouse se mexer — ordenou.

Sheere ficou olhando Jawahal se aproximar das engrenagens palpitantes do Pássaro de Fogo e viu quando pousou as palmas das mãos no metal ardente das caldeiras. Suas mãos aderiram à prancha e a moça sentiu o cheiro de pele chamuscada e o som arrepiante que a carne produzia ao queimar. Jawahal entreabriu lentamente os lábios e as nuvens de vapor que flutuavam no vagão penetraram em suas entranhas. Em seguida, ele virou e sorriu para o rosto horrorizado da jovem.

— Tem medo de brincar com fogo? Então vamos brincar de outra coisa. Não podemos decepcionar seus amigos.

Sem esperar resposta, Jawahal se afastou das caldeiras e foi para a extremidade do vagão, onde pegou um grande cesto de vime, voltando para perto de Sheere com um inquietante sorriso nos lábios.

— Sabe qual é o animal que mais se parece com o homem? — perguntou amavelmente.

Sheere negou com a cabeça.

— Vejo que a educação que sua avó lhe deu é mais pobre do que poderia supor. A ausência de um pai é irreparável...

Abriu o cesto e enfiou a mão no interior. Seus olhos tinham um brilho malicioso. Quando a retirou, a mão segurava o corpo sinuoso e brilhante de uma serpente. Uma serpente da família das áspides.

— Este é o animal que mais se parece com o homem. Ela se arrasta e muda de pele segundo as conveniências. Rouba e come as crias de outras espécies em seus próprios ninhos, mas é incapaz de enfrentá-los numa luta limpa. Sua especialidade, contudo, é aproveitar a menor oportunidade para dar a picada mortal. Só tem veneno para uma mordida e precisa de horas para a reposição, mas aquele que fica com sua marca está condenado a uma morte lenta e certeira. O veneno penetra pelas veias e o coração da vítima vai batendo cada vez mais devagar, até parar. Mesmo esta pequena besta, em sua mesquinhez, dispõe de certo gosto pela poesia, como o homem. Mas ela, ao contrário dos homens, jamais morderia seus semelhantes. Uma falha, não acha? Talvez seja por isso que acabaram servindo de diversão ambulante nas mãos de faquires e curiosos. Ainda não está à altura do rei da criação.

Jawahal aproximou o réptil de Sheere, que se espremeu contra a parede. Na mesma hora, ele começou a sorrir, satisfeito com a expressão de terror que viu em seus olhos.

— Sempre tememos aquilo que mais se parece conosco. Mas não se preocupe — tranquilizou Jawahal —, não é para você.

Em seguida, pegou uma pequena caixa de madeira e colocou a serpente lá dentro. Sheere respirou com mais calma, assim que o réptil saiu de seu campo de visão.

— O que pretende fazer com ela?

— Como disse, é para organizar um pequeno jogo — explicou Jawahal. — Hoje à noite, teremos convidados e devemos oferecer todo tipo de entretenimento.

— Que convidados? — perguntou a jovem, rezando para que Jawahal não confirmasse seus piores temores.

— Uma pergunta supérflua, querida Sheere. Guarde seu fôlego para as verdadeiras interrogações. Por exemplo: será que nossos amigos verão a luz do dia? De quanto tempo o beijo de nossa pequena amiga vai precisar para adormecer um coração jovem e saudável, transbordante de saúde aos 16 anos de idade? A retórica ensina que estas, sim, são perguntas com sentido e estrutura. Quem não sabe se expressar, Sheere, não sabe pensar. E quem não sabe pensar, está perdido.

— Essas palavras pertencem a meu pai — acusou Sheere. — Foi ele quem as escreveu.

— Então estou vendo que lemos os mesmos livros. Que melhor princípio pode existir para uma amizade eterna, minha cara Sheere?

A jovem ouviu em silêncio o pequeno discurso de Jawahal, sem tirar os olhos da caixa de madeira vermelha que escondia a serpente, imaginando seu corpo escamoso se retorcendo no interior. Jawahal ergueu as sobrancelhas.

— Muito bem — concluiu —, agora tenho que pedir desculpas por me ausentar por alguns instantes. Preciso terminar os preparativos para receber nossos convidados. Tenha paciência e espere por mim. Garanto que vai valer a pena.

Dito isso, Jawahal voltou a agarrar Sheere e a levou até uma porta aberta numa das paredes do túnel, que dava acesso a um minúsculo cubículo que em outros tempos servia de depósito para as chaves de segurança dos dispositivos de mudança de via. Empurrou a jovem para dentro e depositou a caixa a seus pés. Sheere olhou para ele, suplicante, mas Jawahal fechou a porta diante dela deixando-a na mais completa escuridão.

— Tire-me daqui, por favor — implorou.

— Vou tirá-la muito em breve, Sheere — sussurrou a voz de Jawahal do outro lado da porta. — E então, nada nem ninguém poderá nos separar.

— O que pretende fazer comigo?

— Vou viver dentro de você, Sheere. Em sua mente, em sua alma, em seu corpo — respondeu Jawahal. — Antes que amanheça, seus lábios serão os meus e seus olhos verão o que os meus virem. Amanhã, você será imortal, Sheere. Quem poderia pedir mais do que isso?

A jovem gemeu na escuridão.

— Por que está fazendo isso comigo? — perguntou suplicante.

Jawahal guardou silêncio por alguns instantes.

— Por amor, Sheere... — respondeu. — Você já conhece o ditado: sempre matamos quem mais amamos.

* * *

Depois de uma espera interminável, Seth finalmente apareceu ao lado da plataforma que rodeava a parte superior da sala. Ian suspirou aliviado.

— Onde tinha se metido? — exigiu.

Sua voz ressoou na sala, formando um estranho diálogo com o próprio eco. Suas minguadas esperanças de passar despercebido durante a busca estavam virando fumaça rapidamente.

— Não é fácil chegar até aqui — gritou Seth. — Esse lugar é o pior emaranhado de corredores e passagens escuras do mundo, depois das pirâmides do Egito. Devia agradecer por não ter me perdido.

Ian fez que sim e indicou a Seth que fosse para a passarela que levava ao coração da aranha de vidro. Seth percorreu a plataforma e parou na entrada da pequena ponte.

— Algo errado? — perguntou Ian observando seu companheiro cerca de dez metros acima dele.

Seth fez que não com a cabeça e continuou caminhando pela estreita passarela até parar de novo a dois metros do corpo que pendia da corda. Aproximou-se lentamente da beirada e se debruçou para examinar o corpo. Ian viu o rosto do companheiro ficar transtornado.

— Seth? O que houve, Seth?

Os cinco segundos seguintes transcorreram numa velocidade vertiginosa e Ian nada pôde fazer além de assistir ao terrível espetáculo que se desenrolava diante de seus olhos, registrando cada detalhe, mas sem tempo para reagir. Seth ajoelhou para desatar o nó que segurava o corpo, mas assim que pegou a corda, ela se soltou, enroscou-se em suas pernas como uma serpente, e o corpo inerte despencou no vazio. Ian viu quando a corda, livre do corpo, dava um violento puxão nas pernas de seu amigo, arrastando-o para as trevas da abóbada como uma marionete indefesa. Preso pela perna, Seth se debatia inutilmente e gritava pedindo socorro, enquanto seu corpo subia na vertical numa velocidade arrepiante e desaparecia de vista.

Ao mesmo tempo o corpo que tinha caído no vazio se estatelava no meio da poça de sangue. E Ian constatou que, por baixo do manto brilhante, havia apenas os restos de um esqueleto cujos ossos estalaram ao bater no chão, dissolvendo-se em pó. O tecido cobriu a mancha escura e absorveu todo o sangue. Ian conseguiu reagir e chegou mais perto. Examinando melhor, reconheceu o manto que entrevira tantas vezes no St. Patrick's, em suas noites de insônia, nos ombros da dama de luz que visitava seu amigo Ben em sonhos.

Levantou de novo os olhos em busca de algum rastro de Seth, mas ele tinha sido devorado pela escuridão impenetrável e não havia nenhum sinal de sua presença, exceto o eco moribundo de seus gritos percorrendo os meandros da abóbada catedralesca.

* * *

— Ouviu isso? — perguntou Roshan parando para ouvir os gritos que pareciam vir das entranhas da gigantesca estrutura.

Michael fez que sim. O eco dos gritos desapareceu no ar e os dois voltaram a mergulhar no tique-taque intermitente das gotas de chuva batendo contra a parte externa da arcada sob a qual estavam. Tinham subido até o último andar de Jheeter's Gate e, quando chegaram, descobriram o insólito espetáculo da grande estação vista do alto. As plataformas e os trilhos pareciam distantes e a trama preciosa de arcos e andares superpostos podia ser apreciada com maior precisão daquela altura.

Michael parou na beira de um parapeito metálico que pairava no vazio logo acima do grande relógio que tinham cruzado ao penetrar na estação. Graças à sua percepção pictórica pôde apreciar o efeito ótico criado pela dispersão de centenas de vigas que partiam do centro geométrico da cúpula e pareciam se perder numa curva infinita que jamais chegava ao solo. Daquele ponto de vista privilegiado, o espectador tinha a sensação de que a estação subia até o céu, traçando uma insondável torre de Babel que penetrava nas nuvens e se contorcia entre elas como uma coluna bizantina. Roshan chegou até lá e passou os olhos rapidamente pela vertiginosa visão que parecia ter enfeitiçado seu amigo.

— Vai ficar enjoado. Venha, vamos continuar.

Michael levantou a mão em sinal de protesto.

— Não, espere. Olhe aqui.

Roshan se debruçou um instante na beira do parapeito.

— Se olhar outra vez, vou cair.

Um sorriso enigmático surgiu nos lábios de Michael. Roshan observou o companheiro, imaginando o que seus olhos teriam descoberto.

— Não se deu conta, Roshan? — perguntou Michael.

O amigo negou com a cabeça.

— Explique.

— Essa estrutura — começou Michael. — Se você observar a fuga das vigas desse ponto da cúpula, vai perceber.

Roshan seguiu as indicações de Michael, mas não viu absolutamente nada.

— O que está tentando me dizer?

— É muito simples. Esta estação, toda a estrutura de Jheeter's Gate, nada mais é do que uma imensa esfera da qual só vemos a parte que emerge da superfície. A torre do relógio está situada bem na vertical do centro da cúpula, como um segmento de seu raio.

Roshan absorveu as palavras de Michael lentamente.

— Está bem. É uma maldita bola — admitiu. — Mas e daí?

— Tem ideia da dificuldade técnica que envolve a construção de uma estrutura como essa? — perguntou Michael.

Seu amigo fez de novo um não com a cabeça.

— Imagino que seja considerável — disse.

— Colossal — sentenciou Michael, desempoeirando o adjetivo que só usava para o máximo dos superlativos. — Por que motivo alguém desenharia uma estrutura como esta?

— Não tenho muita certeza de que quero saber essa resposta — replicou Roshan. — Vamos para o andar de baixo. Aqui não tem nada.

Michael concordou, ausente, e seguiu Roshan em direção à escadaria.

O meio andar inferior, que se estendia por baixo da plataforma de observação da cúpula, media apenas um metro e meio de altura e estava virtualmente inundado pelas águas infiltradas das chuvas que começaram a cair sobre Calcutá desde o início de maio. O chão, afundado em quase um palmo de água parada e apodrecida que emitia um vapor fétido e nauseabundo, estava coberto por uma massa de lodo e destroços, decompostos pela ação das infiltrações durante mais de uma década. Michael e Roshan, curvados para caber naquele espaço pequeno, avançavam com dificuldade no meio da lama que chegava aos tornozelos.

— Esse lugar é pior do que as catacumbas — comentou Roshan. — Por que diabos esse andar é tão desgraçadamente baixo? Faz séculos que as pessoas não medem mais um metro e meio.

— Provavelmente é uma área restrita — respondeu Michael. — Talvez abrigue uma parte do sistema de pesos que sustentam a abóbada. Tente não tropeçar. De repente, essa coisa toda desaba.

— Está brincando?

— Estou — devolveu ele com simplicidade.

— Essa é a terceira piada que ouço você fazer em seis anos — comentou Roshan. — E é a pior de todas.

Michael não se incomodou em responder e continuou lentamente através daquele pântano paradoxal, elevado nas alturas. O fedor das águas paradas dava voltas em seu cérebro e ele começou a pensar na possibilidade de sugerir que dessem meia-volta e descessem para o andar seguinte, pois duvidava que algo ou alguém pudesse se esconder naquele lodaçal invencível.

— Michael? — perguntou a voz de Roshan, perdida alguns metros mais atrás.

O jovem virou e viu a silhueta de Roshan encurvada junto de um trecho oblíquo de uma viga metálica.

— Michael — repetiu Roshan num tom desconcertado —, essa viga pode estar se mexendo ou é imaginação minha?

Michael supôs que o amigo também tinha respirado aqueles vapores putrefatos por tempo demais e decidiu abandonar definitivamente o lugar, quando ouviu um forte estrondo na outra extremidade daquela espécie de sótão. Os dois viraram ao mesmo tempo e olharam um para o outro. O estrondo explodiu de novo, seguido de um som de movimento e os dois jovens viram que alguma coisa avançava na direção deles em grande velocidade. Mergulhada na lama a coisa erguia à sua passagem um rastro de detritos e de água suja, que iam bater no teto baixo. Na mesma hora, os dois correram imediatamente para a porta de saída, avançando o mais rápido que podiam, agachados e lutando contra uma camada de barro e água de trinta centímetros.

Tinham percorrido apenas alguns metros, quando o objeto submerso superou os dois a toda a velocidade, descreveu uma curva fechada bem à sua frente e retornou de novo em linha reta na direção deles. Roshan e Michael se separaram e saíram correndo em direções opostas, tentando distrair a atenção da coisa que caçava os dois de maneira implacável. A criatura oculta sob o lodo se dividiu em duas metades e cada uma delas partiu numa vertiginosa perseguição atrás dos jovens.

Ofegante e perdendo o fôlego, Michael se virou por um segundo para verificar se ainda estava sendo seguido e seus pés bateram num degrau submerso na lama. Seu corpo caiu sobre a superfície barrenta e as águas fétidas o engoliram. Quando retornou e abriu os olhos irritados pela imundície, uma coluna de lama se ergueu devagar diante dele, como se fosse um vulto de chocolate derretido vertido por uma jarra invisível. Michael se arrastou no chão, mas suas mãos escorregaram e ele caiu de novo no lodo.

A figura de barro abriu dois longos braços, de cujas extremidades brotaram dedos longos que terminavam em grandes anzóis de metal. Michael assistiu aterrorizado à formação daquele sinistro Golem e viu quando uma cabeça brotou do tronco e depois um rosto, onde se destacava uma goela arrepiada de presas longas e afiadas como punhais de caça. A figura se solidificou instantaneamente e, ao secar, o barro soltou uma cortina de vapor. Michael levantou e ouviu a estrutura de lama ranger, enquanto centenas de fissuras se estendiam sobre ela. As fissuras do rosto foram aumentando lentamente e os olhos de fogo de Jawahal se acenderam sobre ele. A argila seca desmoronou num mosaico de peças infinitas. Jawahal agarrou Michael pela garganta e aproximou seu rosto do jovem.

— Era você o desenhista? — perguntou, erguendo Michael no ar.

Ele fez que sim.

— Muito bem — disse Jawahal. — Você tem sorte, filho. Hoje, verá coisas que manterão seus lápis ocupados pelo resto de sua vida. Supondo, é claro, que viva o suficiente para desenhá-las.

Roshan correu até a saída sentindo o pique da adrenalina, que corria em suas veias como um rio de gasolina acesa. Quando faltavam apenas dois metros para chegar à sua via de fuga, deu um pulo e caiu de bruços sobre a superfície limpa e livre da galeria de distribuição. Quando levantou, seu primeiro impulso foi continuar a correr até o coração saltar pela boca. O instinto aperfeiçoado nos anos anteriores ao ingresso em St. Patrick's como ladrão de rua na selva de Calcutá não tinha desaparecido.

Contudo, alguma coisa o deteve. Tinha perdido o rastro de Michael, quando se separaram no interior do meio andar e agora não ouvia nem os gritos do amigo correndo desesperadamente para salvar a vida. Roshan ignorou os avisos do bom senso e se aproximou de novo da entrada do meio andar. Não havia sinal de Michael nem da criatura que perseguia os dois. Roshan sentiu algo parecido com o impacto de um punho de aço no estômago, quando compreendeu que seu perseguidor preferira ir atrás de Michael e que era graças a isso que ele estava ali, são e salvo. Parou na porta e tratou de chamar o amigo de novo.

— Michael! — gritou com força.

Suas palavras se perderam sem resposta.

Roshan suspirou abatido, perguntando-se qual seria seu próximo passo: procurar os outros e abandonar Michael naquele lugar ou entrar para procurá-lo. Nenhuma das alternativas parecia oferecer grandes chances de sucesso, mas alguém já havia decidido por ele. Dois longos braços de lama brotaram do chão junto à porta, como dois projéteis dirigidos a seus pés. As garras se fecharam em seus tornozelos. Roshan tentou se libertar do aperto, mas os braços o empurraram com muita força e conseguiram derrubá-lo. Foi arrastado de volta para o interior do meio andar como uma criança faria com um brinquedo quebrado.

* * *

Dos cinco jovens que combinaram se reunir embaixo do relógio em meia hora, o único que compareceu ao encontro foi

Ian. Nunca a estação lhe pareceu tão deserta como naquele momento. A angústia que a incerteza sobre o destino de Seth e dos outros causava era simplesmente asfixiante. Isolado naquele lugar fantasmagórico, não era difícil imaginar que ele era o único que ainda não tinha caído nas garras de seu sinistro anfitrião.

Ian examinou a desolada estação em todas as direções, nervosamente, matutando o que fazer: esperar ali mesmo, imóvel, ou sair em busca de ajuda no meio da noite. A chuva fina que caía começava a formar pequenas goteiras que despencavam de alturas insondáveis. Ian murmurou consigo mesmo um apelo à calma para afastar da mente a ideia de que aquelas gotas que explodiam contra os trilhos eram sangue do seu amigo Seth, que balançava pendurado na escuridão.

Pela enésima vez, ergueu os olhos para a abóbada com a esperança inútil de descobrir algum indício do paradeiro de Seth. Os ponteiros do relógio exibiam seu sorriso flácido e as lentas gotas de chuva deslizavam sobre o mostrador, formando riachos brilhantes entre os números em relevo. Ian suspirou. Seus nervos estavam começando a traí-lo e ele resolveu que, se não conseguisse algum sinal imediato da presença dos amigos, penetraria sozinho na rede subterrânea seguindo as pegadas de Ben. Nenhuma ideia particularmente inteligente lhe ocorria, mas o baralho de alternativas estava mais desprovido de ases do que nunca. Foi então que ouviu o chiado de alguma coisa que se aproximava da boca de um dos túneis e respirou aliviado: não estava sozinho.

Aproximou-se da extremidade da plataforma e examinou a forma incerta que surgia sob a moldura do túnel. Um arrepio incômodo percorreu sua nuca. Um vagão se aproximava devagar, impulsionado pela inércia. Em cima dele, via-se uma cadeira, e nela, imóvel, uma silhueta com a cabeça oculta por um capuz. Ian engoliu em seco. O vagão desfilou lentamente diante dele até parar por completo, Ele ficou pregado no chão observando a figura imóvel e surpreendeu-se ao dar voz, trêmulo, à suspeita que abrigava no coração.

— Seth? — gemeu.

A figura sentada na cadeira não moveu um músculo. Ian foi até a ponta do vagão e subiu. Não havia o menor sinal de movimento por parte de seu ocupante. Percorreu com lentidão aflitiva a distância que os separava e parou a alguns centímetros da cadeira.

— Seth? — murmurou de novo.

Um som estranho emergiu do capuz, parecido com um ranger de dentes. Ian sentiu o estômago encolher até ficar do tamanho de uma bola de críquete. O som amortecido se fez ouvir novamente. Pegou o capuz e contou mentalmente até três. Em seguida, fechou os olhou e puxou.

Quando abriu de novo, deu de cara com um rosto sorridente e histriônico, com um olhar esbugalhado. O capuz caiu de sua mão. Era um boneco de rosto branco como porcelana e com os olhos cobertos por duas grandes manchas negras. O vértice inferior de uma delas escorria pelo rosto como uma lágrima de alcatrão.

O boneco rangeu os dentes de modo mecânico. Ian examinou a grotesca figura de arlequim de circo ambulante e tentou descobrir o que se ocultava por trás daquela excêntrica manobra. Cauteloso, estendeu a mão até o rosto do boneco e tentou examiná-lo em busca do mecanismo que parecia garantir seus movimentos.

Com rapidez felina, o braço direito do autômato caiu sobre o seu e, antes que conseguisse reagir, Ian viu que seu punho esquerdo estava preso por um dos anéis de um par de algemas. O outro anel rodeava o braço do boneco. O jovem puxou com toda a força, mas o boneco estava preso no vagão e se limitou a ranger os dentes de novo. Debateu-se desesperadamente e, quando compreendeu que não ia conseguir se livrar das algemas sozinho, o vagão já tinha começado a andar: mas dessa vez caminhava diretamente para a boca escura do túnel.

* * *

Ben parou na encruzilhada de dois túneis e, por um segundo, avaliou a possibilidade de já ter passado por ali anteriormente. Desde o momento em que tinha entrado em Jheeter's Gate, aquela era uma sensação recorrente e muito inquietante. Tirou um dos fósforos que estava economizando de maneira espartana e acendeu, arranhando a ponta na parede de maneira suave. A fraca penumbra a seu redor ganhou cor com a cálida luz da chama. Ben examinou a junção do túnel sulcado pelos trilhos com o amplo respiradouro que o atravessava perpendicularmente.

Uma rajada de ar poeirento apagou a chama do fósforo e Ben retornou àquele mundo de penumbras no qual, por mais que andasse numa ou outra direção, não chegaria a parte alguma. Começou a achar que talvez estivesse perdido e que, se insistisse em continuar penetrando naquele complexo mundo subterrâneo, podia levar horas, talvez dias, para voltar a sair. Seu bom senso aconselhava a prudência de refazer seus passos e voltar na direção da seção principal da estação. Por mais que tentasse visualizar mentalmente o labirinto de túneis e o emaranhado sistema de ventilação e intercomunicação entre as galerias adjacentes, não conseguia evitar a suspeita absurda de que aquele lugar se movia a seu redor; encadear novos caminhos na escuridão só o levaria de volta ao ponto de partida.

Resolvido a não se deixar enganar pela confusa rede de galerias, deu meia-volta e apressou o passo, imaginando que o prazo combinado para se reunirem de novo sob o relógio da estação já podia ter se esgotado. Enquanto perambulava pelos corredores intermináveis de Jheeter's Gate, fantasiou que talvez existisse uma estranha lei da física demonstrando que, na ausência da luz, o tempo corria mais depressa.

Ben já estava com a sensação de ter percorrido milhas inteiras na escuridão, quando a claridade diáfana que emanava do espaço aberto embaixo da grande cúpula de Jheeter's Gate surgiu na extremidade da galeria. Respirou aliviado e correu para a luz com a certeza de ter escapado do pesadelo do labirinto depois de uma interminável peregrinação.

Mas quando por fim atravessou a boca do túnel e penetrou no estreito canal que se estendia entre duas plataformas confinantes, sua injeção de otimismo passou e uma nova sombra de preocupação se abateu sobre ele. A estação parecia desolada e não havia nenhum sinal dos outros membros da Chowbar Society.

Deu um salto para subir na plataforma e percorreu os quase cinquenta metros que o separavam da torre do relógio, tendo como única companhia o eco de seus próprios passos e o barulho ameaçador da tempestade elétrica. Deu a volta na torre e parou embaixo do grande mostrador com seus ponteiros deformados. Não precisava de relógio para saber que o prazo estabelecido com os companheiros para que se encontrassem naquele ponto já tinha sido bastante ultrapassado.

Encostado na parede de ladrilhos enegrecidos da torre, constatou que sua ideia de separar o grupo em prol de uma

uma busca mais eficiente não tinha dado os frutos esperados. A única diferença entre aquele instante e o momento em que tinha atravessado o umbral de Jheeter's Gate era que agora estava sozinho: além de Sheere, tinha perdido também os outros companheiros.

A tempestade lançou um rugido furioso, como se uma dentada tivesse partido o céu ao meio. Ben resolveu começar a procurar seus amigos. Pouco importava se precisasse de uma semana ou um mês para encontrar seu paradeiro: diante das cartas recebidas, aquela era a única jogada possível. Foi até a plataforma central, na direção da ala traseira de Jheeter's Gate, onde ficavam as antigas oficinas, as salas de espera e a pequena cidadela de bazares, cafeterias e restaurantes carbonizados depois de apenas alguns minutos de vida útil. Foi então que viu um manto brilhante caído no chão no interior de uma das áreas de espera. Sua memória recordou que na última vez que tinha visto aquele lugar, antes de penetrar nos túneis, aquele pedaço de tecido acetinado não estava lá. Apressou o passo e, caminhando nervosamente, não percebeu que alguém esperava por ele nas sombras, imóvel.

Ben ajoelhou diante do manto e tocou-o com mão vacilante. O tecido estava impregnado de um líquido escuro e morno, cujo tato parecia vagamente familiar e produzia uma repugnância instintiva. Sob o manto se adivinhavam as formas do que Ben achou que seriam pedaços soltos de algum objeto. Pegou sua caixa de fósforos disposto a gastar mais um para examinar melhor a descoberta, mas viu que só restava um último. Resignado, resolveu guardá-lo para melhor ocasião e forçou os olhos, tentando reunir o maior número de detalhes que pudessem se transformar numa pista sobre o paradeiro de seus amigos.

— Contemplar o próprio sangue derramado é uma grande experiência, não é mesmo, Ben? — disse Jawahal às suas costas. — O sangue de sua mãe, assim como eu, não encontra descanso.

Ben sentiu as mãos tremerem incontrolavelmente e virou-se devagar. Jawahal repousava sentado na extremidade de um banco de metal: um sinistro rei das sombras em seu trono erguido entre escombros e destruição.

— Não vai perguntar onde estão seus amigos, Ben? — provocou Jawahal. — Talvez tenha medo de obter uma resposta pouco animadora.

— E você responderia se eu perguntasse? — replicou o jovem, imóvel junto ao manto ensanguentado.

— Talvez — sorriu Jawahal.

Ben evitou ficar mirando nos olhos hipnóticos de Jawahal e, sobretudo, tratou de afastar da mente a ideia absurda que parecia gritar dentro de seu cérebro, tentando convencê-lo de que aquela sombra funesta com a qual conversava num cenário roubado do próprio inferno era seu pai, ou o que restava dele.

— Assaltado pela dúvida, Ben? — perguntou Jawahal, que parecia apreciar a conversação.

— Você não é meu pai. Ele nunca faria mal a Sheere — provocou Ben nervosamente.

— Quem disse que pretendo fazer mal a ela?

Ben ergueu as sobrancelhas e viu Jawahal estender a mão coberta pela luva e pousá-la sobre o sangue que estava a seus pés. Em seguida, ergueu os dedos empapados e espalmou o sangue pelo próprio rosto anguloso.

— Certa noite, muitos anos atrás, Ben — disse Jawahal —, a mulher cujo sangue foi derramado aqui foi mesmo minha esposa e mãe dos meus filhos, um dos quais tinha o mesmo nome que você. É curioso pensar como às vezes as lembranças se transformam em pesadelos. Ainda sinto falta dela. Está surpreso? Quem você pensa que é seu pai, esse homem que vive nas minhas lembranças ou esta sombra sem vida bem aqui à sua frente? E o que faz você pensar que existe alguma diferença entre os dois?

— A diferença é óbvia — replicou Ben. — Meu pai era um homem bom. Você não passa de um assassino.

Jawahal abaixou a cabeça e concordou lentamente. Ben virou de costas.

— Nosso tempo se esgotou — disse Jawahal. — Chegou a hora de enfrentarmos o nosso destino. Cada um o seu. Agora já somos adultos, não é? Sabe qual é o significado da maturidade, Ben? Deixe que seu pai lhe explique. Maturidade nada mais é que o processo de descobrir que tudo aquilo em que você acreditava quando era jovem é falso, e que, por outro lado, tudo o que rejeitava na juventude é verdadeiro. E você, quando pretende amadurecer, meu filho?

— Sua filosofia não me interessa — devolveu o jovem com desprezo.

— O tempo fará com que se lembre dela, filho.

Ben virou para contemplar Jawahal com ódio.

— O que você quer, afinal? — exigiu.

— Quero cumprir uma promessa, a promessa que mantém viva a minha chama.

— E qual é? — perguntou Ben. — Cometer mais um crime? Essa será a sua façanha de despedida?

Jawahal baixou os olhos pacientemente.

— A diferença entre um crime e uma façanha costuma depender da perspectiva do observador, Ben. Minha promessa é simplesmente encontrar um novo lar para minha alma. E quem vai me proporcionar esse lar são vocês. Meus filhos.

Ben apertou os dentes e sentiu o sangue ferver em suas têmporas.

— Você não é meu pai — disse com serenidade. — E se alguma vez o foi, tenho vergonha disso.

Jawahal sorriu paternalmente.

— Existem duas coisas na vida que a gente não pode escolher, Ben. A primeira são os inimigos. A segunda, a família. Às vezes a diferença entre uns e outros é difícil de ver, mas o tempo ensina que, afinal de contas, suas cartas sempre poderiam ter sido piores. A vida, meu filho, é como a primeira partida de xadrez: quando você começa a entender como as peças se movem, já perdeu a partida.

Ben se lançou repentinamente contra Jawahal com toda a força da raiva reprimida. Jawahal ficou imóvel na extremidade do banco e, quando o jovem atravessou seu corpo, sua imagem desapareceu no ar numa escultura móvel de fumaça. Ben caiu no chão e sentiu que um dos parafusos enferrujados que despontavam embaixo do banco abria um corte em sua testa.

— Uma das coisas que vai aprender rapidamente — disse a voz de Jawahal às suas costas — é que, antes de combater seu inimigo, deve tentar saber como ele pensa.

Ben limpou o sangue que escorria em seu rosto e virou-se em busca daquela voz na penumbra. A silhueta de Jawahal se recortava claramente, sentada no extremo oposto do mesmo banco. Durante alguns segundos, o jovem teve a desconcertante sensação de quem tenta atravessar um espelho e é vítima de um diabólico truque de geometria bizantina.

— Nada é o que parece — disse Jawahal. — Já devia ter percebido isso nos túneis. Quando desenhei esse lugar, escondi várias surpresas que só eu conheço. Gosta de matemática, Ben? A matemática é a religião de quem tem cérebro. É por isso que tem tão poucos adeptos. É uma pena saber que você e seus ingênuos companheiros nunca vão sair daqui, pois poderiam revelar ao mundo alguns dos mistérios que esta estrutura esconde e, com um pouco de sorte, obteriam os mesmos enganos, invejas e desprezos que seu inventor colecionou na vida.

— O ódio deixou você cego, cego há muito tempo.

— A única coisa que o ódio fez comigo — replicou Jawahal — foi abrir meus olhos. E agora é melhor que abra também os seus, pois embora ache que não passo de um simples assassino, logo verá que lhe darei uma oportunidade de salvação, assim como para seus amigos. Uma coisa que eu nunca tive.

A imagem de Jawahal se levantou e veio até onde estava Ben. O jovem engoliu em seco e preparou-se para sair correndo. Jawahal parou a dois metros dele, cruzou devagar as mãos e fez uma pequena reverência.

— Gostei muito da nossa conversa, Ben — disse amavelmente. — Agora, prepare-se e trate de procurar por mim.

Antes que Ben pudesse articular uma única palavra ou mover um músculo, a silhueta de Jawahal se desfez num torvelinho de fogo e voou numa velocidade espantosa através da abóbada da estação, descrevendo um arco de chamas. Ao cabo de alguns segundos, o raio de fogo mergulhou nos túneis como uma flecha ardente, deixando atrás de si uma guirlanda de brasas incandescentes que iam se apagando na escuridão, indicando a Ben o caminho de seu destino.

Ben dirigiu uma última olhada ao manto ensanguentado e penetrou de novo nos túneis com a certeza de que, dessa vez, qualquer que fosse o caminho escolhido, todas as galerias levariam a um mesmo ponto.

* * *

A silhueta do trem emergiu das trevas. Ben contemplou o interminável comboio de vagões que exibiam as cicatrizes das chamas e, por um momento, teve a impressão de estar diante do cadáver de uma gigantesca serpente mecânica fugida da diabólica imaginação de Jawahal. Mas bastou que se aproximasse para reconhecer o trem que tinha visto, algumas noites antes, envolto em chamas, atravessando as paredes do orfanato e transportando em seu interior centenas de crianças que lutavam para escapar daquele inferno perpétuo. O trem jazia inerte e escuro, sem indício algum que fizesse supor que seus companheiros poderiam estar lá dentro.

No entanto, alguma coisa em seu coração dizia exatamente o contrário. Deixou a locomotiva para trás e percorreu vagarosamente os vagões em busca dos amigos. No meio do percurso, parou para olhar às costas e verificou que a cabeça do trem já tinha desaparecido engolida pelas sombras. Quando ia retomar seu caminho, percebeu que um rosto pálido e mortiço o observava de uma das janelas do vagão mais próximo.

Ben virou a cabeça bruscamente e sentiu seu coração dar um salto dentro do peito. Um menino de não mais de 7 anos olhava atento para ele, os profundos olhos negros cravados nos seus. Engoliu em seco e avançou um passo na direção dele. O menino abriu os lábios e as chamas que surgiram entre eles queimaram sua imagem como uma folha de papel seco que se desfez diante de seus olhos. Ben sentiu um frio glacial na nuca e continuou andando, ignorando o arrepiante murmúrio de vozes que pareciam vir de algum lugar escondido nas entranhas do trem.

    Chegou por fim ao último vagão. Foi até a porta de entrada e girou a maçaneta. A luz de centenas de velas brilhava no interior do vagão. Ben entrou e os rostos de Isobel, Ian, Seth, Michael, Siraj e Roshan se iluminaram de esperança. Ben suspirou aliviado.

    — Agora já estamos todos reunidos. Creio que é hora de começar o jogo — disse uma voz familiar junto dele.

    O jovem virou-se devagar. Os braços de Jawahal rodeavam o corpo de sua irmã Sheere. A porta do vagão fechou-se hermeticamente como uma comporta encouraçada e Jawahal soltou Sheere. A menina correu para Ben e ele a abraçou.

    — Você está bem? — perguntou ele.

    — Claro que está bem — replicou Jawahal.

    — E vocês, estão todos bem? — perguntou Ben aos membros da Chowbar Society, que permaneciam amarrados no chão, ignorando Jawahal.

    — Perfeitamente — confirmou Ian.

    Os dois trocaram um olhar que falava mais do que mil palavras. Ben assentiu.

    — E se exibem alguns arranhões — apressou-se a esclarecer Jawahal —, foram causados por incompetência própria.

    Ben se virou para Jawahal e afastou Sheere para o lado.

    — Diga de modo claro o que deseja.

    Jawahal fez uma careta de estranheza.

    — Nervoso, Ben? Com pressa de acabar com isso? Esperei 16 anos por este momento e posso esperar mais um minuto. Sobretudo depois que eu e Sheere começamos a aproveitar nossa nova relação.

A ideia de que Jawahal tivesse revelado sua identidade a Sheere pendia sobre a cabeça de Ben como a espada de Dâmocles. Jawahal parecia ler sua mente e se divertir com a situação.

— Não dê ouvidos a ele, Ben — disse Sheere. — Esse homem matou nosso pai. Tudo que disser, tudo que pretende nos fazer acreditar, não vale mais do que a sujeira que cobre esse buraco.

— Duras palavras para dizer sobre um amigo — comentou, paciente, Jawahal.

— Preferia morrer do que ser sua amiga...

— Nossa amizade, Sheere, é questão de tempo — murmurou Jawahal.

O sorriso tranquilo de Jawahal desapareceu de repente. A um gesto de sua mão, Sheere saiu voando e bateu na outra extremidade do vagão, projetada por um aríete invisível.

— Trate de descansar. Dentro em breve estaremos juntos para sempre...

Sheere bateu contra a parede de metal e caiu no chão, inconsciente. Ben tentou ir atrás, mas uma pressão férrea de Jawahal o deteve.

— Você não vai a parte alguma — disse Jawahal, e depois, passando um olhar gelado sobre os outros, acrescentou: — O primeiro que tiver algo a dizer terá seus lábios selados pelo fogo.

— Solte-me! — gemeu Ben, sentindo que a mão que agarrava seu pescoço estava prestes a desconjuntar suas vértebras.

Jawahal o soltou de imediato e Ben desmoronou no chão.

— Levante e preste bem atenção — ordenou Jawahal. — Pelo que sei, vocês formam uma espécie de fraternidade e juraram ajudar e proteger uns aos outros até a morte, certo?

— Certo — disse Siraj sentado no chão.

Um punho invisível golpeou seu rosto, derrubando-o como um boneco de trapos.

— Não lhe perguntei nada, menino — disse Jawahal. — E então, Ben, pretende responder ou prefere que faça uma experiência com a asma de seu amigo?

— Deixe-o em paz. É verdade — respondeu Ben.

— Muito bem. Então permita que o felicite pelo maravilhoso trabalho que realizou trazendo todos os seus amigos para cá. Proteção de primeira classe...

— Disse que nos concederia uma oportunidade — lembrou Ben.

— Sei muito bem o que disse. Que valor tem para você a vida de cada um de seus amigos, Ben?

O jovem empalideceu.

— Não entendeu a pergunta ou prefere que descubra a resposta de outro modo?

— O mesmo valor que a minha.

Jawahal sorriu languidamente.

— Acho difícil de acreditar — afirmou.

— O que você acredita ou não, não me importa nem um pouco.

— Então vamos verificar se suas belas palavras correspondem à realidade, Ben — comentou Jawahal. — Eis o trato. Vocês são sete. Sheere não conta, ela está fora desse jogo. Para cada um de vocês sete, existe uma caixa fechada que contém... um mistério.

Jawahal apontou para uma fileira de caixas de madeira pintadas em cores diferentes, alinhadas uma ao lado da outra como um fila de caixinhas de correio.

— Cada uma delas tem um orifício na parte da frente que permite que se enfie a mão, mas não que a retire depois de alguns segundos. É como uma pequena armadilha para curiosos. Imagine que cada uma dessas caixas contém a vida de um de seus amigos, Ben. De fato, é isso mesmo, pois cada uma tem uma pequena placa de madeira com o nome de um de vocês. Você pode enfiar a mão e retirá-la. Para cada caixa em que enfiar a mão e extrair esse salvo-conduto, libertarei um de seus amigos. Porém... é claro que existe um risco. Uma das caixas, em vez da vida, contém a morte.

— O que quer dizer com isso? — perguntou Ben.

— Alguma vez já viu a serpente áspide, Ben? Um animalzinho de temperamento volúvel. Conhece alguma coisa sobre serpentes?

— Sei o que é uma áspide — replicou Ben, sentindo seus joelhos fraquejarem.

— Então vou poupá-lo dos detalhes. Basta saber que uma das caixas esconde uma áspide.

— Não faça isso, Ben — disse Ian.

Jawahal lançou um olhar malicioso.

— Estou esperando, Ben. Acho que ninguém ofereceria um pacto mais generoso em toda a cidade de Calcutá. Sete vidas e uma única possibilidade de erro.

— Como vou saber que não está mentindo? — perguntou Ben.

Jawahal levantou um longo indicador e negou vagarosamente com a cabeça diante do rosto de Ben.

— Mentir é uma das poucas coisas que não faço, Ben. Você sabe disso. Agora é hora de decidir ou, se não tem coragem suficiente para enfrentar o jogo e demonstrar que gosta tanto de seus amigos quanto quer que a gente pense, diga de uma vez e passaremos a bola para alguém mais raçudo.

Ben sustentou o olhar de Jawahal e por fim concordou.

— Não, Ben — repetiu Ian.

— Diga a seu amigo que cale a boca, Ben — ordenou Jawahal —, ou eu mesmo o farei.

O jovem dirigiu um olhar suplicante a Ian.

— Não torne as coisas ainda mais difíceis, Ian.

— Ian tem razão — disse Isobel. — Se ele quer nos matar, que ele mesmo o faça. Não se deixe enganar.

Ben levantou a mão pedindo silêncio e encarou Jawahal.

— Tenho a sua palavra?

Jawahal olhou para ele demoradamente e, por fim, disse sim.

— Chega de perder tempo — concluiu Ben caminhando para a fila de caixas que esperavam por ele.

* * *

Ben contemplou detidamente as sete caixas de madeira pintadas de cores diferentes e tentou imaginar em qual delas Jawahal poderia ter colocado a serpente. Tentar decifrar o sistema usado para dispor as caixas era como tentar reconstruir um quebra-cabeça sem conhecer a imagem que formava. A serpente podia estar numa das caixas da extremidade ou nas centrais, entre as que tinham uma cor viva ou na que exibia uma brilhante capa negra. Qualquer suposição era arbitrária e sua mente foi ocupada por um branco diante da decisão imediata que tinha que tomar.

— A primeira é a mais difícil — sussurrou Jawahal. — Escolha sem pensar.

Ben examinou seu olhar insondável e não conseguiu ver nada além do reflexo de seu próprio rosto, pálido e assustado.

Contou mentalmente até três, fechou os olhos e enfiou a mão numa das caixas num gesto brusco. Os dois segundos seguintes foram intermináveis. Ben esperava sentir o contato áspero de um corpo escamoso e a mordida letal das presas da serpente. Nada disso aconteceu: depois de um momento de espera agoniante, seus dedos apalparam uma placa de madeira e Jawahal esboçou um sorriso esportivo.

— Boa escolha. O negro. A cor do futuro.

Ben retirou a plaquinha e leu o nome que estava escrito nela. Siraj. Indagou Jawahal com os olhos e ele fez que sim. Deu para ouvir claramente o estalo das algemas que prendiam seu frágil amigo.

— Siraj — ordenou Ben —, salte deste trem e suma daqui.

Siraj esfregou os punhos doloridos e olhou para os companheiros, abatido.

— Não tenho a menor intenção de sair daqui — respondeu.

— É melhor obedecer, Siraj — disse Ian tentando controlar o tom de sua voz.

Siraj negou com a cabeça e Isobel sorriu para ele debilmente.

— Vá embora, Siraj — suplicou a jovem. — Faça isso por mim.

Siraj vacilou, desconcertado.

— Não temos a noite inteira — disse Jawahal. — Ou vai ou fica. Só os idiotas desprezam a sorte. E essa noite você esgotou sua cota de sorte para o resto da vida.

— Siraj! — ordenou Ben de maneira categórica. — Vá, agora! Por favor, me ajude.

Siraj deu uma olhada desesperada para Ben, mas seu amigo não cedeu um milímetro em sua expressão severa e imperativa. Por fim, o jovem concordou, cabisbaixo, e caminhou até a comporta do vagão.

— Não pare até chegar ao rio — ordenou Jawahal —, do contrário, vai se arrepender.

— Ele não vai parar — respondeu Ben pelo amigo.

— Vou esperar vocês — gemeu Siraj da escada do vagão.

— Até breve, Siraj — disse Ben. — Agora ande.

Os passos do jovem se afastaram pelo túnel e Jawahal ergueu as sobrancelhas indicando que o jogo precisava continuar.

— Cumpri minha promessa, Ben. Agora é a sua vez de novo. Tem menos caixas, é mais fácil escolher. Decida-se depressa e salvará a vida de outro amigo.

Ben pousou os olhos na caixa que ficava logo depois da que tinha escolhido. Era tão boa quanto qualquer outra. Lentamente, estendeu a mão para ela e parou a um centímetro da abertura.

— Tem certeza, Ben? — perguntou Jawahal.

O jovem olhou para ele, exasperado.

— Pense duas vezes. Sua primeira escolha foi perfeita, não vá estragar tudo agora.

Ben esboçou um sorriso de desprezo e, sem tirar os olhos de Jawahal, enfiou a mão na caixa que tinha escolhido. As pupilas de Jawahal se contraíram como as de um felino faminto. Ben retirou a plaquinha e leu o nome.

— Seth — indicou. — Saia daqui.

As algemas de Seth se abriram no mesmo instante e o jovem levantou, nervoso.

— Não estou gostando nada disso, Ben — disse ele.

— Pois eu estou gostando menos ainda — replicou Ben. — Saia daqui e garanta que Siraj não vá se perder.

Seth concordou gravemente, consciente de que qualquer alternativa que não fosse seguir as instruções de Ben colocaria a vida de todos em perigo: deu um olhar de despedida aos amigos e caminhou para a porta. Uma vez lá, virou-se e olhou de novo para os membros da Chowbar Society.

— Vamos sair dessa, combinado?

Os amigos concordaram com tanta vontade quanto a lei das probabilidades recomendava.

— E quanto a você — disse Seth apontando a Jawahal —, não passa de um monte de esterco.

Jawahal lambeu os lábios e concordou.

— É fácil ser um herói quando se bota o pé no mundo deixando os amigos abandonados a uma morte certa, não é verdade, Seth? Pode me insultar de novo, se quiser, meu rapaz. Não vou fazer nada contra você. Com certeza a lembrança desta noite vai ajudá-lo a dormir melhor, quando vários dos que estão aqui já estiverem servindo de alimento para os vermes. Sempre poderá contar para todo mundo que você, o valente Seth, insultou o vilão, não é? Mas lá no fundo, eu e você sabemos que não é bem assim, não sabemos, Seth?

O rosto de Seth ardeu de tanta raiva e uma sombra de ódio cego toldou os seus olhos. O jovem começou a caminhar em direção a Jawahal, mas Ben se colocou no meio violentamente e conseguiu detê-lo.

— Por favor, Seth — murmurou em seu ouvido. — Vá embora agora. Por favor.

Seth dirigiu um último olhar a Ben e fez que sim, apertando seu braço com força. Ben esperou que o jovem descesse do vagão e encarou de novo Jawahal.

— Isso não estava no trato — recriminou Ben. — Não pretendo continuar se você não prometer que vai parar de atormentar meus amigos.

— Vai continuar gostando ou não. Não tem alternativa. Mas como demonstração de boa vontade, guardarei para mim os comentários sobre seus amigos. E agora, continue.

Ben observou as cinco caixas restantes e parou o olhar sobre a que se encontrava na ponta direita. Sem mais rodeios, enfiou a mão e apalpou o interior. Uma nova plaquinha. Ben respirou profundamente e ouviu o suspiro de alívio dos amigos.

— Um anjo vela por você, Ben — disse Jawahal. O jovem leu o retângulo de madeira.

— Isobel.

— A dama tem sorte — comentou Jawahal.

— Cale-se — murmurou Ben, farto dos comentários com que Jawahal se deliciava com cada novo passo daquele jogo macabro. — Até breve, Isobel — disse.

A moça levantou e passou diante dos companheiros com o olhar baixo e arrastando cada passo, como se seus pés estivessem grudados no chão.

— Não tem nem uma palavra a dizer a Michael, Isobel? — perguntou Jawahal.

— Pare com isso — pediu Ben. — O que pretende obter com tudo isso?

— Escolha outra caixa — respondeu Jawahal. — Assim verá o que pretendo obter.

Isobel desceu do vagão e Ben embaralhou mentalmente as quatro caixas restantes.

— Já resolveu, Ben? — perguntou Jawahal.

O jovem fez que sim e parou diante da caixa pintada de vermelho.

— Vermelho. A cor da paixão — comentou Jawahal. — E do fogo. Vamos, Ben. Acho que hoje a noite é sua.

* * *

Sheere entreabriu os olhos e viu que Ben se aproximava da caixa vermelha com o braço estendido. Uma pontada de pânico percorreu seu corpo. A jovem se levantou bruscamente e correu para Ben com todas as suas forças. Não podia permitir que seu irmão enfiasse a mão naquela caixa. As vidas daqueles rapazes não tinham nenhum valor para Jawahal. Para ele, não eram mais do que coringas para levar Ben à autodestruição. Jawahal precisava que o jovem lhe servisse a própria morte de bandeja, para limpar seu caminho. Assim aquele espectro maldito encarnaria nela e sairia daqueles túneis como um ser de carne e osso. Um ser jovem que o traria de volta ao mundo das pessoas que desejava destruir.

Antes mesmo de mover um único músculo, Sheere compreendeu que só lhe restava uma alternativa, uma única peça capaz de desmontar o complexo quebra-cabeça que Jawahal armara em torno deles. Só ela poderia alterar o rumo dos acontecimentos, fazendo a única coisa em todo o universo que Jawahal não tinha previsto.

Os instantes seguintes ficaram gravados em sua mente com a precisão de uma coleção de estampas detalhadas com cuidado.

Sheere percorreu vertiginosamente os seis metros que a separavam do irmão, desviando dos três membros restantes da Chowbar Society, que continuavam presos. Ben virou-se devagar e seu primeiro gesto de perplexidade e surpresa se transformou numa careta de horror ao ver que Jawahal levantava e cada dedo de sua mão direita se acendia em chamas, formando uma garra de fogo. Sheere ouviu o grito de Ben se perder num eco distante e se chocou contra ele, derrubando-o e afastando sua mão da abertura da caixa vermelha. Ben caiu no chão do vagão e Sheere viu a silhueta fantasmagórica de Jawahal se erguer diante dela e estender a garra incandescente para seu rosto. Cravou os olhos naquele assassino e leu a negativa desesperada que começava a se desenhar em seus lábios. Teve a impressão de que o tempo parava a seu redor como um velho carrossel quebrado.

Décimos de segundos depois, a mão de Sheere atravessava a abertura da caixa escarlate. Sentiu as lâminas da escotilha se fecharem sobre seu punho como uma flor envenenada. Ben gritou a seus pés e o punho incandescente de Jawahal se fechou diante de seu rosto. Mas Sheere sorriu triunfante e, de repente, sentiu o beijo mortal da serpente e o clique ardente do veneno acendendo o sangue que corria em suas veias como um fósforo num rastro de gasolina.

* * *

Ben apertou a irmã nos braços e arrancou sua mão da caixa vermelha, mas já era tarde demais. Duas pequenas marcas de sangue brilhavam na pele pálida da parte interna do punho. Sheere sorriu para ele e seu corpo bambeou.

— Já estou bem — murmurou a jovem, mas antes que conseguisse acabar de pronunciar a última sílaba, suas pernas cederam a uma sacudidela invisível e ela desmoronou sobre Ben.

— Sheere! — gritou ele.

Sentiu que uma sensação de náusea indescritível se apoderava de todo o seu ser e que as forças pareciam escapar de seu corpo, como o tempo numa ampulheta. Segurou Sheere e acomodou-a no colo, acariciando seu rosto.

Sheere reabriu os olhos e sorriu debilmente. Seu rosto estava branco como cal.

— Não está doendo, Ben — gemeu ela.

O jovem recebeu cada palavra como um pontapé no estômago e levantou os olhos em busca de Jawahal. O espectro contemplava a cena imóvel e seu rosto era impenetrável. Os olhos dos dois se encontraram.

— Não foi o que planejei, Ben — disse Jawahal. — Isso vai tornar as coisas bem mais difíceis.

Ben sentiu o ódio crescer dentro dele; como uma fenda gigantesca, ele dividia sua alma em duas.

— Você é um assassino asqueroso — murmurou entredentes.

Jawahal deu uma última olhada em Sheere, que tremia nos braços de Ben, e balançou a cabeça. Seus pensamentos pareciam muito longe dali.

— Agora somos só você e eu, Ben — disse Jawahal. — Cara ou coroa. Despeça-se dela e venha em busca de sua vingança.

Um véu de chamas cobriu o rosto de Jawahal e sua silhueta incandescente deu meia-volta e atravessou a porta do vagão, fazendo um buraco no metal que gotejava aço candente.

Ben ouviu o rangido de abertura das algemas que prendiam Ian, Michael e Roshan. Ian correu até eles e, agarrando o braço de Sheere, levou a ferida aos lábios. Sugou com força e cuspiu o sangue impregnado de veneno que queimava a língua. Michael e Roshan ajoelharam diante da garota com os olhos desesperados voltados para Ben, que amaldiçoava a si mesmo por ter deixado passar aqueles segundos preciosos sem atinar que deveria fazer o mesmo que seu companheiro tinha feito.

Ben levantou os olhos e observou o rastro de chamas que Jawahal deixava à sua passagem, fundindo o metal como se fosse uma ponta de cigarro numa folha de papel. O trem sofreu um forte abalo e, aos poucos, começou a se mover dentro do túnel. O rumor estrondoso da locomotiva inundou as galerias subterrâneas do labirinto de Jheeter's Gate. Ben virou-se para os companheiros e olhou firme para Ian.

— Cuide dela — ordenou.

— Não, Ben — suplicou Ian, lendo os pensamentos que fervilhavam na mente do amigo. — Não vá.

Ben abraçou a irmã e beijou-a na testa.

— Vai voltar para me dizer adeus, Ben? — perguntou a menina com voz trêmula.

O jovem sentiu as lágrimas inundarem seus olhos.

— Eu te amo, Ben — murmurou Sheere.

— E eu te amo, Sheere — replicou ele, lembrando que nunca antes tinha dito tais palavras a ninguém.

O trem acelerou com raiva, arrastando-os pelo túnel. Ben correu até a porta do vagão, evitando a ferida fresca que Jawahal tinha deixado no metal.

Ao atravessar o vagão seguinte viu que Michael e Roshan estavam correndo atrás dele. Rapidamente, parou na pequena plataforma que separava os vagões, arrancou a chave que engatava os dois últimos e jogou pelos ares. Os dedos de Roshan roçaram os seus por um décimo de segundo, mas quando Ben ergueu de novo os olhos, a expressão desesperada de seus amigos tinha ficado para trás, enquanto ele e Jawahal eram arrastados a toda a velocidade para o coração das trevas de Jheeter's Gate. Agora só restavam os dois.

* * *

A cada passo que Ben dava em direção à locomotiva, o trem adquiria maior velocidade em sua corrida infernal através dos túneis. A vibração do metal era tanta, que Ben cambaleava no meio dos escombros, seguindo as pegadas de metal fundido que Jawahal deixava atrás de si. Conseguiu chegar até uma nova plataforma e agarrou com força a barra que servia de puxador da porta no momento em que o trem entrava numa curva em forma de meia-lua e mergulhava num declive que parecia conduzir às entranhas da Terra. Em seguida, com um novo abalo, o trem acelerou ainda mais e a bola de fogo desapareceu na escuridão. Ben se levantou e correu atrás do rastro de Jawahal, enquanto as rodas do trem arrancavam chispas de metal em brasa dos trilhos, como um facão faria no gelo.

Sentiu um estalo sob os pés e viu que espessas línguas de fogo engoliam todo o esqueleto do trem, despedaçando todos os restos de madeira que ainda continuavam presos à estrutura. O calor das chamas também partiu os dentes de vidro que cercavam os vãos das janelas como presas brotando das goelas de uma besta mecânica. Ben teve que se jogar no chão para evitar a tempestade de estilhaços de vidro que se estatelaram nas paredes do túnel, como pingos de sangue salpicado depois de um tiro à queima-roupa.

Quando conseguiu levantar, viu ao longe a silhueta de Jawahal avançando no meio das chamas e compreendeu que estava muito perto da máquina. Jawahal virou e Ben viu o seu sorriso criminoso emoldurado pelas explosões de gás, que formavam anéis de fogo azul e atravessavam o trem como um tornado de pólvora enlouquecido.

— Venha me pegar — ouviu em sua mente.

O rosto de Sheere iluminou-se em sua memória e Ben empreendeu vagarosamente o caminho para o último vagão que ainda restava. Quando atravessou a plataforma exterior, sentiu uma rajada de ar fresco: o trem devia estar prestes a deixar o túnel. Estavam se dirigindo a toda a velocidade para a estação central de Jheeter's Gate.

* * *

Ian não parou de falar com Sheere durante todo o trajeto de volta. Sabia que, se ela caísse no sono letal que ameaçava dominá-la, talvez não vivesse nem para ver a luz que brilhava além daqueles túneis. Michael e Roshan carregavam a jovem, mas ele não conseguiu arrancar uma sílaba de nenhum dos dois. Enterrando nas profundezas da alma o sentimento que o devorava por dentro, Ian contava anedotas absurdas e narrava todo o tipo de acontecimentos, disposto, se fosse preciso, a desenterrar a última palavra que houvesse em sua mente para mantê-la acordada. Sheere escutava e concordava vagamente, entreabrindo os olhos distantes e sonolentos. Ian segurava a mão dela nas suas, sentindo seu pulso se apagar lenta, mas irremediavelmente.

— Onde está Ben? — perguntou ela.

Michael olhou para Ian, que abriu um sorriso aberto.

— Ben está a salvo, Sheere — respondeu com serenidade. — Foi buscar um médico, o que, dadas as circunstâncias, me parece uma indelicadeza. Afinal, supõe-se que eu seja o médico. Ou pelo menos vou ser algum dia. Que tipo de amigo é esse? Que falta de estímulo! Na primeira contrariedade, sai correndo em busca de outro doutor. Ainda bem que médicos como eu existem poucos: é uma coisa que nasce com a pessoa, não há o que fazer. E, portanto, posso afirmar que você vai ficar bem, com uma única condição: não pode dormir. Não está dormindo, está? Não pode dormir agora! Sua avó está esperando por nós a duzentos metros daqui e não sou capaz de explicar a ela tudo o que aconteceu. E, se tentar, tenho certeza de que vai me jogar no meio do Hooghly e preciso pegar um barco em algumas horas. De forma que é melhor ficar acordada para me ajudar com sua avó, certo? Diga alguma coisa.

Sheere começou a ofegar pesadamente. A cor desapareceu do rosto de Ian, que a sacudiu de modo enérgico. Os olhos de Sheere se abriram de novo.

— Onde está Jawahal? — perguntou.

— Morreu — mentiu Ian.

— Morreu como? — conseguiu articular Sheere.

Ian hesitou um segundo.

— Caiu sob as rodas do trem. Ninguém pôde fazer nada.

Sheere esboçou um sorriso.

— Você não sabe mentir, Ian — murmurou, lutando para pronunciar cada palavra.

Ian sentiu que não podia continuar representando seu papel por muito tempo.

— O mentiroso do grupo é Ben — disse. — Eu sempre digo a verdade. Jawahal morreu.

Sheere fechou os olhos e Ian fez um gesto pedindo a Michael e Roshan que se apressassem. Meio minuto depois, a luz no fim do túnel iluminou seus rostos e o contorno do relógio da estação se recortou à distância. Quando chegaram lá, Siraj, Isobel e Seth esperavam por eles. As primeiras luzes do amanhecer despontavam desenhando uma linha escarlate no horizonte, além das grandes arcadas de metal de Jheeter's Gate.

* * *

Ben parou diante da entrada do último vagão e apoiou a mão no anel giratório que servia de tranca. Estava quase incandescente. Girou devagar, sentindo o metal morder cruelmente a sua pele. Uma nuvem de vapor emergiu do interior. Ben empurrou a porta com um pontapé. A silhueta de Jawahal, imóvel no meio da densa massa de vapor das caldeiras, olhava, silenciosa, para ele. Ben observou a diabólica maquinaria que rugia ao lado dele e identificou, emergindo das chamas, o símbolo de uma ave, gravado sobre o metal. A mão de Jawahal estava apoiada na chapa palpitante da caldeira e parecia absorver a força que ardia em seu interior. Ben examinou a complexa trama de tubos, válvulas e tanques de gás que palpitava junto deles.

— Em outra vida, fui um inventor, filho — disse Jawahal. — Minhas mãos e minha mente podiam criar coisas. Agora só servem para destruí-las. Esta é minha alma, Ben. Aproxime-se e veja como bate o coração de seu pai. Eu mesmo o criei. Sabe por que lhe dei o nome de Pássaro de Fogo?

Ben encarou Jawahal sem responder.

— Há mil anos existiu uma cidade maldita, quase tanto quanto Calcutá — explicou Jawahal. — Seu nome era Cartago. Quando os romanos a conquistaram, seu ódio pelo espírito dos fenícios era tão grande que não bastou arrasar a cidade e assassinar mulheres, homens e crianças. Quiseram destruir também cada pedra até reduzir tudo a pó. Mas nem isso foi suficiente para aplacar seu ódio. Por isso Catão, o general que comandava suas tropas, ordenou que seus soldados cobrissem de sal todo o chão da cidade, para que nunca mais nenhum broto de vida pudesse nascer naquele solo amaldiçoado.

— Por que está me contando tudo isso? — perguntou Ben, sentindo o suor escorrer pelo corpo e secar em seguida com o calor asfixiante das caldeiras.

— Essa cidade era o lar de uma divindade, Dido, uma princesa que entregou seu corpo ao fogo para aplacar a ira dos deuses e purgar seus pecados. Mas ela retornou, convertida em deusa. É o poder do fogo. Assim como a Fênix, que é um poderoso pássaro de fogo, cujo voo semeia chamas por onde passa.

Jawahal acariciou a maquinaria de sua criação mortal e sorriu.

— Eu também renasci das cinzas e, como Catão, voltei para purgar com fogo o destino do meu sangue, para apagá-lo para sempre.

— Você está louco — cortou Ben. — Sobretudo se acredita que vai conseguir encarnar em mim para permanecer vivo.

— Quem são os loucos? — perguntou Jawahal. — Aqueles que veem o horror no coração de seus semelhantes e buscam a paz a qualquer preço ou aqueles que fingem não ver as coisas que acontecem a seu redor? O mundo, Ben, é dos loucos ou dos hipócritas. Não existem outras raças na face da Terra senão essas duas. E você tem que escolher uma delas.

Ben contemplou longamente aquele homem e, pela primeira vez, teve a impressão de ver nele a sombra daquele que um dia fora seu pai.

— E qual você escolheu, pai? Qual escolheu ao retornar para semear a morte entre as poucas pessoas que o amavam? Esqueceu suas próprias palavras? Esqueceu o relato que escreveu sobre aquele homem cujas lágrimas se transformaram em gelo quando viu, na volta ao lar, que todos tinham se vendido a um feiticeiro ambulante? Talvez você consiga acabar com minha vida também, como fez com a vida de todos que atravessaram seu caminho. Acho que isso não faz uma grande diferença. Mas antes de fazer isso, quero ver você dizer na minha cara que não vendeu sua alma ao mesmo feiticeiro. Diga, com a mão sobre este coração atrás do qual você se esconde, e seguirei você até o próprio inferno.

Jawahal deixou as pálpebras caírem pesadas sobre os olhos e concordou vagarosamente. Uma lenta transformação foi se apoderando de seu rosto e seu olhar empalideceu entre as brumas ardentes, derrotado e abatido. O olhar de um grande predador ferido, que se retira para morrer nas sombras. Aquela visão, aquela súbita imagem de vulnerabilidade que Ben vislumbrou por alguns poucos segundos, pareceu mais perturbadora e terrível do que qualquer das aparições anteriores daquele espectro atormentado. Porque nela, naquele rosto consumido pela dor e pelo fogo, Ben já não conseguia ver um espírito assassino, mas apenas o triste reflexo de seu pai.

Por um instante, os dois se observaram mutuamente como velhos conhecidos perdidos na névoa do tempo.

— Não sei mais se quem escreveu esta história fui eu ou um outro homem, Ben — disse por fim Jawahal. — Não sei mais se essas lembranças são minhas mesmo ou se apenas sonhei com elas. Nem sei se meus crimes foram cometidos por mim ou foram obra de outras mãos. Qualquer que seja a resposta para essas perguntas, sei que nunca poderei voltar a escrever uma história como essa que você lembrou e nem mesmo conseguir entender seu significado. Eu não tenho futuro, Ben, nem vida alguma. O que você está vendo é tão somente a sombra de uma alma morta. Não sou nada. O homem que fui, seu pai, morreu há muito tempo e levou com ele tudo o que eu poderia sonhar. E se você não vai me dar sua alma para que viva nela durante toda a eternidade, dê-me então a paz. Porque agora só você pode me devolver a liberdade. Veio até aqui para matar alguém que já está morto, Ben. Cumpra com sua palavra ou junte-se a mim nas trevas...

Nesse momento, o trem emergiu do túnel e atravessou a plataforma central de Jheeter's Gate a toda a velocidade, projetando seu manto de chamas que se erguiam até o céu. A locomotiva cruzou o umbral das grandes arcadas da estrutura metálica e percorreu os trilhos que conduziam a um caminho esculpido sobre a luz do amanhecer, até o horizonte.

Jawahal abriu os olhos e Ben reconheceu neles o horror e a profunda solidão que encarceravam aquela alma maldita. Enquanto o trem percorria os últimos metros que o separavam da ponte desaparecida, Ben apalpou seu bolso e pegou a caixa que continha aquele último fósforo guardado. Jawahal mergulhou a mão na caldeira de gás e uma nuvem de oxigênio puro o envolveu, numa cascata de vapor. O espectro fundiu-se lentamente com a máquina que hospedava sua alma e o gás tingiu sua silhueta, numa miragem de cinzas. Os olhos de Jawahal pousaram um último olhar sobre Ben, e ele teve a impressão de ver o brilho de uma lágrima solitária deslizando pelo rosto.

— Liberte-me, Ben — murmurou a voz em sua mente. — Agora ou nunca.

O jovem extraiu o fósforo da caixa e o acendeu.

— Adeus, pai — sussurrou.

Lahawaj Chandra Chatterghee abaixou a cabeça e Ben lançou o fósforo aceso a seus pés.

— Adeus, Ben.

Nesse momento, por um instante fugaz, o jovem sentiu junto dele a presença de um rosto envolto num véu de luz. Enquanto o fogo corria como um rio de pólvora na direção de seu pai, aqueles dois profundos olhos tristes olharam para ele pela última vez. Ben pensou que sua mente estava brincando com ele e reconheceu naqueles olhos o olhar ferido de Sheere. Em seguida, a silhueta da princesa de luz mergulhou para sempre nas chamas com a mão erguida e um leve sorriso nos lábios, sem que Ben tivesse a menor ideia de quem era aquele ser que se desvanecia no fogo.

* * *

A explosão jogou seu corpo na outra extremidade do vagão como uma corrente de águas invisíveis e o empurrou para fora do trem em chamas. Ao cair, seu corpo rodou no matagal que tinha crescido ao lado dos trilhos da ponte. O comboio se afastou e Ben correu atrás dele seguindo o caminho mortal dos trilhos em direção ao vazio. Segundos depois, o vagão que abrigava seu pai voltou a explodir com tanta força que as vigas de metal que formavam a ponte pênsil voaram para o céu. Uma pira de chamas subiu até as nuvens da tempestade, desenhando um raio de fogo, e quebrou o céu num espelho de luz.

A locomotiva pulou no vazio e a serpente de aço e chamas mergulhou nas águas negras do Hooghly. Um estrondo ensurdecedor abalou o céu de Calcutá e fez o solo tremer a seus pés.

O último alento do Pássaro de Fogo se extinguiu, levando com ele a alma de Lahawaj Chandra Chatterghee, seu criador.

Ben parou e caiu de joelhos entre os trilhos enquanto seus amigos corriam em sua direção desde a entrada de Jheeter's Gate. Centenas de pequenas lágrimas brancas pareciam chover do céu sobre eles. Ben ergueu os olhos e sentiu-as sobre o rosto. Estava nevando.

* * *

Os membros da Chowbar Society se reuniram pela última vez naquele amanhecer de maio de 1932, junto à ponte desaparecida às margens do rio Hooghly, diante das ruínas de Jheeter's Gate. Uma cortina de neve despertou a cidade de Calcutá, onde nunca ninguém tinha visto aquele manto branco que começou a cobrir as cúpulas dos velhos palácios, as ruelas e a imensidão do Maidán.

Enquanto os habitantes da cidade saíam às ruas para contemplar aquele milagre que não voltaria a acontecer nunca mais, os membros da Chowbar Society se retiraram para a ponte e deixaram Sheere a sós nos braços de Ben. Todos tinham sobrevivido aos acontecimentos daquela noite. Viram o trem em chamas se precipitar no vazio e a explosão de fogo subir aos céus, rasgando a tempestade como um punhal infernal. Sabiam que talvez nunca mais falassem dos acontecimentos daquela noite e que, se algum dia o fizessem, ninguém acreditaria. No entanto, naquele amanhecer, todos compreenderam que não passavam de meros convidados, passageiros ocasionais daquele trem vindo do passado. Pouco depois, contemplaram em silêncio o abraço de Ben em sua irmã, sob a neve. Paulatinamente, o dia afinal iluminava as trevas daquela noite interminável.

* * *

Sheere sentiu o contato frio da neve no rosto e abriu os olhos. Seu irmão Ben a segurava, acariciando com suavidade o seu rosto.

— O que é isso, Ben?

— É neve — respondeu o jovem. — Está nevando sobre Calcutá.

O rosto de Sheere se iluminou por um instante.

— Já lhe falei de meu sonho alguma vez? — perguntou.

— Ver nevar em Londres — disse Ben. — Eu lembro. No ano que vem iremos a Londres juntos. Vamos visitar Ian, que vai estar estudando medicina. Vai nevar todos os dias. Prometo.

— Lembra do conto que nosso pai escreveu, Ben? Aquele que contei na noite em que fomos ao Palácio da Meia-Noite?

Ben fez que sim.

— Essas são as lágrimas de Shiva, Ben — disse Sheere com esforço. Vão derreter quando o sol sair e nunca mais cairão em Calcutá.

Ben levantou com delicadeza a irmã e sorriu para ela. Os profundos olhos perolados de Sheere o observavam com atenção.

— Vou morrer, não vou?

— Não — respondeu Ben. — Não vai morrer em muitos e muitos anos. Sua linha da vida é muito longa. Está vendo?

— Ben — gemeu Sheere —, era a única coisa que eu podia fazer. Fiz isso por nós.

Ele a abraçou com força.

— Eu sei — murmurou.

A jovem tentou levantar e aproximou os lábios do ouvido de Ben.

— Não me deixe morrer sozinha — sussurrou.

Ben escondeu o rosto do olhar da irmã, apertando-a contra si.

— Nunca.

Ficaram juntos, assim, abraçados sob a neve e em silêncio, até que o pulso de Sheere se apagou vagarosamente como uma vela ao vento. Pouco a pouco, as nuvens se afastaram para o oeste e a luz do amanhecer extinguiu para sempre aquele véu de lágrimas brancas que tinha coberto a cidade.

Os lugares que abrigam a tristeza e a miséria são o lar predileto das histórias de fantasmas e aparições. Calcutá guarda em seu rosto obscuro centenas dessas histórias, que, embora ninguém tenha a coragem de confessar que acredita nelas, sobrevivem na memória de gerações como a única crônica do passado. Poderíamos dizer que, iluminada por uma estranha sabedoria, a gente que habita suas ruas compreende que a verdadeira história desta cidade sempre foi escrita nas páginas invisíveis de seus espíritos e de suas maldições caladas e ocultas.

Talvez tenha sido essa mesma sabedoria que iluminou, em seus últimos minutos, o caminho de Lahawaj Chandra Chatterghee e fez com que ele afinal entendesse que tinha caído irremediavelmente no labirinto de sua própria maldição. Talvez tenha compreendido, na profunda solidão de uma alma condenada a percorrer uma e outra vez as feridas do passado, o verdadeiro valor das vidas que tinha destruído e daquelas que ainda podia salvar. É difícil saber o que viu no rosto de seu filho Ben para permitir que ele apagasse para sempre as chamas do rancor que ardiam nas caldeiras do Pássaro de Fogo. Talvez, mesmo em sua loucura, ele tenha sido capaz de reunir por um segundo a sani-

dade que os seus carrascos lhe arrancaram desde a infância em Grant House.

Todas as respostas para essas perguntas, assim como seus segredos, suas descobertas, seus sonhos e seus desejos, desapareceram para sempre na terrível explosão que abriu o céu de Calcutá no amanhecer daquele 30 de maio de 1932, assim como os flocos de neve que se fundiram ao beijar o solo.

Qualquer que seja a verdade, logo depois que o trem em chamas mergulhou nas águas do Hooghly, o charco de sangue que abrigava o espírito atormentado da mulher que deu à luz os gêmeos evaporou para sempre. Foi então que eu soube que as almas de Lahawaj Chandra Chatterghee e da mulher que foi sua companheira descansariam em paz eternamente e eu nunca mais veria em sonhos o olhar triste da princesa de luz, inclinando-se sobre meu amigo Ben.

Não voltei a ver meus companheiros em todos esses anos, desde que embarquei no navio que me levaria ao encontro do meu destino na Inglaterra, no entardecer daquele mesmo dia. Lembro-me dos rostos daqueles jovens assustados despedindo-se de mim no cais às margens do rio Hooghly, quando o barco levantou âncora. Lembro-me das promessas mútuas de continuarmos sempre unidos e de não esquecer jamais o que tínhamos vivido juntos. Não vou negar que, naquele exato momento, percebi com clareza que aquelas palavras se perderiam para sempre no rastro do barco que partiu no crepúsculo ardente de Bengala.

Todos estavam ali, com exceção de Ben. Mas ninguém estava tão presente quanto ele no coração de todos nós.

Agora, quando minha memória volta àqueles dias, sinto que todos e cada um deles sobrevivem num lugar reservado de minha alma, que fechou suas portas para sempre naquele entardecer em Calcutá. Um lugar onde todos continuamos a ser apenas alguns jovens de 16 anos e onde o espírito da Chowbar Society e o Palácio da Meia-Noite permanecerão vivos enquanto eu viver.

Quanto à sorte que o destino reservava para cada um de nós, o tempo se encarregou de apagar as pegadas de muitos dos meus amigos. Soube que, com o passar dos anos, Seth substituiu o corpulento Mr. De Rozio como chefe de Bibliotecas e Documentações do museu indiano, transformando-se assim no homem mais jovem a ocupar aquele cargo em toda a história da instituição.

Também tive notícias de Isobel, que, alguns anos depois, se casou com Michael. A união durou cinco anos e, depois da separação, Isobel partiu para percorrer o mundo com uma modesta companhia de teatro. Os anos não a impediram de manter vivos os seus sonhos. Não sei o que aconteceu com ela depois. Michael, que ainda vive em Florença, onde dá aulas de desenho numa escola, não voltou a vê-la. Ainda hoje espero ver seu nome nas manchetes dos jornais.

Siraj faleceu em 1946, depois de passar os últimos cinco anos de sua vida numa prisão de Mumbai, acusado de um roubo que, até o último dia, jurou não ter cometido. Como previu Jawahal, a pouca sorte que tinha o abandonou para sempre naquele dia.

Roshan é hoje um próspero e poderoso comerciante, dono de boa parte das antigas ruas da cidade negra, *onde cresceu como um mendigo sem-teto. Ele é o único que, entra ano, sai ano, cumpre o ritual de enviar um cartão de felicitações na data do meu aniversário. Sei, por essas cartas, que ele casou e que o número de netos que correm por suas propriedades só é comparável às cifras que contabilizam sua fortuna.*

No que me diz respeito, a vida foi muito generosa comigo e permitiu que percorresse essa nossa estranha passagem para lugar nenhum em paz e sem privações. Pouco depois de terminar os estu-

dos, fui convidado a trabalhar na clínica do dr. Walter Hartley, em Whitechapel, e foi ali que realmente aprendi o ofício que sempre foi meu sonho e do qual ainda vivo. Vinte anos atrás, depois da morte de minha esposa, Iris, mudei-me para Bournemouth, onde meu lar e meu consultório dividem uma pequena e confortável casa, de onde vejo os manguezais de Poole Bay. Minha única companhia, desde que Iris me deixou, são a lembrança dela e o segredo que um dia partilhei com meus companheiros da Chowbar Society.

Mais uma vez, deixei Ben para o final. Até hoje, mais de cinquenta anos depois da última vez que o vi, é difícil falar deste que foi e sempre será o meu melhor amigo. Fiquei sabendo, graças a Roshan, que Ben foi morar na casa que tinha sido de seu pai, o engenheiro Chandra Chatterghee, na companhia de Aryami Bosé, cuja fortaleza de ânimo nunca se recuperou do baque da morte de Sheere, mergulhando sem remédio numa longa melancolia até o dia em que fechou os olhos para sempre, em outubro de 1941. Desde aquele dia, Ben viveu e trabalhou sozinho na casa construída pelo pai. Foi lá que escreveu todos os seus livros até o ano em que desapareceu para sempre, sem deixar rastros.

Numa manhã de dezembro, muitos anos depois de Ben ter sido dado como morto por todo mundo, inclusive Roshan, recebi um pequeno pacote quando contemplava os manguezais no pequeno cais construído na frente de minha casa. O embrulho tinha o carimbo da agência de correios de Calcutá e meu nome estava escrito com uma caligrafia que eu nunca esqueceria, nem que vivesse cem anos. No interior, enrolada em várias camadas de papel, encontrei a metade do medalhão em forma de sol que Aryami Bosé dividiu em duas partes, quando separou Ben e Sheere, naquela trágica noite de 1916.

Hoje cedo, ao amanhecer, quando escrevia as últimas linhas dessas memórias, as primeiras neves do ano estenderam seu manto branco diante da minha janela, e a lembrança de Ben ocupou minha mente como o eco de um sussurro depois de todos esses anos. Imaginei meu amigo percorrendo as turbulentas ruas de Calcutá no meio da multidão, entre mil histórias desconhecidas como a sua e, pela primeira vez, compreendi que, assim como eu, Ben já é um homem maduro e que seu relógio está prestes a completar seu círculo. É tão estranho sentir como se a vida tivesse escapado de nossas mãos...

Não sei se voltarei a ter notícias de meu amigo Ben, mas sei que, em algum ponto da misteriosa cidade negra, o jovem de quem me despedi para sempre naquele amanhecer em que nevou em Calcutá continua vivo e mantém acesa a chama da lembrança de Sheere, sonhando com o momento de se juntar a ela num mundo onde nada nem ninguém seja capaz de separá-los.

Espero que a encontre, amigo.

1ª EDIÇÃO [2013] 5 reimpressões

ESTA OBRA FOI COMPOSTA EM ADOBE GARAMOND PRO PELA ABREU'S SYSTEM
E IMPRESSA EM OFSETE PELA LIS GRÁFICA SOBRE PAPEL PÓLEN SOFT DA
SUZANO S.A. PARA A EDITORA SCHWARCZ EM SETEMBRO DE 2021

A marca FSC® é a garantia de que a madeira utilizada na fabricação do papel deste livro provém de florestas que foram gerenciadas de maneira ambientalmente correta, socialmente justa e economicamente viável, além de outras fontes de origem controlada.